ein Ullstein Buch

Ludwig Thoma

Kabale und Liebe

und andere Geschichten

ein Ullstein Buch

ein Ullstein Buch
Nr. 22975
im Verlag Ullstein GmbH,
Frankfurt/M – Berlin

Umschlaggestaltung:
Theodor Bayer-Eynck
unter Verwendung einer
Zeichnung von
Olaf Gulbransson

Printed in Germany 1992
Gesamtherstellung:
Ebner Ulm
ISBN 3 548 22975 1

September 1992

Vom selben Autor
in der Reihe
der Ullstein Bücher:

Lausbubengeschichten (22830)
Tante Frieda (22831)
Jozef Filsers Briefwexel (22832)
Der Heiratsvermittler (22973)
Assessor Karlchen (22974)

Die Deutsche Bibliothek –
CIP-Einheitsaufnahme

Thoma, Ludwig:
Kabale und Liebe und andere
Geschichten/Ludwig Thoma. –
Frankfurt/M, Berlin: Ullstein, 1992
(Ullstein-Buch; 22975)
ISBN 3-548-22975-1
NE: GT

Inhalt

Peter Spanningers Liebesabenteuer

Die oberbayrische Stadt Dürnbuch liegt keineswegs an der Eisenbahn.

Vor etlichen fünfzig Jahren stand es der Regierung im Sinne, eine Hauptbahn an die Stadt zu legen. Aber der Brauereibesitzer Peter Spanninger, der Großvater des jetzigen Peter Spanninger, wehrte mit anderen Bürgern diese Neuerung ab. Man sagte der Regierung mit klaren Worten, daß die Dürnbucher am Alten und Hergebrachten hingen. Sie wollten mitnichten das Fuhrwesen von der Landstraße bringen und alle Wirte und Lohnkutscher schädigen. Der Weitblickende möge bedenken, daß mit ihnen die Schmiede, Sattler und Wagner Einbuße litten, die Bräuer minderen Absatz fänden und die anderen Geschäftsleute in Gefahr schwebten. Denn alle Kundschaft könne mit der Bahn schnell und mühelos die große Stadt erreichen und dort Geld ausgeben, was besser in Dürnbuch bleibe.

Die Regierung wollte die treue Bevölkerung nicht kränken und legte den Schienenstrang so weit entfernt von der Stadt, daß die Nachkommen des Peter Spanninger zwei Stunden mit dem Omnibus fahren müssen, wenn sie den Pfiff einer Lokomotive hören wollen. Heute noch rumpelt frühmorgens um sechs Uhr der Postwagen über den Stadtplatz, und der Postillion Johann Glas lenkt die Pferde, wie es sein Vater tat. Zu Winterszeiten sitzt er verfroren auf dem Bocke und schaut neidisch auf die dunklen Fenster, hinter denen die Bürger in warmen Betten liegen.

Wenn es aber Frühling wird, und ein feiner Morgen tagt, setzt er das Posthorn an und bläst sein altes Lied. Dann kommen Leute an die Fenster und prüfen mit verschlafenen Augen das Wetter. So hat sich in Dürnbuch das gute alte Wesen erhalten.

Hierin wie überhaupt.

Dürnbuch hat dreitausendvierhundertneunzehn Einwohner. Darunter sind vier Protestanten und ein Israelit; die übrige Bevölkerung ist römisch-katholisch. Auch darf man nicht glauben, daß jene Andersgläubigen Eingeborene sind. Der Stadtschreiber Rellstab, der mit seiner Frau und zwei Kindern der evangelischen Konfession angehört, ist Mittelfranke. Der Israelit heißt Isidor Blumschein, stammt aus dem Schwäbischen und wurde durch den Produktenhandel in die Gegend geführt.

Im übrigen erlitt das katholische Bekenntnis keinerlei Schaden durch die Fremdlinge. Bei den jüngsten Wahlen fielen alle Stimmen auf den ultramontanen Kandidaten, Kaufmann J. B. Irzenberger.

Der Stadtschreiber wollte die politische Überzeugung der Herren Bürger schonen, und auch Blumenschein heulte mit den Wölfen.

Dürnbuch ist der Sitz ansehnlicher Behörden, nämlich eines königlichen Bezirksamtes, Amtsgerichtes, Rentamtes und Notariates; es hat eine Gendarmerie-, eine Post- und Telegraphenstation. Zu den Lehranstalten gehören außer der Volksschule eine Töchterschule der armen Schulschwestern und eine Realschule. Ferner befinden sich dort sechs Kirchen, acht Bräuhäuser, eine Kunstmühle und ein herrschaftliches Schloß, welches aber nicht mehr bewohnt wird.

In früheren Zeiten gehörte es den Grafen Selz-Dürnbuch, einem alten Geschlechte.

Der letzte Dürnbuch, Johann Anton, starb unverehelicht als kurfürstlich bayrischer Kämmerer im Jahre 1764. Der Besitz ging auf die Familie der Freiherrn von Selz-Gögging über, deren letzter Sprosse um die Mitte des neunzehnten Jahrhunderts das Zeitliche segnete.

Vor seinem Tode verkaufte er das Gut Dürnbuch an den Fiskus. Dieser bewirtschaftet noch heute den schönen Forst, läßt aber das Schloß verfallen, weil die Kosten der Instandhaltung zu hoch kommen. Die Säle zu ebener Erde hat Isidor Blumschein um geringen Preis gemietet; er benützt sie als Lagerräume für Landesprodukte.

Handel und Industrie stehen in Dürnbuch in gedeihlicher Blüte. Die Landbevölkerung bringt ihre Erzeugnisse in die Stadt und deckt hier wiederum ihre Bedürfnisse. Die zwei größeren Warenhandlungen von J. B. Irzenberger und Gabriel Riedlechner haben erklecklichen Umsatz. Die Brauereien sind gut betrieben; die bedeutendste von Peter Spanninger »Zum Stern« siedet über achttausend Hektoliter Malz ein. Die Kunstmühle war bis vor wenigen Jahren im Besitze des Herrn Jakob Bonholzer, ist aber jetzt in eine Aktiengesellschaft umgewandelt.

Der Handel mit Getreide und Vieh ist rege; auch mit Holz werden gute Geschäfte gemacht. Das ehrsame Handwerk gedeiht. So ist im allgemeinen die Bevölkerung wohlhabend, auch wohllebig. Die Arbeit wird mit bedachtsamer Ruhe getan, und alle Feste werden gewissenhaft begangen. Jeder Familienvater muß in pünktlicher Reihenfolge die Wirtschaften besuchen, um die Beziehungen aufrechtzuerhalten.

In der behäbigen Art der Bürger liegt es begründet, daß gerade diese Seite der geschäftlichen Tüchtigkeit am besten ausgebildet ist.

Über Lage und Bau der Stadt läßt sich Rühmendes sagen. Dürnbuch liegt vierhundertachtzig Meter über dem Meere, in dem von Hügeln durchzogenen Alpenvorlande. Die Höhen sind bewaldet; aber das dunkle Fichtenholz wechselt ab mit Wiesen und Getreidefeldern, was ein freundliches und mannigfaltiges Bild gewährt. Man erblickt in der Nähe zahlreiche Dörfer und Weiler; auch in größerer Ferne, wo sich die Häuser dem Auge verbergen, lugt da und dort ein spitzer Kirchturm über die Hügel hervor.

Der Ort Dürnbuch ist um die Mitte des vierzehnten Jahrhunderts entstanden. An die alte Zeit erinnern einige Reste der Stadtmauer und ein gut erhaltenes Tor. Man gelangt durch dasselbe auf den mäßig großen Marktplatz, dessen Mitte ein Marienbrunnen ziert.

Hier steht auch die schöne Pfarrkirche, welche im spätgotischen Stil erbaut ist.

Auf der Südseite des Platzes erheben sich die drei stattlichen Brauereien zum »Stern«, zum »Rappen« und zum »Goldenen Lamm«.

Sie strecken, wie einige Wirtschaften gegenüber, große schmiedeeiserne Schilde in die Luft hinaus.

Die blinken freundlich in der Sonne und verheißen Eingeborenen wie Fremden behagliches Unterkommen.

Die Gassen, welche in den Marktplatz einmünden, sind krumm, eng und uneben. Die Häuser sind mannigfaltig gebaut. Viele haben nach italienischem Muster breite Fassaden, welche in geraden Maueraufsätzen die Dächer überragen.

Diese sind mit Schindeln gedeckt und stoßen hart aneinander. Nicht selten üben waghalsige Knaben auf der gefährlichen Höhe ihre Spiele, indem sie über alle Dächer klettern von einem Hause zum andern.

Und die Kater haben hier oben ein weites Feld für ihre Liebesfahrten.

Der Stolz der Stadt ist eine Lindenallee, welche am Schlosse vorbei bis Holzhausen führt.

Zum mindesten einmal im Jahre beschreibt der quieszierte Lehrer Furtner ihre Reize im »Alzboten«, gewöhnlich in den Herbsttagen, weil er an die wundervolle Färbung der Bäume und an den wehmütigen Anblick der sterbenden Natur passende Gedanken über den Allerseelentag anzuknüpfen weiß.

Dem Dürnbucher Bürger ist die Allee mit allen Erinnerungen des Lebens verwachsen.

Hier hat er als Kind gescherzt, hier schlich er in dämmernden Abendstunden an der Seite eines weiblichen Wesens, und hier schreitet er jetzt, wenn die Zeit der Torheiten vorüber ist, am hellen Tage neben seiner ehrbaren Frau und neben dem Kinderwagen her.

Südlich der Allee fließt die Alz, ein stattlicher Fluß. In seinem kalten Wasser spiegeln sich die Rückseiten der Häuser, Weidenbüsche und Erlen und die Kühe, die den kleinen Leuten der Vorstadt gehören. Und manches Mal auch die Wäsche der Dürnbucher Damen, welche am Ufer zum Trocknen aufgehängt wird. Im Luftzuge wiegen sich die blühweißen Geheimnisse hin und her, und der Spaziergänger kann hier vieles erblicken, was er sonst nicht zu sehen kriegt.

Man darf es als Tatsache hinstellen, daß die Spanninger in vier Geschlechtern die reichsten und damit die angesehensten Leute von Dürnbuch waren; daß auch der jetzige Besitzer der Bierbrauerei »Zum Stern« auf dieser Höhe steht. Und daran knüpft man die Hoffnung, daß sich kein Spanninger in absteigender Linie bewegen wird.

Die erblichen Eigenschaften wie die Stellung der Familie schließen Befürchtungen aus. Einem Spanninger ist der Weg geebnet und die Bahn zu allen Ehrenstellen offen. Ein Spanninger kann mit der Überzeugung ins Leben treten, daß er Distriktsrat wird, und daß dermaleinst an seinem offenen Grabe die sämtlichen Vereine Dürnbuchs mit umflorten Fahnen stehen werden.

Diese Laufbahn ist ihm vorgezeichnet; die Achtung der Bürger hängt an seinem Besitze. Die Spanninger strebten nie darüber hinaus und sanken nie darunter hinab.

Sie waren in vier Geschlechtern gutmütige Menschen; und jeder hatte mit fünfundzwanzig Jahren seinen Bauch, mit sechzig Jahren seinen Schlaganfall.

Was dazwischen lag, war Durst, Fröhlichkeit und Verständnis dafür, daß auch die armen Teufel leben wollen.

Die Bildung der Spanninger hielt zwar Schritt mit den Anforderungen der Zeit, aber sie blieb innerhalb der Grenzen des Notwendigen. Den älteren Geschlechtern hatten die Grundelemente, Lesen, Schreiben und Rechnen, genügt; die gewerbliche Kunst wurde daheim gelernt.

Der jetzige Inhaber der Brauerei mußte schon mehrere Jahre die neugegründete städtische Realschule, oder, wie man sie damals hieß, Gewerbeschule, besuchen. Die Neuerung wandelte den Familiencharakter nicht um; sie blieb ohne einschneidende Wirkungen. Und das war gut. Denn mancher, der eine höhere Stufe der Erkenntnis erklimmen will, gewinnt nichts als eine Verachtung der tieferen, die ihm guten Halt gegeben hätte.

Der Sternbräu geriet nicht in die Gefahren der Zwiespältigkeit von Beruf und Bildung. Er streifte die angeflogenen Kenntnisse ab und behielt als Rest nur eine Vorliebe für Fremdwörter.

Durch ihren häufigen Gebrauch erhob er sich mit einiger Befriedigung über die große Menge. Noch ein anderes kam ihm zustatten. Sein Vater hatte ihn nach Straubing geschickt; er verbrachte hier ein volles Jahr als Volontär in der Kollerschen Brauerei, und galt später den Dürnbuchern als ein Mann, der sich in der Welt umgetan hatte. Der Sternbräu zog daraus die Lehre, daß der bloße Anschein ungewöhnlicher Regsamkeit das Ansehen mehrt. Und diese Erfahrung leitete ihn wieder bei der Erziehung seines Sohnes. Er war nicht bekümmert, als der heranwachsende Peter in der Realschule sehr geringe Tüchtigkeit bewies. Es ist nicht einmal sicher, daß er die Semesterzeugnisse aufmerksam las; die Noten, welche hinter Algebra, Geschichte, Geographie, französischer Sprache standen, waren ihm herzlich gleichgültig. Das Wichtige, nicht für jetzt, sondern für alle Zeit war, daß so bedeutend klingende Wissenschaften mit seinem Sohne überhaupt in Zusammenhang gebracht wurden. Dabei konnte er wohl die schulmeisterliche Ansicht über Fleiß und Talent eines Spanninger übersehen.

Als Peter das achtzehnte Lebensjahr erreichte, schickte er ihn nach Weihenstephan.

Darin lag ein Zugeständnis an die Forderungen des Zeitgeistes. Der Besuch der Brauerschule gewährt den allgemeinen Vorteil jeder akademischen Bildung; dazu den besonderen der scheinbaren Umwertung einer gewerblichen Tätigkeit in eine Wissenschaft.

So verbrachte also der junge Sternbräu zwei Jahre unter den Jünglingen, die in Freising ungeschlachte Fröhlichkeit zeigten. Sie bildeten einen Verein »Gambrinia« und fanden ihre Freude in der Nachahmung studentischer Manieren. Die Berufsehre bedingte, daß sie noch trinkfester waren als die Jünger der Hochschulen. Peter tat rechtschaffen mit und glaubte an das Verdienstliche und an das Bedeutende dieses Treibens. Er war von der besonderen Ehre der drei Farben rot, gold und blau überzeugt, schwur ihnen Treue und vermaß sich im Gesange, für Rot, Gold und Blau in Kampf und Tod zu gehen.

Es war eigentlich nicht die Art der Spanninger, so große Dinge zu versprechen; noch weniger, sie zu erfüllen. Aber da sich Peter nicht viel dabei dachte, störte der fremde Zug den Grundton seines Wesens nicht allzusehr. Die Flammen seiner Begeisterung schlugen nicht hoch. Und wenn er sie mit dunkeln und hellen Bieren löschte, geriet er wieder in Dürnbucher Fahrwasser. Nach zwei Jahren kehrte er in das Elternhaus zurück und paßte sich ohne Mühe dem bürgerlichen Leben an. Die äußerlichen Spuren der Weihenstephaner Zeit verwischten sich freilich nicht. Peter war dick geworden, und die Augen traten noch mehr aus dem stark geröteten Gesichte hervor. Das in der Mitte gescheitelte Haar kämmte er in die Stirne.

Die Schultern zog er hoch, um sie noch breiter erscheinen zu lassen. Er schloß gerne den untersten Knopf seiner Jacke, damit sich die Brust bauschig wölbte. Beim Gehen ballte er die Hände zu Fäusten und hielt sie mit dem Daumen an den Hosentaschen fest.

Die Dürnbucher bemerkten das studentische Gebaren sehr wohl und waren geneigt, darin die Kennzeichen eines reizvollen Lebenswandels zu erblicken. Denn weil sie keine Erfahrung in akademischen Dingen besaßen, statteten sie ihre Meinung darüber mit den abenteuerlichen Vorstellungen ihrer geheimen Sehnsucht aus. Sie wollten es nicht anders gelten lassen, als daß der Sohn ihres reichsten Mitbürgers zwei

Jahre mit seltsamen Liebeshändeln hinter sich gebracht habe. Wer in solchem Rufe steht, ist gut daran, wenn ihn das bürgerliche Gewissen im Besitze der nötigen Mittel schätzt. Und darum zog Peter ohne sein Zutun Nutzen aus dem, was eigentlich ein Vorwurf war.

Nun lebte damals in der Kreuzgasse ein Mann, der vielen unheimlich war, weil die Art seines Erwerbes nicht klar zutage lag. Er hieß Korbinian Fröschl und trieb weder Handel noch Handwerk. Er hatte aber nicht etwa die Mittel, welche ihm das Leben eines Privatmannes möglich machten, sondern er stand in offenkundiger Dürftigkeit. Seinen Unterhalt verdiente er durch leichte Geschicklichkeiten, die auf geheimes Wissen begründet waren und schon darum den Verdacht der seßhaften Bürger erregten.

So war er ein Quellenfinder. Wenn er mit einem Gabelzweige in der Hand über die Hügel schritt, konnte er mit untrüglicher Sicherheit bestimmen, wo man nach Wasser graben könne. Überdies besaß er gute Mittel gegen landesbräuchliche Krankheiten, so daß er den Bauern als schätzbarer Heilkünstler galt.

Weil er aber viele Kenntnisse nur mit Heimlichkeit verwerten durfte, hatte er ein schweigsames Wesen angenommen, welches das Vertrauen verscheuchte. Überdies war er nach seinem Äußeren eine düstere Erscheinung, und manche seltsame Nachrede hing an seinem Namen. Dieser Korbinian Fröschl besaß eine zwanzigjährige Tochter mit Namen Anna; sie war eine schön gewachsene Person, von angenehmen Zügen, jedoch ohne rechte weibliche Tugend. Ihre Kindheit war nicht behütet worden. Die Mutter war früh dem Tode verfallen, und der Vater, den seine Geschäfte oft vom Hause fernhielten, kümmerte sich wenig um die Erziehung. So gewöhnte sich Anna nicht an Pflichterfüllung und entbehrte der tröstlichen Grundsätze, daß Arbeit das Leben versüßt und Armut nicht schändet.

Vielmehr hing sie ihr Herz an vergängliche Dinge und hegte den Wunsch, ihre Schönheit, die ihr wohlbekannt war, mit nichtigem Putze zu heben. Dieses Frauenzimmer lernte der junge Spanninger durch einen gewöhnlichen Zufall kennen. Es war Ende April, und die Dürnbucher Welt hatte ein frühlingshaftes Aussehen. Die Stare pfiffen in allen Gärten, und die Schlehdornhecken waren mit weißen Blüten bedeckt, und Gabriel Riedlechner und J. B. Irzenberger hatten ihre Neuheiten in Frühlingsstoffen ausgelegt.

Da ging Anna Fröschl über den Stadtplatz und blieb vor den Ladenfenstern stehen. Sie betrachtete Pers und Zephir, blau gemusterte Baumwollstoffe, Musselin und Mull. Sie fertigte sich in Gedanken von jedem Zeuge eine Bluse an und suchte sich bunte Gürtel aus, die dazu passen konnten, und drehte sich vor den Spiegelscheiben, als hätte sie nun die ganze Pracht zu probieren.

Peter, der vor seinem Hause stand, sah die gefällige Person von weitem und ging wie von ungefähr über den Platz. Er spazierte einige Male mit hochgezogenen Schultern an dem Laden vorüber und bemerkte unterweilen die Vorzüge des Frauenzimmers.

Auch dieses übersah seine Aufmerksamkeit nicht, und als es sich zum Gehen schickte, warf es ihm einen brennenden Blick zu.

Peter überlegte, ob er darin eine Aufmunterung erblicken dürfe, aber da trat Kaufmann Irzenberger aus dem Laden und begann ein Gespräch mit ihm. Peter fragte gleichgültig und nebenher, wer die Person gewesen sei, die so lange die Auslage betrachtet habe.

Irzenberger gab genaue Auskunft, und so erfuhr der junge Spanninger, daß die Tochter des anrüchigen Fröschl seine Beachtung gefunden hatte. Das kühlte ihn ab.

Die natürliche Scheu, welche gut situierte Leute von zweifelhaften Elementen fernhält, war in ihm stark entwickelt. Nicht weniger das dunkle Gefühl, daß arme Leute immer bestrebt sind, die Wohlhäbigkeit auszunützen.

So war er abgeneigt, sich in ein unrühmliches Abenteuer einzulassen, und schon wenige Tage später bestärkte ihm eine zufällige Begegnung diesen Vorsatz.

Er ging um die Mittagszeit das Alzufer entlang und sah nahe der Brücke einen Menschen, der mit nackten Beinen im Flusse stand und ein Netz aus dem Wasser hob. Zwei kleine Fische zappelten darin. Der Mann faßte sie mit der Hand und warf sie in eine rostige Gießkanne. Es war Korbinian Fröschl. Peter erkannte ihn und sah auch, daß er ein schmutziges Hemd auf dem Leibe trug und eine Hose, die an vielen Stellen nicht geflickt war. Da fühlte Peter mit Macht, wie gut er getan hatte, solche Leute selbst auf verbotenen Wegen zu meiden.

Allein Anna hatte die Blicke des jungen Spanninger nicht vergessen. Im Gegenteil dachte sie häufig daran und brachte sie in Zusammenhang mit ihren heimlichen Wünschen nach hellen Blusen und gelben Ledergürteln. Sie ging jetzt häufig auf den Stadtplatz, und immer so, daß sie an der Brauerei »Zum Stern« vorüberkam.

Doch traf es sich nie mehr, daß sie dem Peter in die Hände laufen konnte.

Ein oder das andere Mal stand er im Kreise der Honoratioren, welche sich allabendlich auf dem Bürgersteige vor Sonnenuntergang zusammenfanden. Aber er war durch die dicken Bäuche und breiten Rücken so versteckt, daß sie ihm keine Blicke zuwerfen konnte. Da nahm sie einen raschen Entschluß und schrieb einen Brief an den Jüngling, der sein Glück nicht verstand. Sie wählte ein überaus zierliches Papier, das mit Spitzen umrändert und auf der ersten Seite mit einem schnäbelnden Taubenpaare geschmückt war. Darunter setzte sie den Vers:

Kein Feuer, keine Kohle kann brennen so heiß
Wie heimliche Liebe, von der niemand nichts weiß.

Und weil sie die Anrede nicht zu kalt und nicht zu warm wählen mochte, half sie sich, indem sie ein Fragezeichen und zwei Ausrufezeichen über den Text schrieb. Dann sagte sie, es sei vielleicht ein gewisser Jemand, dem man kürzlich begegnete, erstaunt über diese Kühnheit, und vielleicht denke er sich gar etwas Schlechtes. Sie habe lange gezweifelt, ob es sich schicke, einem fremden und doch nicht fremden jungen Herrn zu schreiben, und sie wisse, es schicke sich eigentlich nicht. Denn besonders in Dürnbuch seien die Leute gleich bereit, ein Mädchen schlecht zu machen, aber sie hoffe, daß ein gewisser Jemand nicht so sei. Und wenn sie das nicht dächte, und wenn sie glauben müßte, er könne etwas Schlechtes meinen, dann würde sie überhaupt nicht schreiben. Aber sie müsse doch schreiben, weil sie ihm sagen wolle, daß sie gerne den gewissen Jemand wiedersehen möchte, und wenn er deswegen nichts Schlechtes denke, dann solle er um Gottes willen nur ja nicht kommen. Und er solle nicht vor der Dunkelheit kommen, weil neidische Augen wachten. Darunter schrieb sie: »Ungenannt und doch bekannt A. F.« Und sie setzte wiederum ein Fragezeichen und zwei Ausrufezeichen hinter die Buchstaben.

Der Brief stürzte Peter in Ratlosigkeit. Er sah das frische Mädchen vor sich mit allen runden Heimlichkeiten, die sein Blick begehrlich gestreift hatte, aber als Spanninger konnte er nicht blind in den Strudel der Leidenschaft tauchen. Denn, wie gesagt, er war von Kind auf mit großem Mißtrauen gegen das andere und ärmliche Menschentum angefüllt worden. Und dachte er auch zu manchen Stunden, daß er wohl verstohlen in den Liebesgarten schleichen könne, so überlegte er baldigst wieder, daß solche Leute wie Fröschl Geheimnisse gerne zu Geld machen. Stündlich wechselte er mit seinem Entschlusse seine Stimmung.

Jedesmal, wenn er sich vornahm, zu entsagen, wurde sein Gemüt leicht und froh, und jedesmal, wenn er der Lockung folgen wollte, fühlte er sich bedrückt. Die helle Stube, der sauber gedeckte Tisch, alle Behäbigkeiten des Elternhauses mahnten ihn, die bürgerliche Ehrsamkeit zu wahren, aber wieder winkten ihm die lebhaften Gedanken an beachtenswerte Reize.

Denn trotz aller Meinungen, die in Dürnbuch feststanden, war es sein erstes Abenteuer. Und weil sich seine Tugend nicht auf gefestigte Grundsätze, sondern auf äußerliche Bedenken stützte, mußte sie immer wieder ins Wanken geraten.

Am Tage des Stelldicheins spazierte Peter gleich nach dem Mittagessen durch die Kreuzgasse. Er wollte unauffällig die Örtlichkeit erkunden, und darum hatte er sich zur Jagd gerüstet. Vielleicht dachte er nebenbei, daß er so das Wohlgefallen an seinem Äußeren heben könne, denn er war mit Joppe und Gewehr gewalttätig anzusehen. Überdem hatte er seine Waden mit ledernen Gamaschen umkleidet, obschon die Sonne leuchtend am Himmel stand und alle Wege in Trockenheit lagen. So stieg er mit langen Schritten durch die Gasse.

Die Häuser waren unbehaglich anzuschauen; es fehlte ihnen die rechte Breite. Sie standen eng aneinandergepreßt und ragten steil in die Höhe, damit sie oben Luft schöpfen konnten. Kleine Fenster saßen unregelmäßig neben- und übereinander, die Scheiben waren trübe, und viele gähnten schmucklos die Gasse herunter. Nur wenige waren mit dunkelfarbigen Vorhängen geschmückt. Was Peter sah, wirkte erkältend auf seine Gefühle, und er wünschte jetzt, unbemerkt zu entkommen. Aber die stille Gasse war an hallende Schritte und knarrendes Leder so wenig gewohnt, daß sie erwachen mußte.

Der Flickschneider Söllbeck, der mit untergeschlagenen Beinen in seiner Werkstätte saß, erhob sich rasch, um dem jungen Manne mit den prallsitzenden Beinkleidern nachzusehen.

Gegenüber trat die Frau Buchbinder Gnadl unter die Türe und schüttete schmutzige Brühe auf das Pflaster. So hatte sie ein Recht, im Freien zu weilen und zu ergründen, was den Sohn des Sternbräu in die Gegend führen könnte.

Nebenan trug die Schusterin Brummer ihr Knäblein auf dem Arme heraus, und dieses begann alsogleich zu schreien. Da öffneten sich herüben und drüben die Fenster, und alle neugierigen Augen folgten dem blanken Jägersmanne.

Peter trachtete vorwärts, aber in der Mitte der Gasse stutzte er, denn er sah Anna Fröschl, die freundlich auf ihn herablächelte. Weil ihr Jäckchen nicht völlig geschlossen war, sah man den Ansatz der runden Brust. Peter faßte sich ein Herz und grüßte und merkte, daß das Mädchen zweimal nickte. Das gab ihm und den anderen zu denken. Dem Flickschneider Söllbeck blieb es für den Nachmittag ein Gegenstand innerlicher Betrachtung, und die Gnadlin erschien von da ab bis zum Abend jede halbe Stunde vor ihrem Hause, um Spülwasser auszuschütten und Rundschau zu halten. Peter verließ die Stadt und schritt über Felder und Wiesen. Er hatte Gefahr und Glück des Abenteuers dicht beieinander gesehen und war in neue Zweifel verstrickt. Aber als nun die Bäume lange Schatten warfen, hatte die Tugend einen großen Sieg errungen, und die Schar der Guten war um einen vermehrt. Der junge Spanninger war entschlossen, auf Liebe und schlimme Nachrede zu verzichten. Und er machte sich auf den Heimweg. In Dürnbuch läutete man den Englischen Gruß. Die hellen und tiefen Töne der Glocken klangen mit gemessener Feierlichkeit in den Abend, und wäre Peter eine stimmungsvolle Natur gewesen, so hätte er empfinden mögen, daß seine reinliche Seele sich in diesem Augenblick aufwärts erhob, bis zu den rosaroten

Wolken des Frühlingshimmels. Jedoch auch sein gröberes Gemüt kam in Schwingung, freundliche Heimatgefühle faßten ihn an. Er sah im Geiste ungestörte Behaglichkeit, reichlich gedeckte Tische und Ordnung. Und so sicher wußte er sich, daß er den Rückweg wiederum durch die Kreuzgasse wählte. Sie lag schon im Dunkeln, als er sie betrat. Am Eingange brannte ein trübes Licht; der Schein der Laterne reichte kaum bis zum zweiten Hause. Peter wollte seinen Gang beschleunigen, als eine vermummte Gestalt ihm entgegentrat. »Herr Spanninger!«

Er blieb stehen und erkannte Anna, die sich in ein Tuch gehüllt hatte. Sie sagte mit leiser Stimme, daß sie an sein Kommen nicht mehr geglaubt habe, und bei diesen Worten zog sie ihn sanft in den Schatten der Mauer. Peter folgte mit halbem Widerstreben und antwortete, daß er gleich wieder gehen müsse, weil man ihn daheim erwarte. Er horchte dabei ängstlich in die Gasse hinaus. Es war tiefe Stille und nichts zu vernehmen als die Atemzüge des Mädchens.

Das flüsterte, der Herr Spanninger könne doch ein wenig verweilen. Ein anderes Mal gerne, sagte Peter, aber nur heute ginge es nicht, weil er Besuch habe von einem Freisinger Freunde.

Der würde sicherlich warten, meinte Anna, und der Herr Spanninger könne sagen, daß er sich auf der Jagd verspätet habe. Und der Herr Spanninger dürfe nicht glauben, daß sie ihn lange aufhalten wolle, denn sie wisse wohl, daß es für sie nicht schicklich sei, bei einem Herrn zu stehen, obgleich sie gewiß niemand erblicken könne.

Peter wurde allmählich sicher und fragte, warum ihm das Fräulein geschrieben habe.

Nur so und überhaupt, erwiderte Anna, und dann habe sie sich gedacht, daß der Herr Spanninger sie vielleicht noch kenne, denn sie sei ihm in früheren Jahren öfter begegnet.

Daran könne er sich nicht erinnern, sagte Peter.

Sie glaube es wohl, antwortete Anna, denn ein so vornehmer Mann gäbe kaum acht auf ihresgleichen. Das Gespräch stockte, indem Peter nichts zu erwidern wußte.

Anna knüpfte den Faden auf ein neues an. Sie habe gemeint, der Herr Spanninger kenne sie noch, denn er habe ihr neulich nachgeschaut.

Das sei nicht darum gewesen, sagte Peter, sondern weil ihm das hübsche Fräulein aufgefallen sei.

Das könne sie aber gewiß nicht glauben, erwiderte Anna, und sie sähe deutlich, daß der Herr Spanninger sie verspotte. Denn es gäbe schönere als sie in Dürnbuch.

Es sei keine so hübsch, versicherte Peter.

O da müsse sie lachen, sagte Anna, denn er sei ein galanter Herr, der solche Dinge allen Mädchen sage. Aber sie wisse recht gut, daß vornehme Leute gerne ihren Scherz trieben.

Peter schwieg und horchte mit Unbehagen auf Schritte, die vom unteren Ende der Gasse her klangen.

Das sei der Schuhmacher Brummer, flüsterte Anna, und Herr Spanninger möge in das Haus eintreten. Sie nahm ihn bei der Hand und schlich auf Zehenspitzen voran.

Peter konnte nicht widerstreben, da die Schritte näher kamen. Es war ihm jedoch in dem engen Hausgange keineswegs wohl zumute, und er beschloß, baldigst Abschied zu nehmen.

Anna lehnte die Türe zu und lugte durch die Spalte hinaus. Der nächtliche Spaziergänger kam vorbei, und es war wiederum stille.

Jetzt gab Peter kund, daß er nicht mehr länger bleiben könne; aber das Mädchen ließ ihn nicht ziehen. Er müsse noch warten, denn der Schuhmacher Brummer könne umkehren. Bei den Worten schmiegte es sich an den jungen Mann; er fühlte ihre Schulter und roch den Duft ihrer Haare, aber er rührte sich nicht.

Anna seufzte.

Was sich der Herr Spanninger denken müsse, daß sie jetzt so mutterseelenallein im Dunkeln bei ihm stände?

Peter sagte, sie könne nichts dafür, daß sie sich verbergen müßten, und es dauerte nicht mehr lange.

Nein, nein! erwiderte Anna, so leicht sei es nicht zu nehmen, alle Welt sei dabei, von einem Mädchen immer das Schlechteste zu denken, und der Herr Spanninger habe gewiß eine schlimme Meinung von ihr.

Er habe eine gute Meinung von ihr, sagte Peter.

Anna seufzte wieder.

Das hoffe sie fest. Denn sonst müsse es sie bitter gereuen, daß sie den Brief geschrieben habe. Und eigentlich, sie könne es nicht begreifen, wie sie den Mut gefunden habe.

Es sei nichts weiter dabei, sagte Peter.

Für ihn nicht, erwiderte Anna. Aber was würden die Leute von ihr sagen, wenn sie es erführen? Sie könne sich nicht mehr auf der Straße blicken lassen, so würden alle über sie herfallen.

Das erfahre niemand, sagte Peter.

Ja, das müsse der Herr Spanninger versprechen, das Geheimnis müsse er wahren. Er dürfe nicht sagen, daß sie ihm geschrieben habe, und er dürfe nicht sagen, daß er in ihrem Hause gewesen sei in der stockfinsteren Nacht und ganz allein.

Er werde nie davon sprechen, sagte Peter.

Sie habe jedoch davon gehört, erwiderte Anna, daß die Vornehmen sich darüber lustig machen, wenn sie einem Mädchen den Kopf verdrehen. Und der Herr Spanninger habe gewiß viele Abenteuer gehabt und lache über die Mädchen, die ihm Glauben schenkten.

Er werde gewiß nichts verraten, versicherte Peter, und überdem, jetzt wolle er gehen.

Anna öffnete zögernd die Tür und schloß sie hastig wieder. Denn auf ein neues klangen Schritte in der engen Gasse.

Es waren feste, grob aufgesetzte Tritte. Eilige Tritte. Das Mädchen fuhr erschrocken zusammen.

»Jesus! Der Vater!« flüsterte sie. Peter fühlte sein Herz stille stehen. Er wollte hinaus ins Freie. »Um Gottes willen nicht!« sagte das aufgeregte Mädchen. »Es ist zu spät! Da hinein! Sie müssen da hinein!« Hastig zog sie ihren Besucher in den Gang zurück, bis sie an eine Türe kam, die sie aufriß. Ein dumpfer Kellergeruch schlug Peter entgegen, aber Anna ließ ihm keine Zeit zur Besinnung. Sie gab ihm einen heftigen Ruck, so daß er stolpernd nachfolgen mußte. Dann stand er schwer atmend in einem moderigen Gewölbe und horchte. Die Haustüre wurde geöffnet. Eine rauhe Stimme fluchte über die Nachlässigkeit, daß um diese Stunde nicht abgesperrt sei. Dann rief die Stimme Anna beim Namen, mehrmals, und mit jedem Male lauter. Dann klangen schwer genagelte Stiefel gegen die Treppenstufen. Fröschl wollte über die Stiege hinaufgehen, um seine faule Tochter zu wecken. In diesem Augenblick machte Peter in seiner Angst eine Bewegung und schlug mit dem Gewehrkolben heftig gegen die Gießkanne, die hinter ihm stand. Der Schlag tönte laut durch den Gang, und Fröschl schrie, was das sei? Hallo, was das sei?

Anna kam hervor und sagte, daß sie es wäre, und was der Vater wolle.

Fröschl herrschte sie an, was sie in der Kammer um diese Zeit zu tun habe, und das wolle er gleich sehen.

Peter hörte, wie der grimmige Mensch mit einer Zündholzschachtel hantierte, und dann sah er Licht aufblitzen.

Schreckliche Gedanken bestürmten ihn. Erinnerungen an teuflische Geschichten von Menschen, die in verborgenen Kellern umgebracht wurden, von Totengerippen, die erst nach vielen Jahren bei baulichen Veränderungen gefunden wurden; von jungen Männern, die spurlos verschwanden. Er warf sein Gewehr von sich, denn er dachte, daß der Anblick der Waffe die Roheit seines Feindes steigern würde. Und er schrie mit heiserer Stimme: »Schonen Sie mich! Ich bin der Sohn achtbarer Bürgersleute!«

»Was und wie?« grollte Fröschl.

Und Peter wiederholte es: »Halten Sie ein! Hier steht der Sohn ehrbarer Leute!«

»So, so, der Herr Spanninger!« höhnte Fröschl, indem er den todbleichen Jüngling beleuchtete. Dann wandte er sich um gegen seine Tochter, und als er merkte, daß sie über die Stiege eilte, folgte er ihr mit schrecklichen Worten.

Peter tastete sich die Mauer entlang bis zur Haustüre. Er riß sie auf und stürmte hinaus und lief mit tollen Sprüngen durch die Kreuzgasse. Er lief bis in die Mitte des Stadtplatzes und machte erst am Marienbrunnen halt, um Atem zu schöpfen. Als er wieder zu sich kam, hielt er Umschau.

Von drüben, wenige Schritte entfernt, blinkte das Licht über dem goldenen Sterne, dem ehrenvollen Wahrzeichen des Hauses. Nie hatte es ihm freundlicher gelacht.

Es überkam ihn wie Dankbarkeit gegen den Schöpfer, der es nicht zugelassen hatte, daß ein Spanninger sein junges Leben verlor in den schmutzigen Kellern des Fröschlhauses. Dann ging Peter heim. Er wartete die Gelegenheit ab, daß er unbemerkt auf sein Zimmer schleichen konnte, und kleidete sich um. Seine Joppe und den Hut mit der verwegenen Feder warf er beiseite, und als er gleich darauf in der väterlichen Wirtsstube saß, fühlte er kräftiges Wohlbehagen und herzliche Freude an der bürgerlichen Ehrbarkeit.

Er hoffte zuversichtlich, daß sein Abenteuer geheim bleiben würde. Fröschl hatte guten Grund, über seine Mordpläne zu schweigen, und das Mädchen nicht weniger. Denn sicherlich war das ein abgemachtes Spiel gewesen.

Die Nacht schlief Peter unruhig. Arge Träume quälten ihn. Er sah einen wilden Menschen und eine üppige Weibsperson in einem Keller schwere Verbrechen begehen. Sie pökelten einen Leichnam in das riesige Krautfaß ein; und der Tote trug die Züge des Peter Spanninger.

Schweißtriefend erwachte er. Es pochte heftig an die Türe; der Hausknecht trat ein und brachte ein Gewehr. Der Fröschl habe es abgegeben, sagte er und drückte sein linkes Auge bedeutsam zu und lächelte.

Und dieses Gehabe mußte Peter durch mehrere Wochen sehen. Nämlich alle Bräuburschen und alle Dienstboten und die Kellnerinnen und die Gäste und der alte Sternbräu selber hatten es angenommen, mit den Augen zu blinzeln, wenn sie Peter sahen.

Und noch viele Jahre später, als Herr Spanninger senior schon längst von sämtlichen Vereinen zu Grabe geleitet war, und Herr Spanninger junior hinwiederum einen Sohn und künftigen Sternbräu erzeugt hatte, erzählten sich die Dürnbucher, daß Peter gar seltsam hinter den schönen Mädchen her gewesen sei.

Und auch dieses mehrte sein Ansehen.

Krawall

Jawohl, auch wir Dürnbucher haben unsere Revolution gehabt, oder einen Krawall, und es war damals, wo der Buchdrucker Schmitt, Gott hab ihn selig, als Major von der alten Landwehr vom Messerschmied Simon unter den Tisch geschlagen worden ist und sozusagen betäubt war... aber ich will die Geschichte der Reihe nach erzählen.

Ihr könnt euch denken, daß wir Dürnbucher Anno 66 einen großen Haß auf diese Preußen gehabt haben, und wenn der Feind damals bis zu uns gedrungen wäre, dann hätte es geraucht. Ich weiß noch gut, wie die privilegierte Schützengesellschaft zum Ausrücken bereit war; und der alte Büchsenmacher Weinzierl ist jeden Tag auf den Kapellenberg gegangen, wo er das Terrain studiert hat. Die Bürgergarde oder Landwehr älterer Ordnung, wie man auch sagt, ist zweimal in der Woche ausgerückt und hat im Buchwald exerziert, und der Major, was der Buchdrucker Schmitt war, Gott hab ihn selig, ist zum Messerschmied Simon gegangen und hat sich öffentlich, daß es jeder gesehen hat, den Säbel schleifen lassen.

Überhaupt herrschte furchtbare Aufregung, und der Provisor von der Marienapotheke hat für den Ernstfall ein Sanitätskorps gebildet, wo er der Vorstand war, und die Frau Landrichter Hefele hat sich auf der Stelle zur Krankenpflege gemeldet, und dann haben sich die meisten Frauen einschreiben lassen.

Alles war bereit, und jeden Tag hätte es losgehen können. Einmal hat man geglaubt, es ist schon so weit.

Mitten in der Nacht hat es auf dem Marktplatz geschossen, zweimal hintereinander. – –

Beim Spanninger sitzt alles käsweiß in der Gaststube und still, eine Maus hätte man laufen hören, und der Hausknecht hat die Geistesgegenwart und riegelt das Tor zu, und am Kirchturm schlägt die Glocke an, weil der Mesner Benno die Schüsse auch vernommen hat, aber es war bloß der alte Büchsenmacher Weinzierl.

Der ist immer mit dem Doppelläufer ins Wirtshaus gegangen, damit er die Waffe bei der Hand hatte, und auf dem Heimweg hat er sich lebhaft vorgestellt, wie es jetzt wäre, wenn beim Glaser Spannagl ums Eck die Preußen kämen, und er ist aufgefahren und hat geschossen.

Zwei wären es gewesen, hat er oft gesagt, und dann Adieu Weib und Kind, denn zum Laden wäre er nicht mehr gekommen. Aber zwei wären es gewesen.

Das war das einzige Mal, wo auch bei uns so eine Art Kriegslärm war; später hat man nichts mehr gehört, und die Preußen sind nicht gekommen.

Übrigens, daß ich es recht sage, einer war schon anwesend in Dürnbuch. Ein windiger Buchbindergeselle, und der hat das Maul so preußisch spitzen können, daß es einem siedig heiß geworden ist. Wie die Nachricht von der Schlacht bei Kissingen gekommen ist, da waren viele Bürger im Kollergarten beim Bier und haben über das Unglück geredet.

Auf einmal steht der Schmied Kasenbacher auf und schaut über ein paar Bänke hinüber, wo der preußische Buchbinder war.

Man hat nicht gewußt, lacht er höhnisch oder lacht er nicht, denn er hat das Maul immer so hinaufgezogen.

»Himmelkreuzdonnerwetter« hat der Kasenbacher geflucht, »jetzt wenn ich es aber wissen täte!«

Die Bürger sind aufgesprungen und haben den Preußen umringt, und ein paar Bräuknechte haben schon die Hemdärmel aufgekrempelt.

Aber der Buchbinder ist gegangen, und das war sein Glück, denn wir Dürnbucher haben damals keinen Spaß verstanden. Also, ich habe erzählen wollen von der Revolution, wie der Messerschmied Simon den Buchdrucker Schmitt, Gott hab ihn selig, unter den Tisch geschlagen hat.

Das war ein Jahr später, aber es hängt mit diesem furchtbaren Haß gegen die Preußen zusammen.

Nämlich Anno 1867 haben wir schon das neue Militärgesetz gehabt, und es war die erste Kontrollversammlung angesagt.

Das hat besonders draußen auf dem Land böses Blut gemacht. In Dürnbuch waren die Leute ja vernünftiger, denn man hat doch eine andere Schulbildung, und man hat seine Zeitung, aber unter den Bauernburschen ist die Rede gegangen, daß jetzt alle preußische Soldaten werden müssen.

In Stockach hat es der Pfarrer auf der Kanzel gesagt. Er hat die Arme zum Himmel gehoben und hat gerufen, daß es wenigstens von dort oben noch weiß und blau herunterschaut, wenn es gleich auf der Welt nicht mehr altbayrisch sein soll.

»Werdet nicht lutherisch!« hat der geistliche Rat in Sassau gepredigt. »Buben, werdet nur ja nicht lutherisch und behaltet euren heiligen Glauben!«

Und das hat man überall gehört; in der ganzen Umgegend ist das gleiche gesagt worden, und die einen waren voll Angst und die andern waren voll Wut.

Daß es unter den Bauern nicht mehr richtig war, hat man schon ein paar Wochen vor der Kontrollversammlung gemerkt.

Wenn sie nach Dürnbuch auf die Schranne gekommen sind, haben sie in den Wirtshäusern Spektakel gemacht und drohende Reden geführt.

Und der Respekt vor der Obrigkeit war überhaupt vollständig weg.

In der Post ist ein Bauer zum Beamtentisch hingegangen, wo die Herren ihren Tarock gespielt haben, und er schaut dem Bezirksamtmann in die Karten und klopft ihm auf die Schulter.

»Du glaubst schon, du hast alle Trümpfe in der Hand«, sagt er, »aber paß auf, ob nicht am End wir das Spiel gewinnen.«

»Sie sind ein Flegel«, sagt der Bezirksamtmann, »überhaupt, was wollen Sie?«

»Manderl!« sagt der Bauer, »überleg dir die Sach noch, ob ich ein Flegel bin.«

»Ich lasse Ihnen arretieren«, schreit der Herr Bezirksamtmann, »wo ist die Polizei?«

»Heb dir deine Polizei auf«, sagt der Bauer und lacht ganz merkwürdig, »vielleicht kannst sie noch gut brauchen«, und dann ist er gegangen. Unter der Tür hat er sich noch mal umgedreht und sagt: »Wennst an den König von Preußen schreibst, kannst ihm einen schönen Gruß ausrichten von den Stockacher Bauern.«

Die Herren waren durchaus verblüfft und haben nicht mehr gewußt, was sie denken sollen. Der Bezirksamtmann – Alois Reich hat er geheißen, und er war aus der Rheinpfalz – hat die Karten hingelegt und ist wütend auf den Marktplatz hinaus.

Aber von den Bauern war nichts mehr zu sehen, und der Bürgermeister von Stockach, der gleich am andern Tag hereinzitiert worden ist, hat keine Auskunft geben können oder wollen.

»Sie müssen es wissen, wer der Kerl ist«, sagt der Bezirksamtmann.

»Wenn Sie einen Kerl suchen«, antwortet der Bürgermeister ganz kalt, »hernach müssen Sie schon bei einer andern Gemeinde anfragen. Wir Stockacher haben keinen Kerl unter uns.«

»Aha! Pfeift der Wind aus *dem* Loch? Ich will Ihnen was sagen. Innerhalb dreimal vierundzwanzig Stunden erfahre ich, wer mich gestern beleidigt hat. Der Mann ist leicht zu eruieren, schon an seinen Redensarten über Preußen und so weiter. Erhalte ich keinen Bescheid, dann sollen Sie mich kennenlernen.«

»Ist nicht notwendig«, sagt der Bürgermeister, »ich hab ja schon länger die Ehr. Und wenn das ein Kennzeichen ist, daß einer nicht preußisch werden will, dann müssens wir Stockacher alle miteinander gewesen sein. Und ich kann gleich dableiben«, sagt er, »denn ich bin der allererste dagegen.«

Eine solche Auflehnung hat man damals überall gemerkt, heimlich und offen, und eigentlich haben wir Dürnbacher uns darüber gefreut, wenn es nur keine Konsequenzen gehabt hätte.

Unter gebildeten Leuten hat das keine Gefahr. Man sagt seine Meinung, oder man denkt sich seinen Teil, und vergißt aber nicht den Anstand.

Aber bei den gewalttätigen Bauern sind natürlich die Konsequenzen eingetreten. Nun muß ich es der Reihe nach erzählen, obwohl es eigentlich schwer ist, weil man in dem Krawall den Kopf verloren hat, und keiner hat recht gewußt, wo der Anfang war.

Am Tag der Kontrollversammlung sind aus allen vier Himmelsrichtungen die Bauernburschen in die Stadt gekommen.

Nicht einzeln oder paarweis, sondern in Haufen, und alle haben schon in der Herrgottsfrühe Spektakel gemacht.

Wo ein Haufen mit der Ziehharmonika angerückt ist, das hat man sich noch gefallen lassen. Aber die meisten haben geschnackelt, gepfiffen und gejohlt, und andere haben durch Kuhhörner geblasen, als wenn sie Feuerlärm geben müßten, und wieder andere haben bloß geschrien, daß die Fenster gezittert haben.

Die Bürger sind erschrocken aus den Betten gestürzt und haben in die Gassen hinuntergeschaut, und den meisten hat schon nichts Gutes geahnt.

Am Marktplatz sind alle Haufen zusammengekommen; sooft ein neuer aufmarschiert ist, haben die andern ihn mit furchtbarem Lärm begrüßt, sie haben gejuchzt und geblasen und Blechdeckel aufeinander geschlagen, und es war wie ein Haberfeldtreiben.

Aus dem Stern und dem Goldenen Lamm und aus dem Rappen haben sich die Burschen Bierfässer geholt und auf den Platz gerollt, wo gleich angezapft worden ist.

Die Bräuknechte haben sie hergeben müssen und

die Maßkrüge dazu, denn an einen Widerstand war nicht zu denken.

Der lange Martl vom Rappenbräu hat Bezahlung verlangt, aber da ist ein allgemeines Gelächter gewesen, und ein Bursche hat gerufen:

»Heut sind wir zechfrei; heut zahlt alles der König von Preußen.«

Und sie sind her über das Bier, wie die Wilden; den Hahnen haben sie nicht mehr zugedreht, und was nicht in den Krügen Platz gehabt hat, ist auf den Boden gelaufen.

Mit dem Trinken ist der Lärm ärger und ärger geworden; einer hat den andern überschrien, und weil ihnen das noch nicht laut genug war, haben sie mit den Stecken auf die Fässer geschlagen.

Der Bürgermeister Wieser schaut zum Fenster herunter und glaubt, der Jüngste Tag ist gekommen.

Er hat aber den Kopf schnell zurückgezogen, denn wie ihn herunten ein paar gesehen haben, pfeifen sie durch die Finger und brüllen hinauf, ein Wort gröber wie das andere.

»O du Herrgottssakrament, tu deinen Gipskopf hinein, oder es geht dir schlecht!«

Endlich kommt der Polizeidiener Kraus hinter der Kirche herum, den Helm auf, den Säbel umgeschnallt, und blaß wie der leibhaftige Tod.

Er hat später oft erzählt, daß er Reu und Leid gemacht hat, bevor er in den Haufen hinein ist.

Er kann sich zuerst nicht verständlich machen;

aber nach und nach zieht sich ein Kreis um ihn, und ein Bursche steigt auf das nächste Bierfaß und schreit:

»Ruhe! Seid ruhig eine kleine Weile, jetzt müssen mir hören, wie lang wir noch bayrisch bleiben.«

»Meine Herren!« sagt der Polizeidiener Kraus, »machen Sie doch keine solchene Ruhestörung! Ich muß Sie aufmerksam machen, daß das verboten ist.«

»Steht das im preußischen G'setz?« fragt der Bursche vom Bierfaß herunter.

Und in dem Augenblick geht der Lärm auf ein neues an. Wie auf Kommando singen alle zu gleicher Zeit:

Schenkt's mir amal was boarisch ein!
Boarisch woll'n wir lustig sein,
Schenkt's mir amal was boarisch ein,
Boarisch woll'n wir sein!

Den Kraus packen drei oder vier und schieben ihn voran, und gleich schieben noch ein paar mit, und vor er richtig umschaut, fliegt der Polizeidiener in den Hauseingang vom Rappenbräu hinein, und vom Hauseingang in die Gaststube und von der Gaststube in die Küche.

»Hebt's ihn gut auf!« schreit einer zu den Weibsbildern hin, »denn wenn er nochmal rauskommt, könnt's leicht sein, daß er zerbrochen wird.«

Der Kraus hat nicht daran gedacht, noch einmal auf den Platz zu gehen, denn er hatte seine Pflicht schon erfüllt und betrachtete sich für kampfunfähig und gefangen.

Bis jetzt war eigentlich nichts geschehen; aber in dem Augenblick, wo es acht Uhr schlug, ging es wie auf Befehl über das Rathaus her.

Auf die Stunde war die Versammlung angesetzt, und die Burschen haben geglaubt, daß sie jetzt die preußischen Offiziere erwischen könnten.

Natürlich war überhaupt keiner in Dürnbuch, aber es war allgemein gesagt in der ganzen Gegend.

Also, die Kannibalen stürzen über die Stiege hinauf und nehmen den Gemeindeschreiber bei der Gurgel.

»Wo sind die Preußen?«

»Heraus damit!«

»Es sind keine Preußen da! Tut mir nichts, ich hab Weib und Kind!«

»Kerl, wenn wir sie finden, bist du auch hin!«

Die Haufen verteilen sich und suchen das ganze Haus ab, treten Türen ein, reißen Schränke auf, werfen die Akten herum, zerschlagen die Fenster, johlen und brüllen.

Jetzt hätte die Bürgergarde einschreiten müssen.

Der Messerschmied Simon, der als Leutnant dabei war, hat sich ein Herz gefaßt und ist aus seinem Hause heraus und zum Buchdrucker Schmitt in die Kirchgasse gelaufen.

Denn der Schmitt war Kommandeur, und alles mußte auf seinen Befehl geschehen.

»Revolution! Revolution!« schreit der Simon und reißt an der Glocke. Die Türe wird vorsichtig aufgemacht, und der Schmitt, Gott hab ihn selig, steht im Schlafrock da und zittert wie im Frostfieber. Aber der Simon war ein martialischer Mensch wie jeder weiß, der ihn kennt.

Er macht die militärische Ehrenbezeugung und sagt:

»Ich melde gehorsamst, Herr Major, in der Stadt herrscht Aufruhr! Die Bauern stürmen das Rathaus!«

»Wir sind alle sündige Menschen«, sagt der Schmitt, »um Gottes willen, Simmerl, glaubst du, daß sie jeden umbringen, oder bloß die Magistratsrät?«

»Ich bitte den Herrn Major gehorsamst um Befehl zum Alarm!«

»Sei so gut, Simmerl! Ist der Spektakel nicht schon arg genug?«

Jetzt wird der Messerschmied Simon zornig.

»Schmitt«, sagt er, »du weißt, daß es bei Revolutionen allemal über die Druckereien hergeht; wenn du jetzt nicht gleich deine Uniform anlegst und mitgehst, dann können sie von mir aus dein Geschäft demolieren.«

Und das war auch richtig.

Wo man von einem Aufstand was zu lesen kriegt, steht immer dabei, daß Druckereien erstürmt worden sind.

Der Schmitt hat das selbst gewußt, und er ist in Gottes Namen mit dem Simon gegangen, aber er hat noch nie so schwer an seinen Epauletten getragen wie diesmal.

Auf der Gasse sagt der Messerschmied wieder ganz militärisch: »Herr Major sammeln vielleicht das Korps in der obern Stadt, ich alarmiere am Kühberg, und meine Rotten stoßen mit den Ihrigen am Marktplatz zusammen, dann ist der Feind in die Mitte genommen.«

»Simmerl, sei g'scheit und bleib bei mir!«

Aber der Messerschmied Simon fragt barsch: »Befehlen der Herr Major, daß Bajonett aufgepflanzt wird?«

»Tu was d' magst«, seufzt der Schmitt. »Mit dir komm' ich heut noch ins Unglück.«

Und er schleicht langsam an den Häusern vorbei.

Der Simon rennt wie ein Feuerreiter in die untere Stadt. Er holt seinen Stabstrompeter, den Schuhmacher Batz, und läßt ihn Alarm blasen.

Der Batz ist nicht faul und schmettert sein Signal durch die Wäschergasse und die Kreuzstraße, über das Petersbergl und überall.

Aber kein Mensch kommt heraus.

Im Gegenteil, wo der Batz mit seiner Trompeten sich hören läßt, schließen die Bürger ihre Fensterläden und verrammeln sie von innen.

Jetzt rasselt auch die Trommel.

Ein Geselle vom Schmied Kasenbacher ist gehorsam auf den Alarm erschienen und schlägt auf das Kalbsfell los.

Rataplan! Rataplan!

Die Spielleute tun ihre Schuldigkeit, aber von der Mannschaft läßt sich keiner blicken.

Am Kühberg wohnt der Büchsenmacher Weinzierl.

Das ist ein erprobter Scharfschütz, und ein tapferer Mann, aber leider sind auch bei ihm Fenster und Läden zu.

Der Messerschmied Simon ist wütend. »Hans!« schreit er, »komm heraus!«

»Warum?« fragt der Weinzierl durch das Guckloch im Fensterladen.

»Ja, hörst du denn nicht von dem Spektakel? Alarm wird geblasen. Die Bauern sind über uns.«

»Ich schieß bloß auf die Preußen«, sagt der Weinzierl und gibt keine Antwort mehr.

Der Simon hält Kriegsrat.

»Ich habe dem Major versprochen, daß ich mit meinem Hilfskorps zu ihm stoße. Wenn ihr mitgeht, ist's recht; sonst gehe ich allein hin.«

Der Batz und der Schmied Maxl standen aber fest zu ihrem Leutnant. »Nur«, sagte der Schuster Batz, »keine Attacke können wir nicht machen, denn wir sind zu wenig, und mit einer Trompeten kann man den Rammeln die Köpfe nicht einschlagen.«

»Wir machen eine Streifpatrulle«, erklärte Simon, »und schleichen uns an den Feind heran. Wenn die

Sternbräustiege frei ist, kommen wir gedeckt hinauf, und dann sehen wir schon, wie es weitergeht.«

Die drei liefen schnell zum Alzufer hinauf und hatten das Glück, daß unterwegs noch der Zimmermann Heiß zu ihnen stieß, der ein Pionier bei der Bürgergarde war und mit der Axt ausrückte.

Vom Fluß weg geht direkt eine überwölbte Stiege in den Hof des Sternbräu, wo man dann mitten am Marktplatz war. Der Batz schlich voran, hinterdrein der Simon, dann kamen die andern zwei.

Es war niemand um den Weg, denn beim Sternbräu war das Tor geschlossen; aber im Hof stand der Bezirkskommandeur, Oberst Hingerl mit Namen, und sein Feldwebel war bei ihm. Er wollte die Kontrollversammlung bei dem Tumult nicht abhalten und blieb in seiner Wohnung, und das war sein Glück.

Denn wenn ihn die Kannibalen im Rathaus gefunden hätten, wäre wahrscheinlich ein Unglück passiert.

Er sagte aber, er werde schon noch mit den Herren zusammentreffen, wenn ihnen der Rausch vergangen wäre, und es ist auch ein paar Wochen später so gekommen.

Also jetzt stand er im Hof vom Sternbräu und machte ein fuchsteufelswildes Gesicht. Den Messerschmied Simon, der ihn militärisch grüßte, fuhr er gleich an: »Wer sind Sie?«

»Melde mich zur Stelle, Leutnant Simon vom Landwehrbataillon.«

»So? Von den Hasenfüßen? Ihr benehmt euch schön und laßt die besoffenen Lümmel die ganze Stadt auf den Kopf stellen!«

»Zu Befehl, Herr Oberst, ich tu meine Bürgerpflicht, und will mit meinem Korps zum Major Schmitt stoßen, daß wir die Ordnung herstellen.«

»Ist das Ihr ganzes Korps?« fragt der Oberst und schaut den Trommler an und den Trompeter und den Pionier.

»Das Gros befehligt der Herr Major Schmitt«, sagt der Simon, der auf unsere Dürnbucher Garde nichts kommen lassen will.

»Wo steckt denn Ihr tapferer Kommandeur? Ich höre und sehe nichts von ihm.«

»Er flankiert den Feind und bricht hinter der Kirche vor.«

»Also frisch drauflos!« ruft der Oberst.

Aber der Messerschmied Simon war ein besonnener Mensch, der seine Truppen nicht blindlings aufs Spiel setzte.

»Zuerst müssen wir rekognoszieren«, sagte er, »und uns mit dem Gros verständigen.«

Er ging bis ans Tor, und der Pionier Heiß mußte die Axt einklemmen, daß man eine Spalte hatte, durch die der Batz als der längste Umschau hielt.

Vom Marktplatz herein hörte man nur mehr einen schwachen Spektakel, denn in der Zwischenzeit waren die meisten Burschen schon abgezogen. Wie sich im Rathaus kein Preuße finden ließ, marschierten sie in die Ludwigstraße ans Bezirksamt und schmissen die Fenster ein und liefen dann johlend auseinander.

Auf dem Marktplatz blieb nur ein schwaches Dutzend zurück und soff das Bier aus.

Jedoch davon wußte der Simon noch nichts, und er ließ den Batz scharfe Umschau halten.

»Was ist los, Bart?«

»Bei der Mariensäule hocken etliche Burschen, und daneben sind andere, und sie schreien immer noch.«

»Das hör ich selber. Aber siehst du nichts vom Major?«

»Nein, da sieht man gar nichts.«

»Schau an die Kirche hin. Zum Seifensieder Gumpold. Aus der Gasse müssen sie kommen.«

»Nein, man sieht nichts.«

»Heiß, druck fester an, daß der Spalt größer wird! Jetzt schau genau hin!«

»Man sieht keinen Menschen nicht.«

»Kreuzteufel, was ist das? Dem Schreien nach sind nicht mehr viel Burschen auf dem Platz.«

»Es sind höchstens noch zehn oder zwölf.«

»Dann ist der Herr Major den Lackeln nachgerückt. Wir müssen hinaus.«

»Jawohl und rasch!« rief der Oberst.

»Nur Zeit lassen!« kommandierte der Messerschmied Simon. »Du, Heiß, schiebst den Riegel zurück, aber stad, daß man es nicht hört! Batz und Schmied Maxl, ihr bleibt hart neben mir, und schreit's recht! So, jetzt das Tor geschwind auf! Hurra! Hurra! Hurra!«

Die vier stürzten hinaus. Wie die Burschen das Feldgeschrei hören, packen sie zusammen, und auf und davon, was sie laufen können.

Zwei sind in der Besoffenheit liegen geblieben, die hat dann hinterher die Polizei heimgenommen.

»Viktoria!« schreit der Messerschmied Simon, »wir haben sie! Jetzt schnaufen wir aus, und dann wollen wir unsern Brüdern zu Hilfe kommen.«

Er hat seinen Tschako abgenommen und auf dem Schlachtfeld Umschau gehalten.

Der Platz hat grauslich ausgesehen; Maßkrüge und Scherben sind herumgelegen, Bierlachen sind überall gewesen, und auf dem Pflaster unterm Rathaus war alles voll Glasscherben und Papier und Aktendeckeln.

Jetzt sind aber in allen Häusern die Fensterläden zurückgeschlagen worden, und die Leute haben herausgeschaut und dem Simon ein Bravo zugerufen.

Den tapferen Messerschmied hat es gefreut, und er hat militärisch mit dem Säbel gedankt.

»Aber«, hat er gesagt, »das ist nur der erste Sieg; der schwerere kommt noch.«

Indem pfeift der Rappenbräu-Martl und winkt dem Heiß.

»Was willst?«

»Da geht's her. Nehmt's euern Major mit!«

»Was für einen Major?« fragt der Simon.

Jetzt erzählt ihm der Martl, daß der Herr Major Schmitt sich in den Rappenbräu geschlichen und überhaupt kein Gros gesammelt hat.

»Ist er noch drin?« fragt der Simon.

»Und wie!« lacht der Martl. »Schaut's ihn nur an.«

Sie gehen durch die Gaststube in die Küche, und da macht der Hausknecht die Speistür auf, und richtig sitzt der Herr Major Schmitt neben dem Polizeidiener Kraus auf dem Anrichttisch, und sie schauen grasgrün vor lauter Angst, wer denn kommt. »Ah, du bist's, Simmerl!« ruft der Major, »Gott sei Dank, i hab schon was anderes geglaubt.«

Aber der Simon sagt kein Wort; er macht einen Schritt vorwärts und haut seinem Vorgesetzten eine Watschen herunter, daß er unter den Tisch gefallen ist und sozusagen betäubt war.

Das ist die Geschichte von unserer Dürnbucher Revolution, welche sich Anno 67 durch den Preußenhaß zugetragen hat. Die Bauernburschen sind hinterher bös eingegangen; die Rädelsführer sind ins Zuchthaus gekommen. Viele haben als Soldaten zweiter Klasse in Ingolstadt Sand schieben müssen, und die anderen haben in den Kasernen auch nicht das schönste Leben gehabt. Die Bürgerwehr ist bald nachher aufgelöst worden, weil Thron und Altar jetzt anderweitig geschützt sind.

Aber der Buchdrucker Schmitt, Gott hab ihn selig, ist acht Jahre später noch in der Majorsuniform in den Sarg gelegt worden. Denn er hat es ausdrücklich so gewünscht.

Der westfälische Glaubensbote

Wir waren damals unser drei Lateinschüler in Bernau.

Wenn wir zu Ostern und im Herbst in die Ferien heimkamen, mußten wir unsere Zeugnisse im Pfarrhofe vorweisen, denn der Herr geistliche Rat Hefter war der gesetzmäßige und sachverständige Beurteiler unserer Fortschritte.

Er war eben ein milder Richter.

Von einem Dreier wußte er zu sagen, daß er immerhin kein Vierer sei, und die zweite Note nötigte ihm schon Hochachtung ab. Wenn er alles geprüft und recht befunden hatte, lud er seine Studentlein für den kommenden Tag zum Essen ein.

Die Mahlzeiten waren reichlich und von auserlesener Güte, nach der schönen Tradition altbayerischer Pfarrhöfe. Da gab es brave Leberknödel, herzhafte Stücke Rindfleisch, auf die wir den Gansbraten setzten. Den herrlichen Schluß bildete allemal ein Rahmstrudel, über dessen Bereitung der hochwürdige Herr eine lehrhafte Rede hielt.

Denn er unterschied gewissenhaft zwischen dem ausgezogenen Strudel und dem Pfannkuchenstrudel, und er sagte, daß leider die Kunst, den Teig in rechter Weise zu behandeln, allmählich verfalle.

Nach beendetem Mahle, wenn der Kaffee aufgetragen war, kam Fräulein Cornelia in das Zimmer und ließ sich von ihrem Herrn nötigen, Platz zu nehmen.

Ihr rundes Gesicht war gerötet vom Herdfeuer und strahlte ungemeines Wohlwollen aus. Sie wußte die Worte der Bescheidenheit zierlich zu setzen, wenn der Herr Rat die Mahlzeit lobte, und allemal beteuerte sie, es sei ihr nicht alles nach Wunsch geraten.

Dann fragte sie einen jeden von uns nach Gesundheitszustand und Befinden während des Jahres und wußte hier ein Tröstliches zu sagen, wenn ein Zeugnis schlecht ausgefallen war, und dort ihre Bewunderung auszudrücken, falls einer gute Noten heimgebracht hatte.

Woraus zu schließen war, daß auch Fräulein Cornelia unserem Studiengange Beachtung schenkte.

Das taten übrigens viele Leute in Bernau; und wenn der beste von uns dreien, der Joseph Haslinger, wieder einmal Noten heimbrachte, die uns recht in den Schatten stellten, ging die Kunde davon im Markte herum, und die Frommen freuten sich in der Hoffnung, daß er dereinst ein Diener Gottes werden würde.

Der geistliche Rat Hefter machte sich nicht viel aus

dem Haslinger Pepi, der schon jetzt eine auffallende Heiligkeit herumtrug. Wir andern waren ihm lieber; und wir mußten ihn oft begleiten, wenn er in die Nachbardörfer ging, um die Herren Amtsbrüder zu besuchen.

Da saßen in den Pfarrhöfen von Aschau und Endorf wohlgeratene Altbayern, die uns in schattigen Gärten bewirteten und uralte lateinische Späße kannten. Ab und zu auch einen deutschen, der recht nahe an die Grenze hinging, wo die Zimperlichkeit aufhört.

Das Liebste war es uns, wenn die ehrwürdigen Herren einen Kantus anstimmten, wobei wir mit Stolz bemerken konnten, daß unser Herr Rat mit seinem dröhnenden Basse die anderen aus dem Felde schlug. Hinterdrein kam der fröhliche Heimweg. Da war der hochwürdige Herr allemal redselig gestimmt und erzählte uns von der alten Zeit, in der er selber noch jung war.

Er führte sich aber nicht etwa als Beispiel der Tugend und des Fleißes auf, sondern verweilte lieber bei der Schilderung einer weltlichen Lustbarkeit. Wie er denn überhaupt von der glücklichsten Gabe der Heiterkeit beschenkt war.

Er war noch von der alten Art. Ein fröhlicher Junggeselle, dem das Alter den Humor mehrte und der recht behaglich über den irdischen Kümmernissen stand.

Er hatte nie eine Streitfrage angefangen, aber manche geschlichtet; er hat nie Dummheit verdammt, aber über manche gelacht.

Und darum steht er bei mir im lieben Andenken, weil er oft meine Mutter mit Weltweisheit getröstet hat, wenn sie verzagte an meiner Zukunft.

Mein junges Herz hat sich an ihn gehängt, und zu den vielen Trübseligkeiten, die der Schulbeginn für mich hatte, gehörte auch der Abschied vom Herrn geistlichen Rat Hefter. Eines Herbstes aber, als ich wieder in die Ferien kam, hatte sich vieles geändert.

Wie ich dem alten Herrn mein Zeugnis vorwies, las er es nur so obenhin, und er war nicht wie sonst.

Ich erfuhr bald, was ihm die Fröhlichkeit genommen hatte, wenn ich auch nicht alles verstand.

Nämlich: da war ein Fremder im Pfarrhofe eingezogen, ein junger Kooperator aus dem Westfälischen. Hieß Heinrich Wilmans.

Sein Aussehen hat mir gleich gesagt, daß er mir nie gefallen könne. Er war ein himmellanger Mensch, und alles war ungeschlacht an ihm. Arme und Hände und Füße und am meisten der Kopf.

Der war wie viereckig mit der niedrigen Stirn und der furchtbaren Kinnlade.

Wäre der Wilmans ein Schmiedegeselle gewesen, so hätten ihm Arbeit und Ruß vielleicht zu einer anständigen Erscheinung verholfen.

Aber wenn einer mit solchen Knochen faulenzt und den Heiligen im Volke vorstellt, gibt es allemal ein schlechtes Bild.

Es war über die Maßen widerlich, wenn der Longinus zierlich tat mit den Händen, oder wenn er recht jüngferlich seine Füße setzte. Wer ihm das noch verzeihen wollte, hat ihm gram werden müssen, wegen seines Gesichtes.

Die Augen saßen ihm tief und waren graugrün und schauten so fromm, als wenn sie den Herrgott auch an Werktagen suchten. Aber der Mund strafte sie Lügen. Die schwulstigen Lippen verrieten es, daß der heilige Heinrich dem Irdischen keineswegs entrückt war; und es war eine recht gemeine Sinnlichkeit, von der sie erzählten.

Für unseren geistlichen Rat muß es von der ersten Stunde an eine Qual gewesen sein, den Menschen in seiner Nähe zu haben. Denn alles war fremd und feindselig an ihm.

Die Gesinnung und die Art, wie er sie versteckte, und die Art, wie er sie von sich gab in dem spitzigen harten Dialekt. Er war aus der Münsterischen Gegend, wo sie heute noch die Andersgläubigen am liebsten in Käfigen zum Verhungern aufhängen würden.

Vielleicht hätte er zu dem dummen Volke gepaßt, das dort oben haust und seine Quäler und Meinungsverfolger für Heilige hält. Aber hierher ins Altbayrische gehörte er nicht, und das hat niemand deutlicher gewußt wie unser braver Franz Hefter.

Er hat ihn aber eine Zeitlang haben müssen, denn die hohe Obrigkeit warf ihre Gunst auf den Kooperator.

Es war nämlich der Heinrich Wilmans ein Glaubenszeuge oder Märtyrer, indem ihn der Minister Falk mit mehreren seinesgleichen aus dem Königreiche Preußen vertrieben hatte.

So kam er von einem Glorienschein umgeben in unseren stillen Markt und prangte fürs erste in Tugend und Glaubensstärke.

Es fehlte ja auch zu Bernau nicht an Betschwestern, die ihr Katholisches schärfer haben wollten wie andere Menschen und die es nicht genug loben konnten, wie der preußische Held ins Zeug ging. Und die alten Jungfern schnurrten wie die Katzen, wenn ihnen der Wilmans eigenartige Nerven aufregte und die christliche Kost pfefferte.

Dieses zwar hätte den geistlichen Rat wenig bekümmert; was da von alten Schafen zur neuen Tränke zog, ging ihm gut und gerne verloren. Aber bald mußte er bemerken, daß sich ein heimlicher Unfrieden festsetzte, daß erbitterte Feindschaften aufgingen unter dem befruchtenden Himmelstau, den der Herr Kooperator ausströmte.

Es gab jetzt Leute, die scharf auslugten, ob auch die Nachbarn dem Herrn dienten, und alle Tugenden wurden mit einemmal recht öffentlich durch die Gassen getragen und den Nebenmenschen vor die Nase gesetzt. Und je mehr Heilige aus dem Volke erstanden, desto größer wurde auf der anderen Seite die Schar der Verlorenen, für die man inbrünstig beten mußte.

Herr Hefter sah betrübt auf diese Wandlung. Wie seine Pfarrkinder jetzt die Ohren hängen ließen und nach der Vollkommenheit strebten, wollten sie ihm gar nicht gefallen. Bald begegnete er allenthalben giftigen Gerüchten, die alles Behagen aus den Häusern vertrieben, und er mußte persönlich darunter leiden, weil auch das brave Fräulein Cornelia nicht verschont wurde, sondern den Gegenstand sittsamen Abscheus bilden mußte.

Wenn sie nunmehr mit tiefer Wehmut in den Schüsseln rührte und häufig mit nassen Augen ihre Arbeit tat, schwoll der Ingrimm des gutmütigen Pfarrers mächtig an.

Jedoch konnte er den Feind nicht zum Kampfe stellen, denn auch hitzige Fragen beantwortete Wilmans mit einer himmlischen Sanftmut. Und er wußte nie etwas von den Bernauer Geschehnissen, Lügen und Feindseligkeiten, dieweilen sie irdischen Ursprungs waren.

Ich bin in derselbigen Zeit mit dem geistlichen Rat wieder einmal nach Aschau gegangen, wo uns der Dekan Staudacher gastlich aufnahm.

Es kam jedoch nicht zum fröhlichen Kommersieren, denn die Alten saßen mit ernsthaften Mienen einander gegenüber und tranken Bier in stiller Wut.

Herr Staudacher richtete halbe Fragen an seinen Freund, die ich nicht verstehen sollte, ob noch keine Aussicht bestünde, daß das Übel entfernt werde, und so ähnlich.

»Ja, Aussicht!« polterte unser Rat los. Aussicht! Immer schlechter werde es, und den Herren oben gefalle es gerade deswegen. Die brauchten jetzt Hetzer und Wühler, und wer nicht mittue, gelte nichts. Und der niederträchtige Halunke habe bei ihnen das größte Ansehen.

Herr Staudacher zwinkerte mit den Augen gegen mich hin, aber unser Rat sagte, ich dürfe es schon hören und wissen, daß der Wilmans ein Tropf sei. Es brächte bloß Schaden, den Menschen für anständig zu halten. Und er habe Vertrauen zu mir, daß ich nicht wie der Haslinger Pepi mit dem Kerl herumlaufe.

Allgemach wurde er warm und schlug grimmig in den Tisch hinein.

Da sagte Herr Staudacher zu mir, ich solle doch bei der Frau Arzböck gute Birnen und Äpfel in seinem Namen holen; er wollte sie mir für meine Frau Mutter geben.

Ich verstand wohl, warum er mich fortschickte, und ich blieb lange aus.

Als ich wiederkam, klopfte mir der Herr Staudacher auf die Schulter und zeigte seine Zufriedenheit. Ich konnte deutlich merken, daß die Alten noch etliches über den Wilmans geredet hatten, denn unser Rat hatte einen roten Kopf, und auf dem Heimweg blieb er oft stehen und brummte vor sich hin.

Und auf einmal sagte er zu mir: »Gelt, Ludwigl, du gibst dich nicht ab mit dem? Der Kerl ist schlecht. Grundschlecht.«

Ich antwortete recht männlich: »Niemals.« Da mußte er lächeln über meine feierliche Art.

Es war mir aber recht ernst mit meinem Versprechen, und ich hätte gerne durch eine verwegene Tat den Herrn Hefter von seinem Feinde befreit. Mein bester Wille konnte ihm nicht helfen, und er mußte noch ein halbes Jahr und darüber den westfälischen Glaubensboten um sich haben.

Bis sich die Vorsehung seiner erbarmte und den Wilmans über die eigenen Beine stolpern ließ. Der fühlte sich immer wohler in Bernau und breitete sein Reich darinnen aus. Und zuletzt glaubte er, daß er Herr über alles sei und verfahren könne wie die Heiligen in der münsterischen Landschaft.

Da mußte er indessen mit Bitterkeit erkennen, daß die Altbayern nicht ganz so ehrfürchtig vor den Dienern des Altars aufwachsen. Es stand im Orte ein wichtiges Fest bevor. Schon seit Jahren wollte der Veteranenverein den Kameraden, die in Frankreich gefallen waren, ein Denkmal setzen, und er hatte fleißig gesammelt, bis er endlich die Mittel beisammen hatte.

Die drei kunstverständigsten Leute von Bernau begaben sich ins Schwäbische, wo eine Metallwarenfabrik zahlreiche Monumente im Vorrat hatte. Sterbende Soldaten, welche noch die Fahne halten, lebende Soldaten, welche die Fahne schwingen, Engel, die sich über Tote beugen, Engel, die Lorbeerkränze mit ausgestreckten Armen tragen. Die Bernauer

Kommission, an deren Spitze der Zimmermeister Martin Degenbeck stand, wählte einen Engel mit Lorbeerkranz, obwohl sie eine lebhaftere Gruppe vorgezogen hätte. Aber leider steckten alle lebenden und toten Soldaten der Fabrik in preußischen Uniformen.

Nun waren die Käufer wohl oder übel zufrieden mit ihrem bronzenen Himmelsboten und priesen als kluge Leute daheim das Kunstwerk in allen Tonarten, so daß starke Neugierde herrschte. Der Steinmetz Bonholzer stellte den Sockel her und brachte mit vergoldeten Buchstaben auf polierten Marmortafeln die Namen der Gefallenen an.

Seine Werkstätte war mit Zuschauern angefüllt, welche die saubere Arbeit bewunderten und kunstsinnige Betrachtungen anstellten, wie schön wohl der Engel auf diesem Sockel stehen werde. Neben der Kirche richtete man den Platz für das Denkmal; da war ein großes Viereck durch steinerne Säulen gebildet; von einer Säule zur anderen schlangen sich eiserne Ketten von martialischem Aussehen. In der Mitte des Vierecks war ein Loch für den Sockel aufgeworfen, und um dasselbe herum war Gartenerde eingestampft, denn es sollten schöne Blumenbeete das Denkmal umgeben.

So gab es immer Neues zu sehen und zu besprechen, und viele Leute boten kluge Ratschläge dar, und die Spannung wuchs.

Der Zimmermeister Degenbeck war in diesen Tagen wieder einmal die wichtigste Persönlichkeit. Denn es oblag ihm, als dem Vorstande des Veteranenvereins, die Sorge um die richtige Ablieferung des Engels, um die sichere Aufstellung, um das Gelingen des Festzuges, um die angemessene Beteiligung der Honoratioren und der Vereine, um den würdigen Verlauf des Gartenfestes und um die Abhaltung der Reden. Man sah ihn jetzt im Laufschritte von einem Hause in das andere eilen, mit fliegenden Rockschößen durch die Gassen stürmen, immer atemlos, sorgenvoll und schweißtriefend. Und wenn er abgehetzt des Abends heimkam, saß er einsam bei der Lampe und setzte die Reden auf. Denn es war notwendig, daß er sie halten mußte, weil es im weiten Umkreise von Bernau keinen zweiten für eine zündende Veteranenrede gab.

In den siebziger Jahren war ein gemächlicher Liberalismus in Altbayern eingezogen. Beamte, Schullehrer und die besseren Bürger nahmen ihn an und trugen das neue Gewand wie einen sonntäglichen Bratenrock und augenfälliges Zeichen der vorgeschrittenen Bildung.

Sie waren frei von Kampflust und paßten mit Klugheit ihre Ansichten dem bürgerlichen Zusammenleben an, welches bei klaffenden Gegensätzen nicht gedeiht. Die Politik mochte nur als Beschäftigung für Feierabende gelten, als Gegenstand leichter Gespräche im Wirtshause; sie griff nicht hinüber in gemeindliche Dinge, in das Erwerbsleben, und sie konnte die Gemüter nicht trennen. Man darf sogar annehmen, daß gerade die Rückständigen von heimlicher Hochachtung erfüllt waren gegenüber den Leuten, die verwegen über die uralten Grenzen geschritten waren.

Und so wurde sicher auch der Zimmermeister Martin Degenbeck von vielen in Bernau bewundert. Er las häufig im Konversationslexikon und breitete vor seinen Mitbürgern fremdartige Kenntnisse aus. Dazu war er in der Weltgeschichte gut beschlagen und urteilte über Menschen und Dinge mit dem überlegenen Rationalismus, den man aus Karl von Rottecks Schriften gewinnt. Er hatte sich ein treffliches System erbaut, in das er auch die kleinen Bernauer Dinge einfügte, und er geizte nicht mit seinen tiefbegründeten Meinungen. Er gab sie gerne und reichlich von sich und wurde angestaunt auch da, wo er nicht verstanden wurde. Mit Kirche und Obrigkeit lebte er in Frieden, so häufig er auch den Vertretern dieser Hoheiten seine Überlegenheit andeutete. Der geistliche Rat Hefter ließ ihn bei seinem Glauben und schätzte ihn als braven Familienvater; daneben auch als einen Mann, mit dem man einen anständigen Tarock spielen konnte.

Es war selbstverständlich, daß der neue Kooperator in Martin Degenbeck allsogleich seinen Gegenfüßler und grimmigsten Feind erkennen mußte.

Heinrich Wilmans brauchte ein Objekt für seinen Eifer; und welches wäre tauglicher gewesen, als dieser laue Katholik und politisierende Handwerksmeister? Er begann also unverweilt ihn als abschreckendes Beispiel zu benützen, und Degenbeck konnte nun erfahren, mit wieviel Recht sein Lehrmeister Rotteck sagt, daß der philosophische Geschichtsforscher die Auswüchse der Priestermacht mit Unwillen und mit empörten Gefühlen betrachten müsse.

Es war ein Glück, daß die Friedensliebe in Bernau stärker war als diese neue Glaubenswut und daß man in dem schmählichen Heiden immer noch den erprobten Mitbürger sah.

Da sollte jetzt Degenbeck Gelegenheit finden, bei der Errichtung des Kriegerdenkmals sein Ansehen neuerdings zu befestigen. Schon dieserhalb war das Fest Heinrich Wilmans unwillkommen, und er gab sich redlichen Eifer, im stillen Hindernisse aufzubauen. Einige Mädchen, die als Ehrenjungfrauen prangen sollten, wiesen das Ansinnen zurück; ihre fadenscheinigen Ausreden ließen erkennen, daß sie fremdem Einflusse gehorchten. Der Sohn des Hafnermeisters Söll, den man als tüchtigen Trommler schätzte, sagte ab; der Lebzelter Höß ließ wissen, daß er zu heiser sei, um bei der Liedertafel mitzuwirken, und der Magistratsrat Späth erklärte mit rauher Offenheit, daß er bei dem Preußischen Feste keine Rolle spielen werde. Was bedeuten aber diese kleinlichen Dinge neben der Begeisterung, die sich überall kundgab! Nahezu vierzig Veteranenvereine hatten ihre Beteiligung mit Fahnen zugesagt, mehrere Musikkorps waren angemeldet, die freiwilligen Feuerwehren der ganzen Umgegend, Schützenvereine, Turner wurden erwartet, Triumphpforten waren errichtet, das Barometer versprach herrliches Wetter, die Gastwirte hofften, daß die Landbevölkerung in Scharen herbeiströmen werde, und sie verhackten ungezählte Schweine zu Würsten.

Überall zeigte sich geschäftiges Treiben, überall regte sich die altbayrische Freude an lauten Festen. Wenn es Feierabend war, spazierte jung und alt durch die Straßen und bewunderte die Dekorationen. Zwei Tage vor der Feier kam der bronzene Engel sorgfältig verpackt an.

Der Zimmermeister Degenbeck mit seinem Gesellen nahm ihn auf der Bahn in Empfang und brachte ihn auf geschmücktem Wagen zum Festplatze.

Zwei Veteranen hielten die Ehrenwache bei dem Kunstwerke, dessen Formen sich unter den hüllenden Tüchern kaum erraten ließen. Trotzdem drängten sich die Leute herzu und wurden des Schauens nicht müde. Als es dunkelte, rückten Meister Bonholzer und Degenbeck mit ihren Leuten an; der Engel sollte vermittels eines Krans auf den Sockel gehoben werden.

Der Turnverein hielt Ordnung. Während die einen hinter gespannten Stricken die Menge zurückhielten, leuchteten die anderen mit Fackeln zur Arbeit.

Degenbeck wußte, daß ganz Bernau anwesend war, und er ließ seine Kommandorufe laut über den

Platz ertönen. Endlich stand der Engel oben; er wurde von seiner Verpackung befreit, aber zugleich errichtete man die Hülle, welche erst am Festtage fallen durfte.

Als die Arbeit beendet war, marschierten Meister, Gesellen und Turner in geordnetem Zuge ab. Und Martin Degenbeck sah in der Fackelbeleuchtung kriegerisch und ehrfurchtgebietend aus.

Der Platz leerte sich, und bald stand das Denkmal einsam hinter den schützenden Vorhängen.

Um die Mitternachtsstunde aber ging der Hutmacher Bergwieser an ihm vorbei. Er hatte mit einigen Freunden im Kronprinzen gezecht und war nun auf dem Heimwege. Er ging achtlos seines Weges und hatte den Platz schon überschritten, als er plötzlich ein sonderbares Geräusch vernahm. Es war das Kreischen einer Feile.

Er blieb stehen und horchte. Eine Weile hörte er nichts mehr, dann setzte es wieder ein. Gedämpft und doch deutlich. Das Kreischen einer Feile. Und das Geräusch kam von der Mitte des Platzes her, wo das Denkmal stand.

Bergwieser war sonst ein beherzter Mann; wenigstens versicherte er das allen, denen er den Hergang schilderte.

Aber diesmal, sagte er, wurde es ihm sonderbar zumute; denn es hatte gerade zwölf geschlagen, und das Geräusch war so merkwürdig.

Er ging mit Herzklopfen weiter, und wie er beim

Weinwirt Söllhuber Licht sah, stürzte er in die Gaststube, und da saßen noch der Degenbeck und der Kilger hinter der Flasche. Der Schmied Kilger.

Bergwieser war blaß im Gesicht und stieß seine Erzählung hervor, es sei nicht richtig auf dem Platze, es kratze und feile, und ja, weiß der Teufel, es feile.

Der Zimmermeister Degenbeck springt auf. »Himmel Laudon! Beim Denkmal?«

»Beim Denkmal oder nicht weit davon; ganz gewiß mitten auf dem Platze.«

Die drei laufen hinaus, und der Kilger sagt zum Bergwieser, er solle nun still sein. Denn der Bergwieser hat es auf einmal mit der Wut gekriegt und hat das Schimpfen angefangen.

Sie schleichen bis zum Platze vor. Kein Laut. Der Kilger schaut den Degenbeck an; der Degenbeck schaut den Bergwieser an. Da! Jetzt wieder!

Wie das Kreischen einer Feile; gedämpft, aber ganz deutlich.

Der Degenbeck voraus; der Kilger hinterdrein!

Der Bergwieser sucht in seiner Wut, ob er nicht etwas zum Zuschlagen findet; dann will er auch hinterdrein.

Aber da schreit es schon vom Denkmal herüber: »Hund verfluchter!«

Und eine andere Stimme jammert. Und dann patscht es.

Wenn das eine Ohrfeige war, dann war sie nicht schlecht.

Und da patscht es wieder. Einmal, zweimal, und noch mal, und wieder.

Wenn das lauter Maulschellen waren, dann ist keine daneben gegangen.

Und da jammert es wieder.

»Hören Sie auf! Hören Sie auf!«

Aber – – – patsch! patsch!

Und die wütende Stimme vom Degenbeck.

»Lumpenhund«, schreit er. »Hab ich dich!«

Der Bergwieser hat nichts gefunden zum Zuschlagen und geht jetzt ohne Waffe hin.

Voll Wut.

Der Degenbeck und der Kilger kommen ihm entgegen; sie halten einen, der sich losreißen will.

Aber wenn der Schmied Kilger einen hat, läßt er nicht los. Sie zerren den Kerl vorwärts bis zu der Laterne beim Lebzelter Höß.

Da kann man ihn jetzt genau anschauen. Ein langer Mensch, die Haare hängen ihm in das Gesicht, und die Backen sind angeschwollen.

Aber man kennt ihn ganz gut.

»Ja, Degenbeck!« schreit der Bergwieser. »Das ist ja Hochwürden, der Herr Kooperator!«

»Nix mehr Hochwürden!« sagt der Degenbeck, und der Kilger zieht den Herrn Wilmans weiter.

»So helfen Sie doch!« kreischt der Kooperator.

»Aber Degenbeck . . . « sagt der Bergwieser.

»Druck dich!« brummt der Schmied Kilger, »der hat unser Denkmal kaputt g'macht, und jetzt geht er mit zum Söllhuber, und nachher holen wir die Schandarmerie.«

Also, der Bergwieser kann ihm auch nicht helfen.

Sie kommen zum Söllhuber in die Gaststube; das heißt, der Degenbeck nicht; der lauft jetzt zum Kommandanten.

Der Söllhuber schaut groß und klein, und die Kellnerin schlagt die Hände überm Kopf zusammen.

»Jesus Maria! Was ist das mit unserem Herrn Kooperator! Nein, wie der ausschaut!«

Er hat nicht schön ausgeschaut. Die Backen!

»Laß doch los!« sagt der Söllhuber zum Kilger.

»Erst wenn der Kommandant da is«, brummt der Kilger.

Es dauert nicht lang, kommt der Kommandant mit dem Degenbeck.

Er sagt zum Kilger, daß er den Kooperator auslassen muß; und wie der hochwürdige Herr frei ist, schreit er schon.

Er ist mißhandelt worden. Roh, gemein, niederträchtig mißhandelt. Er will sehen, ob es Gerechtigkeit gibt. Der Degenbeck muß ins Zuchthaus, ohne Gnade.

»Ta ... ta ... ta ... ta!« sagt der Kommandant. »Nur Ruhe!«

Und er fragt den Degenbeck, wie die Sache war.

»Ja, wie die Sache war? Ganz einfach.«

Der Bergwieser hat sie geholt, weil er eine Feile gehört hat. Sie sind hinaus und haben es auch gehört.

Sie sind zum Denkmal hingeschlichen und hören es deutlich, wie einer oben an dem Engel herumfeilt. Sie heben den Vorhang auf, da springt einer vom Sockel, aber pumms! Der Schmied hat ihn schon. Der Mensch hat noch die Feile in der Hand. Die läßt er jetzt fallen; sie muß noch dort liegen.

»Und ja, das ist die ganze Sache.«

»Lügner! Lügner!« schreit der Kooperator. »Geschlagen hat er mich! Mißhandelt hat er mich! Roh, gemein! Niederträchtig!«

»Ta ... ta ... ta ... ta!« sagt der Kommandant. »Nur Ruhe! Ist das wahr, Herr Degenbeck?«

»Ist schon wahr«, sagt der Degenbeck. »Ich habe dem Inkognitoattentäter die erste Strafe verabreicht.«

Nämlich, der Degenbeck hat es mit den Fremdwörtern.

»Er hat mich gekannt!« schreit der Kooperator.

»Das geht mich vorläufig nichts an«, sagt der Kommandant, »aber ich muß Sie fragen: Geben Sie zu, daß Sie das Denkmal beschädigt haben?«

»Ich gebe gar nichts zu. Was ich getan habe, ist mein heiliges Recht.«

»Sie geben es nicht zu?«

»Nein. Was ich getan habe, ist mein heiliges Recht.«

»Ja, wir werden halt jetzt das Denkmal untersuchen«, sagt der Kommandant.

»Sie werden jetzt protokollieren, wie mich dieser Mensch mißhandelt hat«, schreit der Kooperator.

»Das geht mich vorläufig nichts an«, sagt der Kommandant. »Sie können mitgehen, Herr Kooperator, oder Sie können heimgehen. Was Sie wollen.«

Jetzt fragt der Kilger: »Ja, soll ich ihn nicht halten bei der Untersuchung?«

»Ist nicht notwendig«, sagt der Kommandant.

Der Herr Kooperator schaut den Degenbeck an. Nicht freundlich. Und dann ist er hinaus; schnell, ohne Hut, und war gleich verschwunden. Die anderen haben vom Söllhuber eine Laterne genommen und sind zum Denkmal gegangen.

Die Feile ist dort gelegen, und der Kilger hat sie angeschaut.

»Eine zweihiebige Zollfeile«, hat er gebrummt, »die gibt aus.«

Dann hat sie der Kommandant genommen.

Der Degenbeck ist schnell unter den Vorhang und hinauf auf den Sockel. Da flucht er mörderisch.

»Was ist?« fragt der Kommandant.

»Ein Loch ist an der linken Brust; die halbe Brust weggefeilt! Himmel Laudon! So ein Lump!«

»Nur Ruhe!« sagt der Kommandant, »wir wollen es untersuchen.«

Er steigt auch hinauf und leuchtet mit der Laterne hin; wie er herunter ist, schaut der Kilger die Sache an. Dann kommen die anderen.

Der Kommandant schreibt etwas in sein Buch und sagt: »Es ist schon so. Die Figur ist stark beschädigt.«

Das war der Hergang, wie ihn der Hutmacher Bergwieser erzählte.

Die Geschichte ging wie ein Lauffeuer durch den Markt. An jeder Haustür stand am anderen Morgen ein Mensch, der grimmig zuhorchte.

Meiner Mutter erzählte es die Frau Degenbeck, und ich stand dabei. Aber als die Geschichte eine Wendung gegen den geistlichen Stand nahm, mußte ich mich entfernen. Denn meine Mutter wollte in mir den Respekt vor den Dienern Gottes lebendig erhalten. Beim nächsten Hause hörte ich schon Anfang, Mitte und Ende aus anderem Mund. Die Wut in Bernau war riesengroß. Denn selbst wer die Gemeinheit der Handlung nicht verstehen konnte, stand fassungslos vor den Folgen der Untat.

Das Fest mußte verschoben werden, den Vereinen mußte abtelegraphiert werden, und ein neuer Engel mußte gekauft werden. Das alles ging noch.

Aber wer aß die Würste, die schon gemacht waren? Wer zahlte sie? Und wer konnte den Hohn ertragen, der aus allen Schleusen sich über Bernau ergoß?

Die himmlischen Scharen selbst mußten den armen Leuten verhaßt werden; denn wer konnte noch von Engeln reden, und dachte nicht gleich an Bernau und abgefeilte Busen?

Und doch gab es einen, der sich trotz Schimpf und Schande über die Untat freute; ganz gewiß freute trotz aller Güte, die ihm eigen war.

Und dieser eine hieß Franz Hefter und hatte Grund zum Vergnügen. Denn Heinrich Wilmans, der Liebling des Himmels, brach den Hals bei der Geschichte.

Am Morgen nach seinem Beginnen erstattete er seinem Pfarrherrn Bericht.

Nicht freiwillig, denn der Kommandant hatte ihm schon vorgegriffen.

Nicht reumütig, denn er bestand stolz darauf, daß er eine heilige Pflicht erfüllt habe.

An diesem bronzenen Engel war nämlich das Obergewand zu kurz gewesen, und so war ein Teil des linken Busens unverhüllt geblieben.

Welcher Mensch aber, der im Umkreis von zehn Stunden bei der Stadt Münster geboren ist, kann einen solchen Anblick ertragen?

Nein, er nimmt die Feile und rottet aus, was Ärgernis gibt. Das ist heiliges Recht für jeden Münsteraner.

Der alte, gute Rat Hefter sah seinen Kooperator während der feurigen Verteidigung nachdenklich an.

Ich fürchtete, daß er nicht so sehr auf die frommen Worte achtete, als auf die Farben und Schwellungen, welche Wilmans Backen zur Schau trugen. Ich fürchtete, daß er im stillen den Zimmermeister Degenbeck segnete.

Als der westfälische Glaubensbote mit seinem Berichte fertig war, lächelte der geistliche Rat voll der Güte.

Und er sagte, daß er dem jungen Streiter die Tat nicht verarge.

Durchaus nicht. Aber wirklich ganz und gar nicht. Nur Sorge habe er; recht ernstliche Sorge um das leibliche Wohlergehen seines Kooperators. Wenn man erwäge, welche Verwüstung *ein* zorniger Bernauer angerichtet habe, was habe man demnach von allen zu erwarten? Wenn er Heinrich Wilmans wäre, so würde er sich in seinem Kämmerlein verstecken und noch diese Nacht zum Wanderstabe greifen, bevor alle Haselnußstauden in Bernau lebendig würden.

Der Heilige aus Münster sah seinen wohlmeinenden Vorgesetzten an; vielleicht entging es ihm nicht, daß dieser Rat ohne Trauer erteilt wurde. Aber er folgte ihm.

Und als er denselbigen Abend seine Habseligkeiten packte, hörte er im stillen Kämmerlein ein vergnügliches Pfeifen.

Es kam aus dem Zimmer des Herrn Franz Hefter, der für sich selber Melodien flötete. Und alle hatten einen altbayrischen Rhythmus. So einen recht lustigen.

Kabale und Liebe

Sie zeigte sich lieblich zu ihm und erweckte ihm Hoffnungen, die waren grün wie Buchenlaub. Es war aber zur Zeit der Schneeschmelze, daß Anton sie kennenlernte, an einem Feierabend, nachdem er sich den Ruß von Gesicht und Händen abgewaschen hatte. Er ging den Schloßberg hinauf und wußte nicht, warum er so seltsam bewegt war. Alle Rippen dehnten sich unter der Weste, und die Füße hoben sich von selber und marschierten dem Frühling entgegen.

Wo aus, du junger Schlossergeselle?

Immer weiter hinaus, wo das Glück sein muß. Es war aber ganz nahe und bog um die Ecke und schaute Anton aus zwei blitzblauen Augen an.

Ei, guten Abend, Fräulein Babette, und so spät noch um den Weg? dachte er; denn was ein Dürnbucher Jüngling ist, faßt sich nicht so leichthin das Herz, ein zierliches Frauenzimmer anzureden. Er ging der Allerfeinsten nach und füllte sich mit Sehnsucht nach ihr, und als ihm das gleiche noch mehrere

Tage geschehen war, wollte es sich schicken, daß er in ein Gespräch mit ihr kam.

Und Jungfer Babette Warmbüchler, eines Spenglermeisters Tochter, zeigte sich lieblich zu ihm.

Es nahm alles im stillen und heimlichen seinen Fortgang, und die Leidenschaft des Jünglings schlich an des Meisters Tür vorbei über knarrende Stiegen an einen Gartenzaun.

Dort legte sich Antons Schatten über die Wiese und gesellte sich zu einem andern in mondhellen Nächten.

Wie herrlich war die Welt in diesem liebreichen Sommer! Niemals zuvor hatten die Grillen lauter gezirpt, niemals hatte das Heu so geduftet, niemals hatten die Sterne heller gefunkelt.

Und Anton durfte die Darbietungen der Natur mit frohem Gewissen entgegennehmen, denn das Ideal stand unberührt in seinem Herzensschrein; er wollte als bildungsbestrebter Jüngling seinem Mädchen poetisch nahen und wandelte auf schüchternen Fußspitzen im Liebesgarten umher.

Er besprengte die kostbare Blume der Jugendneigung mit allerzierlichsten Redensarten und mußte doch eines Tages sehen, daß sie verwelkt war.

Jungfer Babette wandte sich von ihm ab.

Es traf damit zusammen, daß ein neuer Apothekenprovisor als auffällige Erscheinung in Dürnbuch einzog; ein Mann, der gekäuselten Haares hinter der Ladenbudel stand und mit dem Maul nicht weniger

Süßigkeiten vergab als mit den Händen. Wie er in brauner Sammetjoppe, den Schlapphut verwegen nach links geschoben, durch die Gassen schritt, war er sogleich ein gefährlicher Rivale für jeden Handwerksgesellen.

Was half es, daß Anton sich an Sonntagen mit der schwarzen Turnerkrawatte auftat und goldene Fransen auf die Brust baumeln ließ? Herr Provisor Elfinger trug eine künstlermäßige Lavalliere, die unterm Adamsapfel einen beträchtlichen Knoten schlang und nach zwei Seiten ins Freie schweifte.

Und was konnte ein ehrlicher Schlosser in die Waagschale werfen gegen ihn, der alle wohlriechenden Wässerlein zu verschenken hatte und selber roch wie der Stöpsel einer Eau-de-Cologne-Flasche?

Es war nicht verwunderlich und es war nicht das erstemal, daß unscheinbare Tüchtigkeit vor dem glanzvollen Nichts zurückstehen mußte.

Jungfer Babette kam nicht mehr an den Gartenzaun und Anton saß in seiner Kammer und schaute über die Dächer zum Nußbaum hinüber, unter dessen Zweigen er glücklich gewesen war.

Er nahm ein Büchlein zur Hand, das hatte einen blauen Einband, und darauf stand mit silbernen Buchstaben: Lebensweisheit in Versen.

Er blätterte darin und fand ein Gedicht, welches seiner Trauer angepaßt war.

Lenz und Herbst

Die Blumen weinten in der Maiennacht
Um des geschiednen Tages süße Wonne.
Der Morgen kam. O sieh die Tränenpracht!
Zu Diamanten schuf sie um die Sonne.

Zur Herbstnacht stand die Blumenschar betaut,
Die Tränen hat kein Sonnenstrahl getrunken.
Sie wurden Reif, und eh' der Morgen graut
Sind welk die Blumen alle hingesunken.

»Sind welk die Blumen alle hingesunken«, wiederholte Anton, und schrieb die Verse auf ein Blatt und legte es zuunterst in seinen Koffer und wußte nun, daß seine Trauer über die Maßen poetisch war.

Das Folgende war auf der ersten Seite des Dürnbucher Anzeigers zu lesen:

»Erlaube mir, einem hohen Beamtenkörper, sowie Magistrat und verehrlichem, kunstliebenden Publikum ergebenst anzuzeigen, daß ich nur wenige Tage dahier mit meinem Theater verbleiben werde, und dürften die letzten Vorstellungen einem besonderen Interesse begegnen, indem ich bemüht bin, trotz erheblicher Kosten, dem allseits geäußerten Wunsche nach den Darbietungen unserer Klassiker entgegenzukommen. Heute wird das so lebenswahre und ergreifende Trauerspiel ›Kabale und Liebe‹ von Friedrich von Schiller gegeben. Die Rollen sind auf das vorteilhafteste besetzt und sehe einem zahlreichen Besuche entgegen.

Jakob Weindl, Theaterdirektor«

»Bezugnehmend auf obige Anzeige möchten wir nicht verfehlen, unsere kunstfreudigen Mitbürger ganz besonders auf den heutigen Theaterabend aufmerksam zu machen. Ist doch ›Kabale und Liebe‹, dieses ewig junge Werk unseres Nationaldichters, ungemein geeignet, durch den rührenden Kampf der Unschuld mit dem Laster immer wieder die Herzen zu ergreifen, und dürfte niemand das Theater unbefriedigt verlassen.

Die Redaktion«

Der Lammbräusaal war angefüllt mit solchen, denen der Hinweis auf den verstorbenen Nationaldichter genügte; besonders waren die billigen Plätze dicht besetzt. Aber es fehlte auch nicht an Honoratioren, unter welchen man den Oberamtsrichter Trollmann bemerken konnte, welcher sich vormals in Regensburg zu einem schätzbaren Theaterkenner ausgebildet hatte. Er schenkte seine Unterhaltung dem quieszierten Lehrer Furtner, von dem man eine nachfolgende Besprechung der Klassikervorstellung um so mehr erwarten durfte, als er die Theaterkritik für Dürnbuch übernommen hatte. Aus der zweiten Reihe drang ein angenehmer Geruch hervor, weil darin der Apothekerprovisor Elfinger saß, welcher durch ein Opernglas aus kurzer Entfernung auf Jungfer Babette Warmbüchler hinsah, jedoch auch andere Bürgermädchen in das Prisma nahm. Wenn er das Glas niedersetzte, vollführte er mit gelben Glacéhandschuhen Bogen und Kreise, oder brachte seine Locken in eine verführerische Situation, oder tat irgend etwas anderes, was die Damenwelt in Schwingung setzte und den ehrlichen Turnern und Handwerksgesellen im Parterre die Galle aufregte. Unter den besser Plazierten fiel weiterhin der Lohgerber Weiß durch seine riesige Gestalt auf und durch das tiefe Seufzen, welches er schon vor Beginn hören ließ; denn es war ihm erzählt worden, daß die Sache einen traurigen Ausgang nehmen werde, und er war von der butterweichsten Art, aber ein leidenschaftlicher Freund der Bühne. Nahe bei ihm saß die Spediteurswitwe Karoline Tretter, welche eine Lebenstragödie hinter sich hatte, weil ihr verstorbener Mann in die Hände einer leidenschaftlichen Näherin gefallen und als Vater eines so entstandenen Kindes ruchbar geworden war und damit das Glück einer zwanzigjährigen Ehe zertrümmert hatte, wenn schon ihn der Tod bald darauf von seinem Schuldbewußtsein erlöste. In der Witwe blieb ein ungemeiner Schmerz hängen, aber auch ein so wunderbarer Spürsinn für alles Sündhafte, daß sie auf jeder Preissuche eine höchst lobende Erwähnung davongetragen hätte. Sie hatte es momentan gegen den Apothekerprovisor Elfinger, und indem sie seinem Opernglas folgte, sammelte sie halbe und ganze Verdachtsbegründungen. Es wäre von den bekannten Bürgern noch der Hutmacher Zehetmaier zu erwähnen, welcher immer und überall und wo er nur konnte, über die Aristokratie schimpfte und die Vorrechte der Geburt mit demokratisch ätzender Lauge übergoß. Im Parterre standen die Minderbemittelten, und vor allem die jungen Leute, und es war der Turnverein »Altvater Jahn« vollzählig erschienen, weshalb man auch den Schlossergesellen Anton bemerken konnte. Er sah ohne Opernglas jedes Mienenspiel der Jungfer Babette und warf darum die allerdüstersten Blicke um sich und versengte mit ihnen die samtene Weste des Apothekerprovisors Elfinger. Es fehlte also nicht an Leidenschaft und Gefühlen im Lammbräusaale, und die Worte unseres Nationaldichters konnten auf gepflügten Boden fallen. Der Vorhang ging in die Höhe, und aller Augen wandten sich der Bühne zu. Herr Direktor Weindl in eigener Person stellte den Musikus Miller dar; seine Frau Marie spielte abwechselnd die Lady Milford und die Millerin. Als prächtige Buhlerin des Herzogs trug sie einen großgeblümten Schlafrock und vergoldete Ballschuhe; als Millerin schlang sie einen dunklen Schal um die Schultern und schlürfte in Filzpantoffeln über die Bühne. Auch im Tone wußte sie die beiden Frauengestalten gut auseinanderzuhalten und brachte bald eine vornehme Üppigkeit und bald das bürgerliche Wesen vor die Lampen. Fräulein Therese Weindl spielte die Luise in gedämpftem Tone, und das war vorteilhaft, weil die Nähte des Kleides unter ihrem üppigen Busen ohnedies einen schlimmen Abend verbrachten. Der Sohn des Direktors, Herr Franz Weindl, kam als Ferdinand und wirkte als Liebhaber wie als Militär durch Kanonenstiefel und einen gelben Schnurrbart. Obwohl die übrigen Rollen weniger günstig besetzt waren, indem insbesondere dem Sekretär Wurm ein auffälliger Spitzbauch im Wege stand, wirkte doch die Dichtung sogleich auf ein kunstliebendes Publikum. Die rauhen Worte des Musikus Miller gefielen und stärkten das bürgerliche Selbstbewußtsein, und als dann hinterher der Präsident Walter mit seiner lästerlichen Hochnäsigkeit ankam, ging ein Murren von der ersten Reihe bis zur Saaltüre.

»Bürgercanaille«, sagte er. Der Hutmacher Zehetmaier lachte grimmig auf, und die braven Burschen vom »Altvater Jahn« rekelten sich.

»Daß er der Bürgercanaille den Hof macht, meinetwegen Empfindungen vorplaudert, das sind Sachen, die ich verzeihlich finde; spiegelte er der Närrin solide Absichten vor – noch besser.«

Stand es so? Müssen ehrbare Bürgerskinder zum Vergnügen herhalten? Alle ergrimmten; am meisten Anton. Er kannte so einen, der Flatterien vorsagte und Geschmack an schönen Mädchen zeigte. Die Entrüstung im Saal legte sich, als man im Hofmarschall Kalb einen waschechten Junker und dumme Vorurteile verlachen konnte, und die ernste Unterredung Ferdinands mit seinem Papa zeigte, daß es auch in diesem eingebildeten Stande ordentliche Leute gibt.

»Umgürte dich mit dem ganzen Stolz deines Englands – ich verwerfe dich – ein deutscher Jüngling!«

Das gab ein Bravo beim »Altvater Jahn« und ein Patschen in harte Hände, daß der Vorhang wieder und wieder in die Höhe gehen mußte. »Wie sind Sie zufrieden?« fragte der Lehrer Furtner. »Ich wiederhole, was ich schon immer sagte«, antwortete Oberamtsrichter Trollmann, »es ist ein Fehlgriff der Direktion. Dieses Stück ist für ein ganz anderes Publikum geschrieben und erweckt hier nur gewisse Instinkte.« – »Aber als klassisches Stück?« – »Klassisch hin, klassisch her. Ich sage, es ist nicht für Dürnbuch. Diese Leute betrachten es nicht historisch, sondern ziehen die Ereignisse in die Gegenwart. Haben Sie das einfältige Lachen bemerkt, als der Hofmarschall auftrat?« Furtner nickte zustimmend und nahm sich vor, von diesen Gesichtspunkten einiges für seine Kritik zu verwenden. Der zweite Akt begann, und Frau Weindl nahm im geblümten Schlafrock reizende Stellungen ein und zeigte den Dürnbuchern, wie sich die schönen Weiber gehaben, welche unsere Fürsten auf Abwege bringen und deren Launen wir Untertanen bezahlen müssen. Freilich, diese Lady war gutherzig und wollte die Edelsteine nicht annehmen, welche mit dem Glücke von siebentausend Landeskindern bezahlt waren. Niemand kann eine dukatengespickte Börse vornehmer in den Hut eines Kammerdieners werfen, als es die Frau Weindl tat, aber ihre Freigebigkeit machte keine Wirkung. Ein lautes Bravo, ein Bravo aus tiefem, gepreßtem Herzen ertönte, wie der Kammerdiener die große Summe mit Verachtung zurückwies. Die Spediteurswitwe Karoline Tretter war es, und als man sich nach ihr umdrehte, nickte sie kräftig mit dem Kopfe, um zu zeigen, daß sie auf ihrem Beifall bestehen bleibe, und einen Mann achte, der von liederlichen Frauenzimmern nichts haben wolle. Sie kannte ja auch diese Sorte, und sie mußte nur bitter lachen, als Frau Weindl den Fluch des Landes nicht mehr in den Haaren tragen und den Erlös ihres Schmuckes unter die Armen verteilen wollte. Schwindel! Aus dem prächtigen Salon der fürstlichen Geliebten ging es wieder zum Musiker Miller, und die Dürnbucher hielten den Atem an, als ein finsteres Schicksal über die braven Leute kam. Der Lohgerber Weiß wischte sich dicke Schweißtropfen von der Stirne, wie nun der Vorhang über die Szene der frechsten Unterdrückung gefallen war, und alle anderen schwiegen erschüttert.

Nur der Apothekerprovisor mußte zeigen, daß er Spiel und Wirklichkeit nicht verwechsle; er stand auf und ging zu Jungfer Babette hin und brachte sie dazu, auch ihrerseits über das trauervolle Auditorium ein höchst frivoles Lachen anzuheben.

Anton sah es und nahm einen fressenden Zorn in den dritten Akt hinein, der wahrhaftig nicht dazu angetan war, einen ehrlichen Burschen abzukühlen. Was gab es für schmerzverzerrte Gesichter! Wie fühlte sich jeder in seinem Glücke bedroht, wenn solche Dinge in der Welt geschehen konnten und sich alles gegen treue Liebhaber verschwor! Auch harte Männer, welche ihre stürmischen Gefühle längst in die Ehe gebettet hatten, mußten weinen, als Luise den verhängnisvollen Brief schrieb, den der schuftige Sekretär diktierte. Der Lohgerber Weiß war völlig gebrochen und preßte die riesigen Hände ineinander und ließ sein Wasser hilflos rinnen, und wie die Seelenqual auf der Bühne immer ärger wurde, hielt er keinen Seufzer mehr an und arbeitete so furchtbar von innen heraus, daß es eine schauerliche Begleitung zu Luisens Vernichtung bildete.

Mit wuchtigen Schritten eilte die Tragödie vorwärts. Niemand hörte mit so schmerzenden Ohren das Dröhnen des Schicksals als Anton, der immer mehr in Ferdinand von Walter sein Ebenbild sah und der ganz in der Lage und in den Umständen war, mitzuknirschen gegen den Verrat an seiner Liebe. »Bube! Wenn sie nicht rein mehr ist! Bube! Wenn du genossest, wo ich anbetete! Schwelgtest, wo ich einen Gott mich fühlte! Dir wäre besser, Bube, du flöhest der Hölle zu, als daß dir mein Zorn im Himmel begegnete! Wie weit kamst du mit dem Mädchen? Bekenne!«

Ha, du geschniegelter Hofmarschall, oder nein, du pomadisierter und bisamduftiger Apothekerprovisor, jetzt geladene Pistolen und ein Schnupftuch zwischen dir und Anton, und du solltest Gott danken, Memme, daß du zum erstenmal etwas in deinen Hirnkasten kriegtest!

Fühlst du die brennenden Blicke, Babette Warmbüchler, welche aus dem dunklen Parterre hervor nach dir schießen, und weißt du, was du aus dem dort gemacht hast? Sie wußte es nicht und sie dachte an nichts dergleichen, sondern hing während der zermalmenden Geschehnisse ihre Gedanken an einen blauseidenen Gürtel, welchen ihr Herr Elfinger heute geschenkt hatte. Die anderen Mädchen im Saale stellten sich mit Luise vor Lady Milford hin und sagten ihr so gründlich die Meinung, wie sie ein anständiges Bürgerkind einem solchen Frauenzimmer sagen muß, wenn es um den Liebsten geht, aber Babette Warmbüchler dachte an einen blauseidenen Gürtel; und als der Vorhang fiel und es wieder hell im Saal wurde, rümpfte sie verächtlich die Nase über die weinenden Menschen und lachte zu Herrn Elfinger hinüber.

Verloren, ja! Unglückselige, du bist es.

Und der Jammer häufte sich im Lammbräusaale und akkompagnierte den Musikus Miller, als er seiner Tochter die Schrecken des Selbstmordes malte, und hundert Herzen drängte es, dem rasenden Major die Wahrheit zu sagen über diesen unglückseligen

Brief, und hundert Herzen baten Luise, doch endlich den aufgedrungenen Eid zu brechen. Doch sie schwieg. Und dann ging ein tiefer und langer Seufzer durch den Saal. Luise war tot. Gestorben an der vergifteten Limonade.

Zu spät, daß Ferdinand seinem Vater Flüche ins Antlitz schrie, zu spät, wie immer, daß die Polizei eingriff und den schurkischen Präsidenten und den noch gemeineren Sekretär Wurm verhaftete. Der Vorhang fiel.

Die Dürnbucher standen auf und verließen den Saal; jedoch der Lohgerber Weiß blieb noch sitzen in Vernichtung und rang nach Luft und verwischte mit seinem blaukarierten Schnupftuch alle Spuren seines Seelenkampfes und ging als der Letzte hinaus. Die Zuschauer eilten durch den dunklen Hausgang auf den Stadtplatz, wo sie aufatmend inne wurden, daß noch alles am rechten Platz stände, die Heimatstadt, ihre Wohltätigkeit und ihr Familienglück. Niemand bemerkte den Schlossergesellen Anton, der aus einer dunklen Ecke das Tor überwachte und sah, wie der Apothekerprovisor der Jungfer Babette folgte und in eine Nebengasse bog. Er schlich ihnen nach. Indessen schritt Furtner neben Trollmann und sagte, daß ihn die Dichtung doch in einem gewissen Banne gehalten habe. »Das schon«, erwiderte Trollmann, »und ich verkenne durchaus nicht die Vorzüge dieses Werkes, aber die Leute sind nicht gebildet genug, um Wahrheit und Dichtung auseinanderzuhalten. Es sind doch sehr starke Ausfälligkeiten darin.«

»Sie meinen den Hofmarschall Kalb?«

»Ich meine überhaupt die Prinzipien, und die Rolle, welche man den Herzog spielen läßt.«

»Aber vielleicht waren die Zustände früher weniger geordnet?«

»Früher! Das ist es eben. Ich sehe den historischen Hintergrund, Sie sehen ihn auch. Aber die anderen werden aufgehetzt.«

»Ja, ja«, sagte Furtner, »in dieser Beziehung muß ich Ihnen recht geben.«

»Heutzutage, wo ohnehin jede Autorität ...«

Trollmann sperrte seine Haustür auf. »Wo ohnehin jede Autorität ... also gute Nacht, Herr Lehrer!«

»Gute Nacht, Herr Oberamtsrichter!«

Furtner ging tiefsinnig heim und überlegte, wie diese Bedenken in der Einleitung zu verwerten waren.

Und indessen geschah etwas am Gartenzaun bei Warmbüchler, was die Befürchtungen Trollmanns bestätigte.

Elfinger hatte Abschied von Babette genommen und schritt so leichtfüßig heim, wie nur ein Jüngling schreiten kann, dem sein Mädchen unter Küssen das Unerlaubte versprochen hat.

Er hüpfte und hielt die Nase siegesgewiß zum Sternenhimmel empor und forderte den Mond auf, noch auf einen so verfluchten Kerl zu scheinen, wenn er es fertigbringe.

Da tönte ein Halt.

Anton sprang vor und faßte den Provisor an der Lavallierekrawatte und legte seine Finger um den Adamsapfel. Wie sie zitterte, die Memme!

Wie weit kamst du mit dem Mädchen?

Und eine harte Schlosserfaust schlug drauflos und ruinierte eine Menge Schönheiten und raufte zierliche Locken aus und brachte Backenzähne in Unordnung.

»An meine Blume soll mir das Ungeziefer nicht kriechen, oder ich will es so, und so, und wieder so durcheinanderquetschen.« Und in die Haselnußstauden hineinschmeißen, daß es aus einem Provisor und Ebenbild Gottes zur blau und grün überlaufenen Jammergestalt wird.

Und so war es klar, daß Friedrich von Schiller für das gegenwärtige Dürnbuch zu leidenschaftlich wirkte.

Auf dem Bahnsteig

»Es wird Herbst!« sagte Major Burkhardt und blickte den Studienlehrer fest an mit seinen furchtlosen Soldatenaugen.

Er sagte es mit Betonung, als suchte er in seinem Begleiter bestimmte Vorstellungen zu erwecken.

»Ja – – ja«, seufzte Professor Hasleitner, »es wird allmählich kalt.«

»Und ungemütlich. Kalt und ungemütlich.«

Der Major wies auf die Kastanien vor dem Dornsteiner Bahnhofe, deren gelbe Blätter sich fröstelnd zusammenkrümmten.

»Um fünf Uhr wird es Nacht. Ein schlecht geheiztes Zimmer. Eine qualmende Lampe. Die Zugeherin bringt lauwarmes Essen aus dem Gasthof. Stellt es unfreundlich auf den Tisch. Das ist Ihr Leben.«

Hasleitner hatte ins Weite geblickt, zu dem Walde hinüber, an dessen Fichten der Nebel lange Fetzen zurückließ.

Der soldatisch bestimmte Ton des pensionierten Majors weckte ihn auf.

»Ich sage, Sie müssen heiraten.«

Der alte Soldat deutete auf die tiefer gelegene Stadt, deren Häuser behaglich aneinandergerückt waren.

»Das ist das Glück!« sagte er. »Eine Frau am Herde, fleißig, um unser Wohl besorgt und stattlich.«

Er beschrieb mit der Rechten eine nach rückwärts ausbauchende runde Linie. »Und stattlich!« wiederholte er.

Hasleitner sah, wie es weiß und grau und dick und dünn aus vielen Kaminen rauchte, und er schien die Gemütlichkeit des Anblickes zu verstehen.

In seine Augen trat ein freundlicher Schimmer, und man konnte glauben, daß er an Herdfeuer dachte, oder an die runde, sich nach rückwärts ausbauchende Linie.

Überhaupt, er war ein träumerischer Mensch.

Sorglos im Äußeren, den Hemdkragen nicht immer blendend weiß, die Krawatte verschoben, den Bart naß von der letzten Suppe, aber in den Augen Herzensgüte, im ganzen Wesen eine Verträumtheit, die immer wieder zum Nasenbohren führte.

Kein Mann, der Backfische begeistern konnte, aber einer, der älteren Töchtern hundert Dinge zeigte, die man in lieber Häuslichkeit flicken, stopfen und bürsten mochte.

Und doch – dieser Mann, geschaffen, von den Ärmeln einer bürgerlichen Schlafjacke umfangen zu werden, war durch eine seltsame Laune des Schicksals mit einer verdorbenen Phantasie belastet, also daß seine Gedanken an das weibliche Geschlecht sich stets mit Vorstellungen von Eisbärenfellen verbanden, von Eisbärenfellen, auf denen dünne, lasterhafte Beine in schwarzen Seidenstrümpfen ruhten. Noch dazu lehrte er die Wissenschaft der Geographie und stieß auf der Landkarte immer wieder auf Orte, wo seine Sinne knisternde Seide und herrlich verstöpselte Parfüms vermuten durften.

Paris – Wien – Budapest.

Ein Gefühl, das mit seiner heimlichen Sehnsucht zusammenhing, trieb ihn täglich zum Bahnhofe, wo Punkt fünf Uhr der große Schnellzug hielt, der glücklichere Menschen von einer Großstadt in die andere führte.

Hier hatte nun der quieszierte Major den Träumer angesprochen, und ein freundlicher Zufall fügte es, daß beide, als sie auf dem Bahnsteige kehrtmachten, der Gattin des Offiziers gegenüberstanden, wie auch der Tochter Elise.

In merkwürdig schnellem Gedankengange brachte der Professor das vorausgegangene Gespräch von Stattlichkeit in Zusammenhang mit der Erscheinung Elisens, und vielleicht, ohne daß er es wollte, drang seine unlautere Phantasie dem älteren Mädchen durch Mantel und Rock und begann, sich Dinge auszumalen.

Freilich nicht langgestreckte, seidenumhüllte

Beine, aber Rundlichkeiten, mit denen sich die Vorstellung von Wärme und Innigkeit verbindet.

Die Tochter des Majors fühlte den sengenden Blick des Philologen, und als eine reife Blume, die sie war, öffnete sie willig ihre Blätter den wärmenden Strahlen. Dieses heimliche, unbewußte Suchen und dieses bewußte Entgegenkommen spann Fäden zwischen den beiden, welche das erfahrene Mädchen bald genug aufzuspulen beschloß, und es schickte sich alsbald mit einem lieblichen Lächeln dazu an.

Freilich war dieser Professor kein Gegenstand für brennende Wünsche und verzehrende Glut, indessen wohl ein Objekt, das sich mit baumwollenen Ärmeln sanft umfangen ließ, nachdem es vorher sorgfältig gereinigt war. Keine berauschend süße Frucht, sondern ein säuerlicher deutscher Hausapfel, der aber, im Kachelofen gebraten, einigen Wohlgeschmack bieten konnte.

Und das Mädchen schickte sich alsbald an, den heimlichen Faden zu ergreifen, als mit dumpfem Brausen der Schnellzug in die Station einfuhr.

Die riesige Lokomotive schnaufte, als wäre sie in der langen stürmischen Fahrt außer Atem gekommen, und die langen, schönen Wagen standen da, als ruhten sie kurze Augenblicke, um weiterzujagen in die weite Welt.

Mit einem Male hatte Hasleitner alle Gedanken an runde Mädchenreize vergessen; sie versanken vor ihm, er sah sie nicht mehr.

Dort im ersten Kupee schob eine schmale Hand den Vorhang zurück, und ein paar müde Augen blickten entsetzt auf die Philister, hier prallte ein entzückender Kopf entrüstet zurück.

Es war die große Welt, die eine Minute lang Dornsteiner Luft einzog und Pariser Odeurs zurückgab.

Und da stand es auf weißen Tafeln und war darum kein phantastisches Märchen: Paris – Avricourt – Wien –

Ja . . . ja . . . diese nämlichen Wagen waren gestern noch in Paris gewesen!

Jene fabelhaften Damen, von denen man sich erzählt, daß sie gierig und unerbittlich Jagd machen auf gutgebaute Männer, waren an ihnen vorbeigewandelt, hatten süße Blicke in sie hineingeworfen, und von ihrem Dufte hing etwas an Türen und Fenstern und verwirrte den Sinn eines deutschen Jugendbildners. Wußte man, ob nicht eine solche Tigerin da drinnen auf schwellenden Polstern saß und einen breitbrüstigen Germanen mit ihren Blicken verschlang?

Odette, Suzette – Germaine – ah!

Hier steht ein Gymnasiallehrer von gänzlich unverdorbener Jugend, und der für schlanke Waden und schwarze Strümpfe die heftigsten Empfindungen angestaut hat.

Warum seufzt ihr erleichtert auf, da sich nun der Zug in Bewegung setzt?

Ihr saht erstaunt auf die Kostüme, die im Dornsteiner Atelier für modes und confection kreiert waren, ihr saht Spitzbäuche und gepreßte Busen, faltenreiche Hosen und geschmierte Stiefel, aber ihr saht nicht in das Herz des blonden Professors und wißt nicht, wie er so ganz der Eure ist!

Fort!

Die Lokomotive pfeift jubelnd aus der Station hinaus, als freute auch sie sich, diesem Nest entronnen zu sein ...

Diesem Himmelherrgott ...

»Warum so träumerisch?« lispelte Elise und blickte schelmisch auf den Professor, der dem Zug nachstarrte und in der Nase bohrte.

Da traf sie ein Blick, so fremd und so feindselig ..., daß sie unter dem flanellenen Höschen eine Gänsehaut überlief.

– – Der Faden war zerrissen – –

Tja - -!

Eine bunte Gesellschaft, wie sie die Sommerfrische zusammenführt, saß im Postgarten zu Binswang und freute sich des schönen Abends und führte kluge Gespräche über dies und das. Alle Anwesenden vorzustellen, wäre ermüdend, denn es waren zwei lange Tische, an denen in dichter Folge Männer und Frauen saßen, und es genügt hier zu sagen, daß ein Kommerzienrat Diestelkamp aus Barmen wie auch ein Landgerichtsdirektor Höfler aus Fürth und ein pensionierter Hauptmann darunter waren und dem Kreise das Gepräge der besseren Gesellschaft verliehen.

Auch das bedeutende oder interesssante Element fehlte nicht, da am Vormittag der bekannte Schriftsteller Harry Mertens eingetroffen war, dessen lyrische Gedichte und Versdramen nicht erst hervorgehoben werden müssen.

Er saß neben seiner Frau, die ihn an Stattlichkeit bei weitem übertraf, denn er war eine kleine semmelblonde Erscheinung mit kreisrunden blauen Augen und einem merkwürdig entsagungsvollen Lächeln um den süßen Dichtermund, während sie einen heftig arbeitenden Busen und pralle Arme und ein Doppelkinn hatte.

Die Gesellschaft würdigte vollkommen die Ehre, mit einem gedruckten, besprochenen und aufgeführten Genius unseres Volkes an einem Tische zu sitzen, und nicht nur waren es die Damen, welche mit leuchtenden Augen an ihm hingen, sondern auch die Herren Diestelkamp und Höfler legten eine mit Neugierde vermischte Ehrerbietung an den Tag.

Man hatte unmittelbar nach Mertens' Ankunft nicht geahnt, mit wem man es zu tun hatte, und Frau Mertens hatte nicht früher als beim ersten Mittagsmahle Gelegenheit gefunden, solche Bemerkungen hinzustreuen, welche allgemeine Aufklärung verschaffen, indem sie laut nach einer Zeitung rief und den Semmelblonden fragte, ob nichts von ihm oder über ihn darin stünde. Sie wiederholte die Frage, schlug die stark rauschenden Blätter hastig um, überflog das Gedruckte und sagte, daß zu ihrer Verwunderung keine Notiz zu finden sei. Sie beruhigte sich erst, als die Pfeile saßen und von den Nebentischen forschende Blicke ihren Mann streiften, der seine Suppe aß und sich apathisch wie ein dem Publikum vorgezeigter Menagerielöwe verhielt.

Frau Mertens warf zwischen Rindfleisch und Mehlspeise und zwischen Mehlspeise und Kaffee noch mehrmals die Angel aus, und als man sich erhob, biß Frau Direktor Höfler an und erhielt auf schüchterne Fragen eine erschöpfende Belehrung über das Stück Literaturgeschichte, welches der Zufall in ihren Kreis geworfen hatte.

Am Abend war dann alle Welt so unterrichtet, daß sie dem Dichter Bewunderung zeigen und Kenntnis seiner Werke heucheln konnte. »Woher nehmen Sie Ihre Stoffe?« fragte Landgerichtsdirektor Höfler, der hier zum ersten Male einen Genius inquirieren konnte und entschlossen war, das Wesen der Schriftstellerei zu zerlegen. »Bietet sich Ihnen der Stoff, wenn ich so sagen darf, zufällig dar, oder erfassen Sie durch einen Willensakt die Materie, der Sie dann poetische Form verleihen?«

»Tja ...«, sagte der Dichter.

»Ich meine, gehen Sie mit Überlegung und Absicht an das Objekt heran, oder drängt es sich unabhängig und gewissermaßen fertig Ihrem subjektiven Empfinden auf, oder ...«

»Tja ...«, sagte der Dichter.

»*Oder*«, wiederholte Höfler mit erhobener Stimme, denn er liebte es nicht, unterbrochen zu werden, »oder ist die Produktion in ihrem ersten Stadium ein von den den Willen bildenden Momenten unabhängiger Vorgang Ihrer Phantasie, welcher dann erst in seinem späteren Verlaufe in den Bereich Ihrer geistigen Machtsphäre gelangt und so Ihrem formenden Verstande unterworfen wird?«

»Er macht alles mit der Phantasie«, warf Frau Mertens ein, »er sitzt oft den ganzen Tag da und hat bloß Phantasie im Kopf; und dann kann man mit ihm reden, was man will – er hört einen nicht.«

»Das wäre also ein passiv empfangender Vorgang, der zeitlich dem aktiv gestaltenden vorausgeht«, bestätigte Direktor Höfler und sammelte zustimmendes Kopfnicken ein, indem er die Tafel entlang blickte.

»Ich denke es mir furchtbar interessant«, sagte Frau Kommerzienrat Diestelkamp, »wie so eine Dichtung entsteht; das muß zu spannend sein! Was hat man da nun eigentlich für ein Gefühl dabei?«

»Tja ...«, sagte der Dichter.

»Das kann ich Ihnen ganz genau sagen, was wir da für ein Gefühl haben«, warf wiederum Frau Mertens ein. »Zuerst, wenn wir anfangen, ist es sehr nett, weil man sich darauf freut, und dann in der Mitte wird es traurig, weil es oft nicht geht, aber dann, wenn es heraußen ist, sind wir wieder froh.«

»Ich kann mir das sehr gut vorstellen«, meinte Frau Diestelkamp, »zuerst und dann ...«

»So daß wir gewissermaßen drei Momente der aktiven Gestaltung unterscheiden«, warf der Direktor in erklärender Weise ein, »der von Hoffnungen getragene Beginn, das behinderte Werden und die Erleichterung der Vollendung.«

»Ja, ich bin immer erleichtert, wenn er es heraußen hat, denn Sie glauben nicht, was man als Frau dabei aussteht. Beim zweiten Akt ist es am ärgsten, weil man da immer steckenbleibt. Beim ersten hat er noch Appetit und schläft gut und hat auch seinen regelmäßigen Stuhlgang. Sie entschuldigen, wenn ich das erzähle ...«

»Aber ich bitte Sie, es ist ja so interessant«, unterbrach hier Frau Diestelkamp die lebhafte Dichtersgattin, welche sogleich fortfuhr: »Ja, beim ersten Akt ist alles in Ordnung, aber sowie der zweite angeht, ißt er weniger und wacht mitten in der Nacht auf und verliert seine Regelmäßigkeit und verändert sich überhaupt. Ich kenne es sofort, wenn der zweite Akt angeht, und ich sage dann zu meiner Köchin, daß sie leichtverdauliche Speisen kocht und daß mir immer Kompott auf den Tisch kommt, und ich lasse ihn dann auch fleißig Hunyadywasser trinken, bis wir den zweiten Akt heraußen haben, denn der dritte geht schon wieder viel leichter. Er kriegt dann eine bessere Gesichtsfarbe und schwitzt auch nicht mehr so stark in der Nacht.«

»Also die Lösung des Knotens gestaltet sich weniger schwierig, Herr Mertens?« wandte sich der Direktor an den Mann, der sich teilnahmslos erklären ließ.

»Tja ...«, antwortete dieser und schnitt an seinem Rettich weiter. Seine Frau aber ließ den Faden nicht aus der Hand gleiten.

»Der dritte Akt geht auch viel schneller. Wir haben höchstens vierzehn Tage Arbeit damit. Heuer, beim ›Barbarossa‹, haben wir drei Wochen gebraucht, weil eine Szene vorkam, wo sich alles reimen mußte. Ich habe es ihm gleich gesagt, daß wir steckenbleiben; aber es war eine Liebeserklärung, und da hat er es so im Kopf gehabt. Ein paar Tage hat es gefährlich ausgesehen, und meiner Köchin ist es auch aufgefallen. Sie hat mich gleich gefragt: ›Was hat denn der gnä' Herr? Es wird doch um Gottes willen nicht schon wieder einen zweiten Akt geben?‹ ›Nein‹, sagte ich, ›Lina, den haben wir dieses Jahr glücklich hinter uns, aber es muß sich vier oder fünf Seiten voll reimen, und Sie können ja für morgen eine Eierspeise mit Pflaumenmus richten, und wenn es dann noch nicht besser wird, wollen wir schon sehen.‹ Aber zum Glück waren dann am andern Tag die Verse heraußen, und es ging wieder von selbst.«

Die Frauen der Tafelrunde hatten mit großem Ernste zugehört und nickten nun verständnisvoll mit den Köpfen.

»So lebt man doch eigentlich als Frau die Werke seines Mannes mit!« unterbrach Frau Direktor Höfler das kurze Schweigen.

»Ich kann es mir so gut vorstellen!« sagte Frau Kommerzienrat Diestelkamp.

»Sie dürfen mir glauben, daß ich als Frau meinen Kopf beisammen haben muß, wenn er dichtet.«

Frau Mertens zeigte bei diesen Worten auf ihren Gatten, der kindlich lächelnd seinen Rettich einsalzte. »Ich muß an alles denken, und mich trifft es viel härter wie ihn. Er sitzt einfach in seinem Zimmer und schreibt, aber ich habe die Haushaltung und muß genau achtgeben, daß wir noch waschen und reinemachen, bevor der zweite Akt angeht, denn dann ist keine Zeit mehr zu so was, und es muß gut eingeteilt werden. Wie wir den ›Perikles‹ gedichtet haben, sind wir mit dem Stöbern gerade noch drei Tage in den zweiten Akt hineingekommen, und ich kann Ihnen bloß sagen, ich möchte das nicht wieder erleben, und ich habe auch beim ›Theodorich‹ eine zweite Zugeherin genommen, daß wir nur ja schnell fertig geworden sind.«

»Wie interessant«, rief Frau Diestelkamp aus, »es wird einem alles so nähergebracht. Ich habe bis jetzt gar keine rechte Vorstellung gehabt, wie es wohl in Dichterfamilien ist, und nun verstehe ich manches.«

»Sie müssen aber trotzdem sehr glücklich sein«, fügte Frau Höfler hinzu. »Als Gattin eines Dichters! Ich stelle mir das entzückend vor.«

»Ich möchte mit niemand tauschen«, erwiderte Frau Mertens, »obschon manches vorkommt, was einem Sorgen macht. Denken Sie sich, wir haben fünfzehn Jahre lang romantisch gedichtet, und jetzt geht das nicht mehr, und wir müssen modern schreiben, oder realistisch, wie man auch sagt. Das ist ein Schlag, kann ich Sie versichern! Mein Mann wollte noch immer nicht, aber was kann man gegen die Kritiker machen?«

»Erlauben Sie mir die Bemerkung, gnädige Frau, daß ich da ganz auf Seite Ihres verehrten Gemahls stehe«, rief Herr Diestelkamp, »wir wollen gerade in unserer nüchternen Zeit die Romantik nicht missen, und wir suchen bei unsern Dichtern die herrliche Quelle der ... den ... den Ritt in ... ich wollte sagen, wir wollen immer noch einen Trunk aus der romantischen Quelle schlürfen.«

»Es geht nicht«, sagte Frau Mertens mit einer Schärfe, die erraten ließ, daß man hier auf ein eheliches Streitthema gekommen war; »es geht durchaus nicht. Das nächste Stück muß er modern schreiben. Ich will nicht, daß die Zeitungen noch einmal von veralteter Manier schreiben, oder daß die Frau Nathusius die Nase rümpft, wenn sie mir begegnet, weil ihr Mann schon dreimal hochmodern gedichtet hat.«

»Aber die romantische Muse Ihres Mannes wird sich dagegen sträuben«, sagte Direktor Höfler.

»Sie *hat* sich gesträubt«, rief die streitbare Frau und blickte dabei mit einiger Strenge auf ihren Mann, der den endlich weinenden Rettich aß; »sie *hat* sich allerdings gesträubt, aber das ist jetzt vorbei. Ich muß es auch aushalten, und wenn es noch schlimmer wird bei den zweiten Akten.«

»So geben also auch Sie den Ritt ins alte romantische Land auf?« fragte Diestelkamp, der sich auf das Zitat besonnen hatte, mit starkem Pathos.

»Tja ...«, antwortete der Dichter.

Der Biedermann

Der alte Buchberger Hans saß auf der Hausbank und ließ sich so behaglich wie die Katze neben ihm die warme Märzensonne auf den Pelz brennen. Auf dem Dache zerging der letzte Schnee, und eintönig plätscherte es von der Rinne auf die Kieselsteine. Drüben am Waldrande lag schon ein grüner Schimmer über den Sträuchern, und dem Hans kamen fröhliche Gedanken von schönen Tagen und Wiederaufwachen aus langem Schlafe.

Zufrieden patschte er sich auf das linke Knie und rieb ein wenig daran.

Das war auch wieder gut geworden; viel besser, als er geglaubt hatte nach dem bösen Fall im vorigen Jahre.

Hätte leicht steif bleiben können, und das wäre ihm hart gefallen in seinen alten Tagen, und weil er ja auch noch arbeiten wollte neben den Jungen in dem kleinen Haushalte, der jede Beihilfe brauchen konnte.

Aber so war es nun wieder recht geworden. Der Unfall zahlte ihm fünfzehn Mark alle Monate, und weiß Gott, wie wohl ihnen das Bargeld tat, wenn es noch so wenig war, und faulenzen brauchte er deswegen doch nicht.

Er schlenkerte mit dem Fuß und streckte ihn wieder geradeaus.

Es ging schon, jawohl, und vor ein paar Tagen war er mit dem Jungen auch auf der Bergwiese droben gewesen und war rechtschaffen müd geworden.

Aber es ging und wurde alleweil besser. Alleweil besser.

Da schau her! Den sonnigen Hang herauf kam ein Spaziergänger, ein städtischer Herr, der oft stehenblieb und ausschnaufte.

Tat halt einem jeden wohl, Wärme und Sonnenschein.

Jetzt nahm der Herr den Hut ab und trocknete sich die Stirne.

Der sah beinahe aus wie der Bezirksarzt mit seinem langen Vollbart, und so groß und breitschultrig war er auch.

Richtig, da fiel dem Buchberger ein, daß die Leitnerbäuerin krank war, und vielleicht ging jetzt der Doktor zu ihr . . .

Und war schon so.

Von weitem schon lachte der Bezirksarzt freundlich, wie er den Alten erkannte, und der Hans stand auf und grüßte höflich.

»Das is ja der Buchberger? Grüß Gott! Darf ich mich a bissel hersetzen?«

»Ja freili, Herr Bezirksarzt! Oder soll i an Sessel außa hol'n?«

»Na! I sitz gut g'nug.«

»Gengan S' g'wiß zum Leitner aufi?«

»Ja ... mhm ... no, wie geht's Ihnen?«

»Guat ... Herr Bezirksarzt ... Bin wohl z'fried'n ...«

»Das hört man gern, ja, so ein alter Veteran laßt nicht aus!«

Der leutselige Bezirksarzt klopfte dem Hans auf die Schulter und schaute ihm mit herzlichem Wohlwollen in die Augen.

»Sie sind ja noch einer von Anno siebzig?« fragte er.

»Siebazgi und sechsasechzgi.«

»Und sechsundsechzig! Allen Respekt! Da haben Sie was durchg'macht im Leben!«

»Ja ... dös kann ma wohl sag'n.«

»Fürs deutsche Vaterland!« Und der freundliche Mann tätschelte wieder den braven alten Soldaten auf die Achsel.

»No, von sechsasechzgi kann i net viel prahl'n«, sagte der Hans. »Da san ma de mehra Zeit retariert, weil sie koa Mensch net auskennt hot und überhaupts ...«

»Ja ... ja ... der Bruderkrieg!« sagte der Arzt lächelnd.

»Aba ... siebazgi! Sakera Hosenzwickl! Da hamm s'as ins dafür ei'kocht! I bin bei Wörth dabeig'wen und bei Sedan ... und nacha bei Orleanß hinten! Bei Kulmirs hamm s' an Major Gruaba neben meiner aufi g'schoss'n, und i und da Hage Pauli, mir hamm an ihm größt'n Feuer z'ruckbracht ... und hab aa's Eiserne Kreuz kriagt für dös und bin belobigt wor'n vorn ganz'n Regament ...«

»Ja, was Sie sagen!«

Der Bezirksarzt streckte dem eifrigen Alten seine Hand hin.

»Respekt – Buchberger! Ein deutscher Ritter des Eisernen Kreuzes! Da müssen wir Jüngeren den Hut ziehen!«

»No ja! Es hätten's eigentli alle vadeant, denn was mir selbigsmal durchg'macht hamm, dös war a wengl hart ... und i sag's oft, de junge Leut achten's nimmer a so, aba es hat schon was braucht!«

»Ja, die jungen Leute! Die werden von den sozialdemokratischen Zeitungen vergiftet. Das findet man nicht mehr, wie früher ... diese ... diese Einfachheit und ... ah ... diese ... diese Vaterlandsliebe ...«

»Gel? Ich sag's aa'r alleweil! De Patriot'n san nimmer gar so viel! Und wenn man was sagt, wurde ma glei ausg'lacht von de Grasteufl! ...«

»Es ist schlimm, Buchberger! Schlimm! Aber ein alter Soldat wie Sie, der laßt sich nicht irrmachen ...«

»Ja, was waar denn net dös? I laß net aus.«

»Einer von der alten Garde! Han?«

»Und de Erinnerung gab i net her ... dös derfen

S' g'wiß glaab'n, Herr Dokta ... Sakera Hosenzwickl ... wia mir einmarschiert san ...«

»In Paris? Was?«

»In Paris net; da bin i net dabeig'wen, weil inser Regament heraußd bleib'n hat müass'n ... aba in Münk'n ... do bin i nobl mit ...«

»Vor dem Kronprinz'n?«

»Und an Kini; vor der Feldherrnhalle san ma an eahm vorbei ...«

»Parademarsch?«

»Dös glaab i! Neig'haut, daß d'Stoa g'wackelt hamm!«

»Eins ... zwei! Eins ... zwei ...! Ob's heut noch ging, Buchberger?«

»Probier ma's!« lachte der Alte, sprang von der Bank auf und nahm die Hände an die Hosennaht. Augen links! nach dem Bezirksarzt, und eins und zwei ... eins und zwei ... es ging noch. Freilich nicht mehr so stramm, daß die Steine wackelten, aber ganz passabel, daß der joviale Arzt in die Hände patschte und herzhaft lachte. »Bravo Buchberger!« rief er, als sich der Hans wieder setzte, und patschte ihm urkräftig auf das Knie ... »ja, ihr alten Veteranen, ihr seid aus einem andern Stahl als wir!«

»Woaß net«, sagte der Hans, »i g'spüret's glei im Hax'n ...«

»I wo! Sie sind ja marschiert wie ein Gardeleutnant ... also, jetzt muß ich aber gehen ... es hat mich recht g'freut.«

»Mi scho aa, Herr Bezirksarzt, und kehren S' wieder amal zua! Adjes!«

»Dös is a liaba Mo!« sagte er noch vor sich hin, als sich der Doktor langsam entfernte – »a ganz a g'führiger Mo!«

Eine Woche später, und es war schlechtes Wetter, regnete und schneite durcheinander, brachte der Postbote dem Buchberger ein Schreiben, das sich der Länge und Breite nach amtlich ausnahm und auch einen Stempel trug.

»Geh, Alte, hol mir mei Brill'n.« Als er sie bedächtig aufgesetzt und das Schreiben geöffnet hatte, las er langsam die Mitteilung, daß ihm die monatliche Unterstützung von fünfzehn Mark entzogen werde ... entzogen werde ... indem daß der Königliche Bezirksarzt Dr. Stierlinger sich persönlich davon überzeugt habe ... daß genannter Buchberger von den Folgen des Unfalls gänzlich geheilt sei und nicht die geringsten Beschwerden ... Beschwerden am Fuße mehr verspüre ...

Ah!

Ja ... Himmel ... Herrgott ...

Auf der Elektrischen

In *München.* Der schwere Wagen poltert auf den Schienen; beim Anhalten gibt es einen Ruck, daß die stehenden Passagiere durcheinandergerüttelt werden.

Ein Schaffner ruft die Stationen aus.

»Müliansplatz!«

Heißt eigentlich Maximiliansplatz.

Aber der Schaffner hat Schmalzler geschnupft und kann die langen Namen nicht leiden.

Ein Student steigt auf. Er trägt eine farbige Mütze, und der Schaffner salutiert militärisch.

Er weiß: das zieht bei den Grünschnäbeln. Sie bilden sich darauf was ein.

Und wenn sich Grünschnäbel geschmeichelt fühlen, geben sie Trinkgelder.

Er ist Menschenkenner und hat sich nicht getäuscht.

Der junge Herr mit der großen Lausallee gibt fünf Pfennige. Er sieht dabei den Schaffner nicht an; er sieht gleichgültig ins Leere; er zeigt, daß er dem Geschenke keine Bedeutung beimißt. Der Schaffner salutiert wieder.

Wumm! Prr!

Der Wagen hält.

»Deonsplatz!« schreit der Schaffner.

Heißt eigentlich Odeonsplatz.

Eine Frau, die ein großes Federbett trägt, schiebt sich in den Wagen. Ein Sitzplatz ist noch frei.

Die Frau zwängt sich zwischen zwei Herren. Sie stößt dem einen den Zylinder vom Kopfe. Das ärgert den Herrn. Er klemmt den Zwicker fester auf die Nase und blickt strafend auf das Weib. »Aber erlauben Sie!« sagt er.

– ?! –

»Aber erlauben Sie, mit einem solchen Bett!«

Die Leute im Wagen werden aufmerksam.

Der Mann scheint ein Norddeutscher zu sein; der Sprache nach zu schließen. Ein besserer Herr, der Kleidung nach zu schließen.

Was fällt ihm ein, die arme Frau aus dem Volke zu beleidigen? Ein dicker Mann, dessen grünen Hut ein Gemsbart ziert, verleiht der allgemeinen Stimmung Ausdruck.

»Warum soll denn dös arme Weiberl net da herin sitzen? Soll's vielleicht draußen bleib'n und frier'n? Bloß weil's dem nobligen Herrn net recht is? Wenn ma so noblig is, fahrt ma halt mit da Droschken!«

Der dicke Mann ist erregt. Der Gemsbart auf seinem Hute zittert.

Einige Passagiere nicken ihm beifällig zu; andere murmeln ihre Zustimmung. Ein Arbeiter sagt: »Überhaupt is de Tramway für an jed'n da. Net wahr? Und dera Frau ihr Zehnerl is vielleicht g'rad so guat, net wahr, als wia dem Herrn sei Zehnerl.«

Die Frau mit dem Bett sieht recht gekränkt aus. Sie schweigt; sie will nicht reden; sie weiß schon, daß arme Leute immer unterdrückt werden.

Sie schnupft ein paarmal auf und setzt sich zurecht. Dabei fährt sie mit dem Bette ihrem anderen Nachbarn ins Gesicht. Der stößt das Bett unsanft weg und redet in soliden Baßtönen: »Sie, mit Eahnan dreckigen Bett brauchen S' mir fei 's Maul net abwisch'n! Glauben S' vielleicht, Sie müassen's mir unta d'Nasen halt'n, weil S' as jetzt aus 'm Versatzamt g'holt hamm?«

Die Passagiere horchen auf.

Da ist noch einer, der die Frau aus dem Volke beleidigt; aber, wie es scheint, ein süddeutscher Landsmann.

Die Stimmung richtet sich nicht gegen ihn. Übrigens sieht er so aus, als wenn ihm das gleichgültig sein könnte.

Er hat etwas Gesundes an sich, etwas Robustes, Hinausschmeißerisches.

Er imponiert sogar dem Herrn mit dem grünen Hute. Und dann, alle haben es gesehen:

Die Frau ist ihm wirklich mit dem Federbett über das Gesicht gefahren. So etwas tut man nicht. Der

Mann selbst ist noch nicht fertig mit seiner Entrüstung. Er wirft einen sehr unfreundlichen Blick auf die Frau aus dem Volke und einen sehr verächtlichen Blick auf das Bett.

Er sagt: »Überhaupt is dös a Frechheit gegen die Leut', mit so an Bett do rei'geh'. Wer woaß denn, wer in dem Bett g'leg'n is? Vielleicht a Kranker; und mir fahren S' ins G'sicht damit! Sie ausg'schamte Person!« Einige murmeln beifällig. Der Mann mit dem grünen Hute gerät wieder in Zorn.

Er sagt: »Der Herr hat ganz recht. Mit so an Bett geht man net in a Tramway. Da kunnten ja mir alle o'steckt wer'n. Heuntzutag, wo's so viel Bazüllen gibt!« Der Gemsbart auf seinem Hute zittert.

Alle Passagiere sind jetzt wütend über die Unverschämtheit der Frau.

Man ruft den Schaffner.

»De muaß außi!« sagt der Mann mit dem Gemsbart, »und überhaupts, wia könna denn Sie de Frau da einaschieb'n? Muaß ma si vielleicht dös g'fallen lassen bei der Tramway? Daß de Bazüllen im Wag'n umanandfliag'n?«

Der Schaffner trifft die Entscheidung, daß die Frau sich auf die vordere Plattform stellen muß. Sie verläßt ihren Platz und geht hinaus.

»Dös war amal a freche Person!« sagt der Mann mit dem Gemsbart.

Der Herr mit dem Zwicker meint: »Eigentlich war sie ganz anständig. Nur mit dem Bette . . .«

»Was?!« schreit sein robuster Nachbar. »Sie woll'n vielleicht dös Weibsbild in Schutz nehma? Gengan S' außi dazua, wann's Eahna so guat g'fallt!«

Alle murmeln beifällig.

Und der Arbeiter sagt: »Da siecht ma halt wieda de Preißen!«

Ein kalter Wintertag.

Die Passagiere des Straßenbahnwagens hauchen große Nebelwolken vor sich hin. Die Fenster sind mit Eisblumen geziert, und wenn der Schaffner die Türe öffnet, zieht jeder die Füße an; am Boden macht sich der kalte Luftstrom zuerst bemerklich. Die Passagiere frieren, nur wenige sind durch warme Kleidung geschützt, denn der Wagen fährt durch eine ärmliche Vorstadt.

Da kommt ein Herr in den Wagen; er trägt einen pelzgefütterten Überrock, eine Pelzmütze, dicke Handschuhe. Er setzt sich, ohne seiner Umgebung einen Blick zu schenken, zieht eine Zeitung aus der Tasche und liest.

Die anderen Passagiere mustern ihn; das heißt seine untere Partie. Die obere ist hinter der Zeitung versteckt.

Die größte Aufmerksamkeit schenkt ihm ein behäbiger Mann, der ihm gerade gegenübersitzt.

Er biegt sich nach links und rechts, um hinter die Zeitung zu schauen. Es geht nicht.

Er schiebt mit der Krücke seines Stockes das hemmende Papier weg und fragt in gemütlichem Tone:

»Sie, Herr Nachbar, wissen Sie, aus welchan Pelz Eahna Hauben is?«

Der Herr zieht die Zeitung unwillig an sich.

»Lassen Sie mich doch in Ruhe!«

»Nix für ungut!« sagt der Behäbige.

Nach einer Weile klopft er mit seinem Stocke an die Zeitung, die der Herr noch immer vor sich hinhält.

»Sie, Herr Nachbar!«

»Waßß denn?!«

»Sie, dös is fei a Biberpelz, Eahna Haub'n da.«

»So lassen Sie mich doch endlich meine Zeitung lesen!«

»Nix für ungut!« sagt der Mann und wendet sich an die anderen Passagiere. »Ja, dös is a Biberpelz, de Haub'n. Dös is a schön's Trag'n und kost' a schön's Geld, aba ma hat was, und es is an oanmalige Anschaffung. De Haub'n, sag' i Eahna, de trag'n no amal de Kinder von dem Herrn. De is net zum Umbringa. Freili, billig is er net, so a Biberpelz!«

Die Passagiere beugen sich vor. Sie wollen auch die Pelzmütze sehen.

Aber man sieht nichts von ihr, der Herr hat sich voll Unwillen in seine Zeitung eingewickelt.

Da wird sie ihm wieder weggezogen. Von dem behäbigen Manne, mit der Stockkrücke.

»Sie, Herr Nachbar . . .«

»Ja, was erlauben Sie sich denn ...«

»Herr Nachbar, was hat jetzt de Haub'n eigentlich gekostet?«

Der Herr gibt keine Antwort.

Wütend steht er auf, geht hinaus und schlägt die Türe mit Geräusch zu.

Der Behäbige deutet mit dem Stock auf den leeren Platz und sagt: »Der Biberpelz, den wo dieser Herr hat, der wo jetzt hinaus is, der hat ganz g'wiß seine zwanz'g Markln kost'; wenn er net teurer war!«

Der alte Professor Spengler fährt jeden Morgen gegen acht Uhr vom großen Wirt in Schwabing bis zur Universität.

Er fällt auf durch seine ehrwürdige Erscheinung; lange, weiße Locken hängen ihm auf die Schultern, und er geht gebückt unter der Last der Jahre.

Ein Herr, der auf der Plattform steht, beobachtet ihn längere Zeit durch das Fenster.

Er wendet sich an den Schaffner.

»Wer ist denn eigentlich der alte Herr? Den habe ich schon öfter gesehen.«

»Der? Den kenna Sie nöt?«

»Nein.«

»Dös is do unsa Professa Spengler.«

»So? so? Spengler. M-hm.«

»Professa der Weltgeschüchte«, ergänzt der Schaffner und schüttet eine Prise Schnupftabak auf den Daumen.

»Mhm!« macht der Herr. »So, so.«

Der Schaffner hat den Tabak aufgeschnupft und schaut den Herrn vorwurfsvoll an.

»Den sollten S' aba scho kenna!« sagt er. »Der hat vier solchene Büacha g'schrieb'n.«

Er zeigt mit den Händen, wie dick die Bücher sind.

»So ... so?«

»Lauter Weltgeschüchte!«

»Ich bin nicht von hier«, sagt der Herr und sieht jetzt mit sichtlichem Respekt auf den Professor.

»Ah so! Nacha is's was anders, wenn Sie net von hier san«, erwidert der Schaffner.

Er öffnet die Türe.

»Universität!«

Professor Spengler steigt ab. Der Schaffner ist ihm behilflich; er gibt acht, daß der alte Herr auf dem glatten Asphalt gut zu stehen kommt. Dann klopft er ihm wohlwollend auf die Schulter. »Soo, Herr Professor! Nur net gar z'fleißig!«

Er pfeift, und es geht weiter.

Der Schaffner wendet sich noch mal an den Herrn.

»Alle Tag, punkt acht Uhr, fahrt dös alte Manderl auf d'Universität. Nix wia lauta Weltgeschüchte!«

In *Berlin.* Der Straßenwagen fährt durch den Tiergarten. Seitab werden Bäume gefällt, und es ist ein sonderbarer Anblick, mitten in der Großstadt Waldarbeit zu sehen.

Der Schaffner wendet sich an einen Herrn, der Ähnlichkeit mit dem Kaiser hat. Die man in Norddeutschland so häufig trifft. Starkes Kinn. Habyschnurrbart.

Der Schaffner sagt: »Das geht nun schon so vier Wochen.«

Er deutet auf die Holzarbeiter.

Der Doppelgänger Kaiser Wilhelms schweigt.

»Wenn sie nur nich den ganzen Tiergarten umschlagen!« sagt der Schaffner.

Keine Antwort.

Der Schaffner versucht es noch einmal.

»Den ganzen Tiergarten! Es wär' doch jammerschade!«

Jetzt blickt ihn der Doppelgänger Kaiser Wilhelms an; strenge und abweisend.

Und er sagt:

»Ich habe nicht die Absicht, mich mit Ihnen in eine Konversation einzulassen.

O Natur

Personen: Er – Sie – Ein Holzknecht
Ort: Im Gebirge

ER: Wie das hier schon ganz anders riecht, Lizzi! A-ah! Endlich aus der Stadt in die Natur geflohen!

SIE: Stelle dir vor! Der Schnee in unseren Straßen, schwarz, schmutzig, naß. Und hier blinkt und glitzert er.

SIE: Er ist direkt keusch, finde ich.

ER: Man denkt an Weihnachten, Christabend, an irgendwas Poetisches.

SIE: Karl, du Guter! Nein, wie bin ich dir dankbar, daß du mich aus dem schrecklichen Trubel in diesen Frieden gebracht hast!

ER: Nicht wahr?

SIE: Weißt du, als ganz kleines Mädchen bin ich auch einmal im Winter auf dem Lande gewesen. Bei Großmama. Da weiß ich noch, wie da auch die Bäume verschneit waren und so merkwürdig aussahen.

ER: Du bekommst ganz große Augen, wie du das sagst.

SIE: Es muß die heimliche Sehnsucht nach der Natur sein, die in einem lebt. Trotz allem, weißt du, Karl?

ER: Ja, ja. Trotz allem.

SIE: Sieh mal dort die große Tanne! Wie ein Ungeheuer sieht so ein Zweig aus. Wie was Lebendiges.

ER: Wie ein Märchen.

SIE: Die Natur ist doch das einzig Wahre!

ER: Man sollte hier immer leben!

SIE: Das wäre herrlich! Ich ließe mir einen großen Pelz dazu machen; weißt du, grünen Samt, mit Zobel besetzt, und innen auch Zobel, oder Seal.

ER: Das sollte man tun, hier leben.

SIE: Oder Skunks, Karl, obwohl ich eigentlich Skunks nicht sehr liebe.

ER: Das würde sich schon finden.

SIE: Und weißt du, eine Pelzmütze sollte ich haben. Ich habe vorgestern bei Bachmann eine entzükkende Mütze gesehen.

ER: Dieser Friede ringsum!

SIE: Ich glaube, sie war aus Otterfellen und hatte vorne eine Agraffe, in der eine Reiherfeder steckte.

ER: Sieh dort, Lizzi, wie die Bergspitze noch von der Abendsonne beschienen ist.

SIE: Wun-der-voll! Weißt du, man könnte statt Reiher auch eine andere Feder nehmen. Meinst du nicht?

ER: Ja – ja. Ich könnte hier stundenlang in den Anblick versunken stehen.

SIE: Und ich möchte am liebsten durch den Schnee waten. Wie ein Schulmädchen, und ganz rote Backen davon kriegen.

ER: Und nasse Füße, Liebling!

SIE *(enttäuscht)*: Das ist wahr!

ER: Man müßte eben andere Schuhe tragen. Und sich überhaupt daran gewöhnen. Oh! Hier muß ein Mensch gesund werden!

SIE: Ich fühle mich jetzt schon ganz anders.

ER: Ich meine körperlich *und* geistig gesund werden. A-ah! Diese Luft! Diese Luft!

SIE: Wie die Sonne verglüht! Das sollte man jeden Abend haben.

ER: Und sich von dem Zauber der Natur umfangen lassen.

SIE: Ich möchte am liebsten gar nicht mehr weg.

ER: Weißt du was? Wir bleiben einfach morgen noch da.

SIE: Ach ja – das wäre himmlisch! Aber es geht nicht, Schatz. Ich muß morgen zur Schneiderin, und dann sollen wir bei Hofrats Besuch machen, und abends ist der »Rosenkavalier«, und ...

ER: Richtig, ja! Na, denn nicht! Eigentlich ist es schade!

SIE: Mir blutet ja das Herz, daß man sich von hier losreißen soll.

ER: Mir auch. Diese Farben! Nein, diese Farben.

SIE: Du, dort kommt ein Mann.

ER: Er hat so was wie 'ne Säge umhängen. Das ist sicher 'n Holzfäller.

SIE: Wie stilvoll er aussieht!

ER *(seufzend):* Ach, wer auch so einer wäre! He, guter Mann!

HOLZER: Han?

ER: Sie leben wohl immer hier heraußen?

SIE: In der Natur?

ER: Und wissen vielleicht gar nicht, wie beneidenswert Sie sind!

HOLZER: Am – – – – –! *(Entfernt sich.)*

SIE: Wie? Was hat er gesagt?

ER: Ach, so was ... so was Bäuerliches, was die Leute hier oft sagen. Nun wollen wir aber umkehren. *(Bleibt stehen und atmet tief auf)* Nein! Diese Natur!

Das alte Recht

Es scheint mir, daß jene uns Deutschen oft nachgerühmte Scheu vor gewissen Vorrechten der Geburt, des Ranges, des Besitzes in Wahrheit besteht und unser öffentliches Leben vergiftet, indem sie das Fundament der Gesellschaft, die Gleichheit vor dem Gesetze aufhebt, während sie hinwiederum unserm privaten Leben durch Anreiz zur Eitelkeit, zur Selbsterniedrigung, zu allen Gegenteilen von Stolz und Selbstgefühl einen bedenklichen Einschlag gibt – – ja, das alles scheint mir so, und ich finde diese Meinung durch alle möglichen Vorkommnisse immer wieder auf ein neues bestätigt. Auch in unseren kleinen Provinzstädten, wo doch wahrhaftig der Anblick des Hofes, der Umgang mit glänzenden Militärs, die Bewunderung genialer Staatsmänner, wo all dies nicht die klaren Begriffe von Recht verwirren könnte, selbst da finde ich immer wieder, natürlich ins kleine übertragen, aber nicht minder verderblich – was wollte ich sagen? – Ja, also in Dornstein – aber das muß ordentlich und der Reihe nach erzählt werden, und weil das Thema an sich etwas unappetitlich ist oder sein könnte, muß es auch mit Zartheit vorgetragen werden. Nur eine Frage vorher!

Wenn nach allgemein gültigen Begriffen von Moral, Anstand und Hygiene die Verunreinigung von öffentlichen Plätzen und Straßen – ich möchte absichtlich keinen starken Ausdruck gebrauchen – als ordinär, jedenfalls aber als verboten gilt, wenn dieses Verbot in deutlichen Verfügungen der Ortspolizeibehörde niedergelegt ist, mit Ausdrücken, die keinerlei Deutung zulassen, so meine ich doch, dieses Verbot müßte für alle Bewohner des Ortes gelten? Aber wir werden ja sehen!

Ich meine sogar, gerade Leute von Bildung müßten im Falle einer Zuwiderhandlung stärkere Mißbilligung und strengere Strafe finden, denn wenn Bildung wirklich Bildung ist – aber wir werden ja sehen!

Jedenfalls hier will ich nur die Tatsache in ihrer zeitlichen Folge berichten und feststellen, und jeden Schein einer irgendwie gearteten Färbung vermeiden.

Alles, was sich in der Zeit vom 17. März bis 11. April 1913 in Dornstein ereignete, das heißt: in dieser betreffenden Sache sich ereignete, werde ich chronologisch erzählen. Eigentlich müßte man das Datum weiter zurücklegen, denn schon am 21. Februar, 2. März und wieder am 11. März erschienen im Dornsteiner Volksboten »Stimmen aus dem Publikum«, welche auf die Vorkommnisse Bezug nahmen.

»Gibt es *keine Polizei*, welche in der Luitpoldstraße *gewisse Schweinereien gewisser Herren betrachtet*, und dürfen selbe tun, was sie wollen?!?« (Volksbote vom 21. 2. 1913, Seite 3.)

»Es scheint, daß die *Nemesis* sich vor *gewissen Leuten verkriecht*, welche die Luitpoldstraße zum Schauplatze ihrer *Gemeinheit* machen, und daß sie in diesem Falle nicht so pünktlich bei der Hand ist, wie vielleicht gegen die *minder bemittelte Klasse!!!*« (Volksbote vom 2. 3. 1913, Seite 3.)

»Auch unsere gute Stadt Dornstein soll, wie es scheint, ihren *Panamaskandal!!* haben, ohne den es *überhaupt in Deutschland nicht mehr abzugehen scheint!!* Trägt der Kadi eine stärkere Binde vor den Augen, wenn es *sogenannte Gebildete* betrifft?!? Wir fragen zum *letzten Male!!*« (Volksbote vom 11. 3. 1913, Seite 2.)

Die letzte Anfrage des Blattes war denn doch in einem Tone gestellt, der hätte gehört werden müssen, wenn die maßgebenden Behörden dazu eine Lust verspürt hätten, ich möchte sagen, wenn sie eine durchaus strenge Auffassung von ihrer *Pflicht* besessen hätten.

Sie hatten diese Auffassung *nicht*. Und nun traten in diesem Drama die Personen aus den Kulissen heraus vor die Rampe der Öffentlichkeit.

– Ich glaube, man kann dieses Bild füglich gebrauchen? – Am 17. März gelangte folgendes hier wörtlich wiedergegebene Schreiben der Realitätenbesitzerswitwe *Ursula Hirgstettner* in den Einlauf des Stadtmagistrats Dornstein:

An den Maschißtrath, hochwollgebohren dahir und zu Händen des Herrn Bürchermeisters.

Eigene Angelegenheit des Empfängers!

Beträf: Notdurfth und unberächtigte Ausübung dersälben in der Luitpoldstraße. Auch beträf gegen die Sittlichkeith.

Es ist gewieß ales recht und man schweicht oft und denkt sich blos etwas, denn man wiel nichd fier eine frau gelthen, die wo zimbferlich ist und die wo gleich iber ales sich empörth ist und obwoll man doch auch seine Steuern und Abgahben zahlt und Gemeindeumlahgen.

Aber was zu arch ist ist zu arch und mahn braucht sich nicht ales zu gefallen zu lassen, indem man doch auch zum weiblichen Geschlächte gehörth und vielleicht mehr bieldung besiezt als die wo immer davon sprechen. Oder muß sich vieleicht eine schuzlose Wittwe ales gefallen lassen? Oder denkt man vieleicht, ja hier braucht es keine Rücksicht durchaus nicht mehr, weil diese Beträfende keinen Man nicht besiezt, der wo solchene Angriefe auf das Schahmgefühl nicht erlaubt?? Alerdings wenn mein unvergeslicher Leonhard nicht dahin geraft wäre durch ein unerbitliches Geschiek, hernach würden sich vieleicht *gewise Herren der Schöpfung* besinnen, ob sie sich so etwas trauen oder vieleicht lieber ihre nothurft anderswo verriechten.

Aber freilich, ich bin ja blos eine schuzlose Wittwe und da braucht man keine Rücksicht nicht zu nehmen!! Aber ich zeige es hiemit dem hochwolgebornen Maschißtrate an und gebe keine Ruhe nicht mehr sondern apeliere.

Im Gasthaus zum Schiemel sitzen die *»besseren«!!* Herren beinahe ale tage bis in die späte Nacht obwol es mich nichts angeht und verlasen selbes meistens um Mitternacht und sage ich auch nichts obwol oft ein groser Spektakel ist, aber man denkt sich, es gibt auch feinere Herren, wo so viel trinken wie ein Fuhrmann.

Aber leider dises ist nicht ales, sondern sie bleiben auf der Strase stehen und verrichten selbes, wo man vieleicht als feinere Herren anderswo veriechten soll und unterhalten sich dabei mit lauther Stimme. Dises sind meistens der Herr Majohr Röklmeier und der penzionirte Oberambsriechter Pollner und verschiedene Bürger und Maschißtratsräthe, wo ich auch den Herrn Haslinger und Mühlberger deuthlich unterscheiden konnte. Dieses geschieth vor meinem Hause, indem ich davon oft erwache und mit Schmertzen frage, ob mahn dieses einer schuzlosen Wittwe ales biethen darf. Ich habe es schohn dem Polizeiwachtmeister genau beschriehben, aber leider es hilft nichts, sondern die feineren Herren betreiben erst recht ihr schweinisches Geschäft und man hört auch daß sie sich dabei zu Anspillungen auf meine Persönlichkeit erfrächen. Der betrefende ist besonders erkannt und wenn es auch ein Beahmter ist, besiezt er doch keine Bieldung und soll vieleicht denken, das er nicht so unferschämbt zu sein braucht gegen leuthe, wo seine Penziohn auch mitzahlen.

Hochwollgeborener Maschißtrat ich zeige es hiedurch an, daß ich mir durchaus nicht mehr gefahlen lasse und mich nicht mit Injuhrien auch noch behaften lasse, sondern meine Geduld ist erschöpft, wodurch ich auf einen standpunkt bin, das mahn sich sagt, bis hieher und nicht weither!

Wenn der Maschißtrat vieleicht sein Auge zudrükken will weil es feinere Herren sind und die besiezende Klasse, dann weiß ich schon was ich thue.

Ich verlange die strengste Bestraffung dieser Obigen und eine Tafel gegen nächtliche Verunreinigung und ich glaube das auch eine schutzlose Wittwe disses erreichen kann gegen die wo sich nicht schähmen, sondern ihre sogenannte Bieldung in disser weise bezeichen. Ich verlange die strengste Bestraffung! Disses möchte ich noch bemerken.

Laut Unterschrift: Ursula Hirgstettner,
hochachtungsvoll dahir.

Am 26. März kam dieser Brief in geheimer Magistratssitzung zur Sprache.

Herr Bürgermeister Dr. Pilzweyer hatte ursprünglich die Absicht gehegt, und diese Absicht auch gegenüber dem Magistratssekretär Weigel kundgetan, die Eingabe der Hirgstettner zu perhorreszieren, aber eine Notiz im Volksboten brachte denn doch die Sache in Gang, da man nun befürchten mußte, daß weitere sehr unangenehme Preßerörterungen das stille Begräbnis der Anklage verhindern würden.

Also ging man daran, die Angelegenheit amtlich, wenn auch nicht ernstlich, zu behandeln.

Denn schon die Miene des vorstehenden Sekretärs verriet die merkwürdige Neigung, diese Herzensnöte einer Frau als Spaß zu betrachten, und ein den Vortrag begleitendes Lächeln des Bürgermeisters schien die Anwesenden aufzufordern, auch ihrerseits den Humor des Schriftstückes zu erkennen.

Allein Magistratsrat Mühlberger, ein angesehener Bäckermeister, konnte trotzdem seinen aufsteigenden Zorn nicht meistern und sprang sogleich auf, indem er rief:

»Dös san ja Insinationa! Hat ma scho so was g'hört von so an alt'n miserablinga Trankhafa? Dös san ja Insinationa!«

»Herr Magistratsrat«, sagte der Bürgermeister in verbindlichem Tone, »wir können und wollen uns über dieses Schriftstück doch wahrhaftig nicht aufregen – –«

»Sie Eahna net! Aber i!« schrie Mühlberger. »Dös san ganz oafach Insinationa! Und dös sag' i!«

»Wir werden später darauf zurückkommen«,

sagte immer lächelnd Herr Dr. Pilzweyer. »Aber«, fuhr er fort, indes er seinen Kneifer abnahm und ihn spielend an der Schnur pendeln ließ, »ich muß nun wohl das tatsächliche Material den Herrn unterbreiten.«

»Es handelt sich hier«, sagte er und lehnte sich zurück, indes er jedes Wort mit verstandesmäßiger Betonung aussprach und im Wohlklange seiner Rede schwelgte, »es handelt sich hier zweifellos um das Haus Nummer 104a, als welches zu Eigentum der Witwe des verstorbenen Realitätenbesitzers Leonhard Hirgstettner im Grundbuche vorgetragen ist – und welches sich auf der nördlichen Seite der ehemaligen Bachleitergasse, jetzt Prinzregent-Luitpold-Straße, befindet. Gegenüber von diesem Hause ist die Gast- und Tafernwirtschaft zum Schimmel, welche von den Eheleuten Johann und Maria Leutgschwendtner betrieben wird. Dieses Gasthaus erfreut sich des Besuches gerade der Honoratioren.«

»I g'hör aa dazua«, fiel hier die Baßstimme des Magistratsrates Haslinger ein.

»Gerade der Honoratioren«, fuhr der Bürgermeister fort, indes ein Lächeln über seine Züge flog, »und man begegnet dort außer angesehenen Bürgern« – er machte eine leichte Verbeugung nach der Richtung, wo Haslinger und Mühlberger saßen – »man begegnet dort Offizieren, Angehörigen des Beamtenkörpers, also Herren, denen eine Störung der Ordnung, ein Zuwiderhandeln gegen Sitte und Anstand niemals, ich betone das, niemals zuzutrauen wäre!«

»Dös moan i halt aa«, rief Mühlberger ...

»... Zuzutrauen wäre. Die streng vertraulich gepflogenen Recherchen haben ergeben, daß vielleicht hier und da einer der Herren, dem Zwange und Drange der Natur folgend, ganz gewiß in unauffälligster Weise ...«

»Bitt ums Wort!« schrie Herr Haslinger.

»Sogleich! Sie werden das Wort sogleich erhalten, Herr Magistratsrat ... also in diskretester Weise jenem Drange vielleicht Folge leistete. Aber eine Beschuldigung wie diese hier« – Herr Dr. Pilzweyer klopfte, nun ernster werdend, auf das Schriftstück – »eine solche Beschuldigung ist frivol. Ich stehe nicht an zu sagen, es ist ein starkes Stück von Frivolität.«

»An Insination is!« rief Mühlberger ...

»Eine haltlose Verdächtigung, und ich erteile nun, bevor ich einen Antrag stelle, das Wort dem Herrn Magistratsrat Haslinger.«

Dieser, von Beruf Brauereibesitzer, ein beleibter Mann von stattlicher Größe, erhob sich, und da er gerade geschnupft hatte, zog er ein blaues, geblümtes Taschentuch von der Größe einer Serviette aus der Tasche und entfernte von Bart, Weste und Rock die Tabakreste. Dann begann er in jovialem Tone zu reden. »Also, meine Herrn, de Sach' is eigentli ganz oafach; und i muaß scho sagn, daß man über so was überhaupts red'n muaß, dös g'hört aa zu de Erscheinunga der Neuzeit. Also i sag ganz oafach, de Beschwerde von dera . . . Beißzanga da . . . is eigentli a Frechheit ersten Grades. Indem daß also Familienväta und verheirate Männa, und daß ma 's scho glei sag'n, lauta Leut, de wo eppas san und de wo eppas hamm und de wo eppas vorstell'n – net – lauta richtige Leut – net – indem daß diese Leut a so hingestellt wern als wia Sittlichkeitsverbrecher – net – und von an solchen alt'n Trankhafa, bei der ma si do überhaupts nix mehr denkt . . .«

Der Bürgermeister rührte an der Glocke. »Ich möchte den Herrn Magistratsrat bitten, im Interesse einer sachlichen Behandlung . . .«

»Net unterbrecha!« sagte Haslinger grob. »Sie hamm dös überhaupts a bissel gern, Herr Bürgermoasta, und i sag 's Eahna, daß über dös bereits Stimmen laut geworden sind. Über diese Unterbrecherei von Eahna. Da kimmt ma ja aus 'n Thema außi! Also, meine Herrn, daß i 's kurz sag, seit i ins Wirtshaus geh, und aa früherszeit, wia no mei Vata ganga is, und natürlicherweis mei Großvata grad so, also da woaß ma's nia anderst, als daß ma vom Wirtshaus außa . . . noja . . . in Gott's Nam . . . Sie verstengan mi scho. I möcht überhaupts sag'n, dös is an alts Recht! Wenn ma so seine vier, fünf oda sechs Maß Bier trunka hat – no ja – in Gott's Nam! De Damenwelt is do um de Zeit nimma auf da Straß, und so lang unser Dornstoa steht, hat ma dös net anders g'wißt. Jetzt auf oamal kam de Mistamsel, de abscheilige, daher ... Teans mi net unterbrecha, sag i, Herr Bürgermoasta – jetzt kam de daher und möcht ins des alte, guate Herkomma für an Unsittlichkeit histell'n. Aba i sag bloß dös, solchena Beleidigunga, solchena neumodische Unverschämtheiten, von dera grauslinga Beißzanga, diese prallen an unserer Brust ab!«

»Brafo! Brafo!« riefen die Magistratsräte und patschten auch lebhaft in die Hände, so daß Herr Haslinger sich dankend noch einmal halb vom Stuhl erhob und wiederholte: »Sie prallen ab, sag i, und mehra sag i net ...«

»Dös Luada mit ihre Insinationa!« rief Mühlberger, worauf sich der Herr Bürgermeister räusperte und also begann:

»Meine Herren! Nach den bemerkens- und auch dankenswerten Ausführungen des Herrn Vorredners, nach diesen von den Tönen eines beleidigten Ehrgefühls durchzitterten Worten erübrigt mir jetzt nur ... wie?«

»Ich bitte ums Wort!« sagte zum zweiten Male der Buchbindermeister Kallinger ...

»Ach so! Pardon! Der Herr Magistratsrat Kallinger hat das Wort.«

»Meine Herren!« sagte dieser, ein Freund feinerer Bildung, der einige Jahre in Norddeutschland befindlich gewesen war, »... meine Herren! Ich glaube fürwahr mit Recht behaupten zu dürfen, daß ich einige Erfahrungen besitze in betreff nämlich der Sitten und Gebräuche fremder Städte ...«

»Geh, hör auf!«

»Ich höre *nicht* auf, Herr Haslinger, und ich möchte nur bemerken, bald Sie sich beschweren in betreff von Unterbrechungen, dann dürfen auch Sie nicht einen Redner unterbrechen ... ich möchte also nur dieses sagen, daß ich in fremden Städten einige Erfahrungen gesammelt habe auch in betreff dieses Themas, über das ich mich nicht näher ausdrücken kann, und ich behaupte, daß auch in anderen Städten dieses häufig vorkommt. Dann möchte ich sagen, daß zum Beispiel während einer Regenperiode sicherlich kein Grund zur Beschwerde vorhanden ist, während im Schnee fürwahr zu viele Spuren zurückbleiben. Ich möchte hierdurch nur eine bescheidene Anregung geben, ob die betreffenden Herren nicht doch eine gewisse Rücksicht auf die Witterungsverhältnisse walten lassen könnten ...«

Damit setzte sich Herr Kallinger, und Herr Haslinger stieß Herrn Mühlberger mit dem Ellbogen an, und Herr Mühlberger stieß Herrn Arzböck an, und es herrschte die allgemeine Ansicht, daß der Kallinger natürlich wieder seinen Senf habe dazugeben müssen.

Aber der Bürgermeister hustete und fuhr an der alten Stelle fort. »Es erübrigt mir jetzt nur die Frage, ob der Magistrat sich irgendwie offiziell, also beschlußfassend, mit der Sache beschäftigen soll ...«

»Nix da! Da werd überhaupt nix mehr g'redt! Freili! Daß der alte Trankhafa sei Freud hätt' ...!«

»Ja, also, ich entnehme den allgemeinen Zurufen, daß man über die Beschwerde zur Tagesordnung übergeht . . . Herr Kallinger?«

»Ich möchte nur einen Beschluß darüber vorschlagen, daß während einer Schnee- oder Kälteperiode auch nachts keine solche Verrichtung stattfinden dürfe . . .«

»Wer für den Antrag des Herrn Magistratsrates Kallinger ist, möge sich erheben! . . . Niemand? Also, der Antrag ist mit allen gegen eine Stimme abgelehnt . . . und damit gehen wir zur Tagesordnung über. Es liegt vor ein Antrag des Kaufmanns Oberloher . . .

Das war am 26. März.

Am 29. des gleichen Monats brachte der »Volksbote« einen geharnischten Artikel über »Korruption«:

»Es ist einem Häuflein Bevorzugter gelungen, dem Gesetz ein Schnippchen zu schlagen . . . usw . . . bis . . . wir erinnern aber an das so wahre Sprüchwort: justitia fundamentum regnorum, welches denn doch auch in Dornstein einige Geltung haben dürfte . . .«

(Siehe Beilage 5 im Akt: Beschwerde der Ursula Hirgstettner usw.)

Am Abend des 1. April brannte im Hause der Frau Hirgstettner das Gaslicht nicht mehr. Tagsüber hatten zwei städtische Arbeiter sich an der Leitung in der Luitpoldstraße zu schaffen gemacht und jede Auskunft verweigert. Als nun Frau Offiziant Koppenwallner, welche in dem Hirgstettnerschen Hause wohnte, im Gange Licht machen wollte und immer wieder den Gashahn aufdrehte, blieb es dessenungeachtet dunkel.

Owohl sofort eine Magd zum Leiter der Gasanstalt geschickt wurde, kam niemand zur Abhilfe. Auch den 2. und 3. April ließ sich der städtische Installateur nicht blicken.

Am 4. April ging Frau Ursula Hirgstettner selbst im Zustande der höchsten Aufregung, da die Familie Koppenwallner sofort kündigen wollte, zu Herrn Gasanstaltsdirektor Pfrombeck und stellte ihn entrüstet zur Rede.

»Nur net so hitzig!« sagte Herr Pfrombeck gelassen. »Am Gas fehlt's net, aba wahrscheinli fehlt's an der Leitung. Vielleicht hamm S' dös letzte Quartal net zahlt?«

»Dös tat mir scho verbitt'n! I bin meiner Lebtag nix schuldi blieb'n . . .«

»Ja no! Na werd's wo anders fehl'n. Mi geht dös nix o. De Gasleitung hat da Herr Magistratsrat Mühlberger unter sich. Da müassen S' zu dem geh' und frag'n.«

Nun ging der Frau Ursula Hirgstettner allerdings ein Licht auf, aber als resolute Witwe ging sie unverzagt in den Kampf um ihr gutes Recht in den Laden des Bäckermeisters und Magistratsrates Mühlberger.

Sie mußte warten, bis alle Kunden bedient waren, und stand endlich in dem Hinterzimmer vor dem finster blickenden Stadtvater.

»Was woll'n denn Sie?«

»I? Da tat i no lang frag'n, wenn seit vier Tag 's Gas nimmer brennt!«

»So?«

»Ja! Zahlt ma desweg'n seine Umlag'n und Gebühr'n, daß nacha a solchena Schlamperei vorkimmt...«

»Sie, tean S' Eahna a bissel z'ruckhalt'n!«

»Gar net halt i mi z'ruck, und auf der Stell muaß i wiss'n, warum daß de Arbeita mei Leitung abdraht hamm...«

»Welchane Arbeita?«

»Ja, ma hat's scho g'sehg'n! Für gar so dumm müaßt's oan aa net halt'n!«

»Wenn de Arbeita Eahna Leitung unterbrocha hamm, nacha hat am Rohr was g'feit. Vastand'n?«

»So, warum fehlt denn grad bei mir was? Und bein Schimmiwirt net? Und bei koan Nachbarn net?«

»Dös is de Rohr eahna Sach.«

»I wer scho sehg'n, ob i mir dös g'fall'n lass'n muaß. I woaß scho, was da für a Spitzbuamg'schicht dahinta steckt.«

»Halten S' Eahna z'ruck, sag i!«

»Und a Spitzbuamg'schicht is, sag i!«

»Sie, passen S' auf, Eahna kennt ma!«

»Sie kenna mi no lang net, und wenn i net auf da

Stell mei Gas kriag, nacha zoag i Eahna, mit wem Sie's z'toa hamm!«

»Dös braucht's net. Eahna kennt ma, sag i. Sie san eine Frau, de wo Insinationa macht. Verstengan Sie? Insinationa!«

»I mach Eahna no ganz was anders, Sie Loawibacha, Sie ausgschamta!«

»Jetzt hab i Eahna! Dös is an Amtsbeleidigung!«

»Mei Gas möcht i!«

»An Amtsbeleidigung is dös! Verstengan Sie? Jetzt san Sie g'richtsmaßig!«

»Gengan S‘ aufs G'richt! Auf da Stell geh i mit und bring mei Sach vor! I will amal sehgn, ob Sie mir's Gas abdrahn derfa, weil i Eahna Sauerei anzoagt hab' – Sie!«

»Und jetzt macha S', daß S' naus kemma, sunst gibt's an Hausfriedensbruch aa no, Sie Trebernfaß, Sie ordanärs! Sie Mistamsel, Sie gräusliche!«

»So? So red'n Sie? Aba . . .«

»Außi!«

Der Befehl war so kategorisch und mit Schub und Druck begleitet, daß die fassungslose Witwe, ohne zu wissen wie, vor der Türe und auf der Straße stand.

Ihr eiligster Lauf ging in die Redaktion des Volksboten.

Aber der Kämpfer für ihre Rechte, Herr Martin Irzinger, war nicht wie sonst.

Er hörte sie nicht an, er unterbrach sie lange, bevor ihre Klagen zu Ende waren.

»Dös is alles ganz recht, Frau Hirgstettner, und i kenn ja de . . . i will sag'n, i woaß ja alles, aba, es tuat mir leid, i ko in dera Sach' nix mehr toa.«

»Sie san guat. Zerscht hamm's mi allaweil auf-g'hetzt, daß i de Eingab' mach, und Sie hamm in Eahnern Blattl de G'schicht aufgrührt . . .«

»Ja . . . ja . . . Dös hoaßt, i hab mi für Eahna a bissel einseitig ins Zeug g'legt. Einseitig, verstengan Sie?«

»Aba Sie hamm do g'sagt . . .«

»I *hab* g'sagt, aba jetzt sag i Eahna was anders, Frau Hirgstettner. Schauen S', ich muaß *von* de Leut' leb'n, und *Sie* müass'n *mit* de Leut leb'n. Wir kinnan den Kriag net weiter führ'n.

Mir geht da Proviant aus. Verstenga S', der Diridari – und Eahna geht 's Liacht aus.«

»Ja, was soll i denn toa?«

»An Fried'n schliaß'n. Es bleibt ins nix anders net übrig . . .«

Da verließ die Witwe aller Kampfes- und Lebensmut, und sie fing gottesjämmerlich zu weinen an.

Es müssen hier einige Tatsachen nachgeholt werden.

Am 1. April wurde dem »Volksboten« amtlich mitgeteilt: 1. Daß der Magistrat das bisherige Abonnement von zwei Exemplaren *nicht* erneuere, 2. daß der »Volksbote« künftighin keine amtlichen Inserate mehr zu gewärtigen habe.

Noch den gleichen Tag suchte Irzinger den Bürgermeister auf und bat um Aufklärung.

»Wundern Sie sich darüber?« fragte Herr Dr. Pilzweyer mit Nachdruck. »Konnten Sie etwas anderes erwarten, nachdem Sie in jeder Nummer Ihres Blattes ...?«

»Entschuldinga, Herr Bürgermoasta ...«

»Oder, ich will sagen, wenn Sie beinahe in jeder Nummer die angesehensten Männer der Stadt, ja, die Stadtverwaltung selbst, in maßloser Weise angreifen?«

»Entschuldinga, Herr Bürgermoasta ...«

»Jawohl, maßlos, Herr Irzinger! Das Wort ist keineswegs stark gewählt ...« Herr Dr. Pilzweyer spielte hier wieder mit dem Zwicker und lauschte auf seinen Tonfall. »Sie zweifeln unsere Intaktheit an, unsere Gerechtigkeitsliebe, Sie sprechen von einem Panama ...«

»Entschuldinga, Herr Bürgermoasta ...«

»Wortwörtlich Panama! Das ist ein schlimmer Vorwurf, Herr Irzinger! Und ich kann Ihnen nur sagen, er hat mich persönlich geschmerzt, denn ich verkenne keineswegs die Bedeutung der Presse ...«

»Entschuldinga, Herr Bürgermoasta ...«

»Ich kann aber, und das werden Sie mir zugeben, ein Blatt nicht unterstützen, welches in unser Gemeinwesen den Unfrieden trägt, welches das Ansehen der besten Bürger zu untergraben sucht, welches die Leitung der Gemeinde verdächtigt, welches ...«

»Entschuldinga, Herr Bürgermoasta, und bald diese Angriffe unterbleiben?«

»Wenn Sie mir das Versprechen geben ...«

»Und bald ich den Herren vom Magistrat gewissermaßen im Volksboten eine Genugtuung gebe?«

»Dann abonniere ich wieder.«

»Und de Inserat'?«

»Bekommen Sie wieder.«

»Gilt scho!«

»Ihr Ehrenwort, Herr Irzinger?«

»Auf Ehr und Seligkeit, sag i. Und bal i amal was sag', da gibt's nix; dös is wia Stahl und Eis'n ...«

»Also gut! Sie unterlassen die Angriffe – auch in dieser etwas komischen Sache ...«

»A glänzende Ehrerklärung gib i, wenn i 's amal sag, Herr Bürgermoasta! A glänzende Genugtuung.«

»Schön, dann sind wir wieder einig.«

»Dös glaab i.«

Die glänzende Ehrenerklärung kam am 5. April, denn einiger Zeit bedurfte Herr Irzinger denn doch, um seinen Gesinnungswechsel zu stilisieren. Er packte die Sache beim richtigen Ende an, indem er zuerst etwas humoristisch wurde, dann aber doch die echt altbayerische Standhaftigkeit der Männer hervorhob, welche auch in einer kleinen Sache, deren allzu deutliche Beschreibung sich von selbst verbot, am alten Herkommen festhielten und durch diese Hartnäckigkeit alle Widerstände besiegten.

Auch, wie Herr Irzinger freimütig bekennen zu müssen erklärte, den Widerstand der Presse.

Der im vollsten Sinne des Wortes verlassenen

Witwe blieb nichts anderes übrig, als die Verzeihung der standhaften Verunreiniger zu erflehen.

Sie tat es.

Nicht ganz so leichten Gemütes und nicht ganz so rasch wie der Redakteur des Volksboten; aber die Notwendigkeit, Gas zu erhalten, erlaubte auch kein allzulanges Zögern.

Mühlberger sträubte sich und verzieh nur unter bissigen Bemerkungen die Insinuationen der schmähsüchtigen Frau. Aber am 11. April brannten die Gasflammen wieder.

Lange nachdem sie in dieser Nacht erloschen waren, um die Geisterstunde, vernahm die Lauschende wiederum die Ausübung jenes alten Rechtes oder Herkommens.

Und sie konnte feststellen, daß die vier Hauptkämpfer für den alten Brauch samt und sonders sich betätigten.

Der Herr Major Stöckelmeier, der Oberamtsrichter Pollner und die zwei kriegerischen Magistratsräte.

Anfänge

Da war ich also Rechtsanwalt in dem kleinen Ort D., und weil ich der erste war, der sich hierorts auf diese Weise sein Brot verdienen wollte, konnte ich nicht verlangen, daß alle Welt von meiner Bedeutung oder meinen Aussichten überzeugt war.

Der Schneidermeister, in dessen Hause ich eine Wohnung gemietet hatte, brachte mir ein stilles, aber inniges Mißtrauen entgegen, das wiederum nicht frei war von einem wohlwollenden Mitleid. Der Vorstand des Amtsgerichtes, dem ich mich sogleich vorstellte, strich einen langen, grauen Schnurrbart und heftete seine scharfen Augen auf mich.

Dann sagte er nur: »So, Sie san der?«

Es war manches aus den Worten herauszulesen, nur keine freudige Zustimmung zu meinem Unternehmen. Wenn ich über die Straße ging, merkte ich wohl, daß sich Leute nach mir umdrehten, und wenn ich auch nicht feinnervig war, merkte ich doch, daß sie sich frei von allem Respekt über meine mutmaßliche Zukunft unterhielten.

Am reichbesetzten Stammtische legten mir alle diese fest angestellten, besoldeten und pensionsberechtigten Männer Fragen vor, die ihre Überlegenheit ebenso wie ihre Zweifel dartaten.

Das alles entmutigte mich nicht, aber wenn ich heim kam und durch meine drei kärglich möblierten Zimmer ging, in denen die Schritte so stark widerhallten, dann packte mich doch ein Gefühl der Unsicherheit und der Vereinsamung.

Ich half mir auf meine Weise. Mit dem alten Zimmerstutzen meines Vaters schoß ich nach der Scheibe und vertrieb mir die langweiligsten Stunden.

Denn wenn ich mich an den Tisch setzte und etwas zu lesen versuchte, hörte ich mit einem Male diese Stille um mich, ich horchte auf sie, und sie klang mir brausend in die Ohren. Da fiel mir alles schwer aufs Herz, was einmal war und nie mehr sein würde, und ein Heimweh kam über mich nach lieben Menschen, nach Dingen und Zuständen, von denen ich für immer hatte Abschied nehmen müssen.

Das waren Trübseligkeiten, über die mir keine Arbeit weghalf, weil ich keine hatte.

Wenn ich die Treppe herunterstieg und in die Werkstatt meines Scheidermeisters einen Blick werfen konnte, beneidete ich die blassen, jungen Leute, die darauflos nähten von Montag bis Samstag und jeden Feierabend und jeden Feiertag sich redlich verdienten.

Das sah anders aus als in meiner leeren Stube, an

deren Wand zwecklos ein kleiner Tisch stand, auf dem ein Paket frischer Papierbogen lag neben dem nagelneuen Tintenfasse, den ungebrauchten Federhaltern und scharfgespitzten Bleistiften. Drei, vier lange Tage schlichen vorbei, ohne daß jemand zu mir gekommen wäre.

Der fragende Blick des Hausherrn wurde eindringlicher, die Bemerkungen am Stammtische wurden berechtigter, die Mienen aller mir begegnenden Spießbürger wurden höhnischer. Wie lange ich nachts mit offenen Augen im Bette lag und nun erst recht die brausende, tosende Stille um mich herum hörte!

Leute standen vor mir, die mich mit ernsten Augen anblickten und mir die Aussichtslosigkeit meines Versuches darlegten, Menschen, die ich liebte und denen ich auch etwas galt – gegolten hatte.

Denn was war dann, wenn ich hier scheiterte und allen recht gab, die mir abgeraten hatten?

Es waren lange Nächte.

Gegenüber lag eine Schmiede, und vor Tagesanbruch klangen schon die Hammerschläge.

Da mußte ich aufstehen, zuschauen und mir immer wieder sagen, das sei Arbeit, Freude und Leben.

Am fünften Tage kroch mir schon die häßlichste Mutlosigkeit ans Herz.

Aufstehen und warten, in der Stube herumgehen und warten. Den Zimmerstutzen hatte ich in eine Ecke gestellt.

Mir war gottsjämmerlich zumute. Mein ganzes Vermögen von achtzig Mark ging auf die Neige, und hier mit Schulden beginnen wollte mir doch als Anfang vom Ende vorkommen.

Da!

Nein, es war keine Täuschung, hell und durchdringend läutete die Glocke an meiner Wohnungstüre.

Ich eilte hinaus und öffnete.

Ein hochgewachsener, wohlbeleibter Mann mit einem mächtigen altbayrischen Knebelbart stand vor mir, und sein städtischer Anzug war für mich eine Enttäuschung, weil er so gar nicht wie ein prozessierender Ökonom aussah.

Aber vielleicht ein Gutsbesitzer, Pächter oder Verwalter?

Das schien mir zweifelhaft. Eher konnte er ein behäbiger Bürger des Marktes sein, und ja, das würde wohl stimmen.

»Hab' ich die Ehr', den Herrn Rechtsanwalt ...?«

»Bitte, kommen Sie nur herein ...«

Ich mußte so etwas von der einladenden Höflichkeit eines Friseurs, eines Zahnarztes, des Besitzers einer schlechtbesuchten Schaubude an mir haben.

Der Gast stand hoch und breit in meinem Zimmer und war sich, wie ich merken konnte, sogleich über die Situation klar.

»Aha!« sagte er, » – m – hm – da is aber a bissel – a bissel – «

»Wie meinen Sie?«

»A bissel laar is.«

»Ich lasse mir meine Möbel erst nachkommen«, sagte ich. »In den ersten Tagen mochte ich natürlich nicht – –«

»Freili, natürli. Aba wo san denn de Büacha?«

»Die kommen auch nach.«

»M – hm – ja – ja. I will Eahna was sag'n, Herr Dokta. Dös erste, was Sie hamm müass'n, san Büacha. Es is ja scho weg'n de Klient'n. Da wenn oana rei kimmt zum Beispiel, nacha muaß's ausschaug'n da herin, als wia 'r in a alt'n Kanzlei. An dera Wand da drüb'n, da müss'n lauta Büacha steh', und da herent, da müassen S' a so a Stellaschi mit Papier und Aktendeckel hamm. Derfen S' ma 's glaab'n, i hab scho mehra junge Herrn o'fanga sehg'n . . .«

»Das kommt alles, aber mit was kann ich Ihnen dienen?«

»Mir? Dös wer i Eahna glei sag'n. I bin nämli der Vertreter von der Buchhandlung Maier – I. A. Maier & Sohn – Sie kennan ja die Firma? . . .«

Es war wieder eine Enttäuschung, und diesmal eine ziemlich starke.

»N . . . nein . . .« sagte ich.

»Dös wundert mi, aba mir lerna uns scho no bessa kenna«, antwortete er, und es strömte ein wirkliches und wohlwollendes Behagen von ihm aus. »Mir lerna uns no guat kenna. Nämli, unser Spezialität is ja, daß mir junge Herrn Rechtsanwält ausstaffiern, und i kann Eahna sag'n, i hab scho ziemli viel Herrn ausstaffiert. Lesen S' no . . .«

Er gab mir eine Karte.

I. A. Maier – Buchhandlung – Spezialität – Anlage von Bibliotheken für Herren Notare und Rechtsanwälte – An- und Verkauf von juristischen Bibliotheken – Kulante Gewährung von Teilzahlungen – usw.

»Seh'gn S', Herr Dokta, dös is dös, was Sie brauchan. De Wand da drüben, de muaß ganz zuadeckt sei mit lauta Büacha. Erschtens« – er streckte den Daumen aus – »brauchan Sie wirkliche juristische Büacha – dös kriag'n ma nacha – zwoatens« – er gab den Zeigefinger dazu – »brauchan Sie Entscheidunga – mir hamm antiquarisch a paar Sammlunga – drittens« – und jetzt kam der Mittelfinger »drittens, da gibt's so Amtsblätter und alte Verordnungsblätter, de ja koan Wert nimmer hamm, aba de san hübsch groß, in blaue Pappadeckel ei'bund'n, und macha an recht'n Krawall, de nehman sie großartig aus in da Kanzlei. De kriag'n S' von uns drein, an achtz'g Bänd für zwölf Markl . . .«

»Das ist alles recht schön, aber . . .«

»Nix aba!« Er sagte es energisch und jede Widerrede abschneidend. »Dös is dös, was Sie brauchan, Herr Dokta. Und jetzt schreib'n mir amal auf, was Sie für wirkliche Büacha hamm müass'n. Mit 'n Strafrecht fanga ma 'r o . . .«

Und er fing mit dem Strafrecht an und nannte im befehlenden Ton alle anderen im besten Ansehen stehenden Kommentare, schrieb sie mit der Füllfeder auf, fand immer noch ein Buch und gab es dazu, und erklärte endlich, daß mir nunmehr einigermaßen und fürs erste geholfen sei.

Alle Zahlungsbedenken schnitt er kurz ab, und erst, als er sein dickes Notizbuch in die Brusttasche gesteckt hatte, gab er den befehlshaberischen Ton auf und wurde wieder umgänglich.

»Soo«, sagte er gemütlich, »jetza hamm ma 's, und Notabeni, i mach no mei Gratulation, daß Sie Eahna hier niederlassen hamm. De Gegend is guat, de Bauern streit'n gern, g'rafft werd aa no, Gott sei Dank, da hat a junger Rechtsanwalt a ganz a schön's Feld der Betätigung, und jetzt bhüat Eahna Good!«

Er schied mit einem freundlichen Lächeln von mir, und seine Worte taten mir wohl. Nur allmählich wurde mir klar, daß diese Anschaffung auf Kredit meine Stellung nicht gerade aufgebessert und befestigt hatte.

Ein ereignisloser Tag, der nun folgte, und die Gewißheit, der ich entschlossen ins Gesicht sehen mußte, die Gewißheit, daß ich das nächste Mittagessen würde schuldig bleiben müssen, ließen mir die Bestellung einer Bibliothek als verbrecherische Torheit erscheinen.

Die Schneider nähten, die Schmiede hämmerten, der Rechtsanwalt schaute zum Fenster hinaus auf den Marktplatz.

Vor seinem Bäckerladen stand der dicke Herr

Holdenried und stocherte in den Zähnen herum und gähnte und spuckte aus, und tat das alles mit Ruhe, wie sie eine gefestigte Sicherheit gibt.

Zwei Häuser weiter stand der Seiler Weiß auf dem Bürgersteig und zeigte ebenso aller Welt, die es wissen wollte, daß er sich sattgegessen hatte.

Sie riefen sich etwas zu und lachten, und Herr Holdenried ging ein paar Schritte hinauf, und Herr Weiß ging ein paar Schritte herunter, bis sie beisammen standen und offenbar von den gleichgültigsten Dingen miteinander redeten. Jeder stand würdig und breitbeinig und zahlungsfähig auf dem Pflaster und jeder wußte, daß aus irgendeinem Fenster, oder aus mehreren Fenstern, neidische Blicke auf sie geworfen wurden. Und jeder wußte, daß er wie Vater und Vatersvater den Neid verdiente.

Ob je einer von diesen niederträchtigen Spießbürgern Sorgen getragen hatte, oder auch nur wußte, wie der Gedanke an morgen bleischwer auf dem Magen liegen konnte?

Sie bliesen die Luft von sich und waren zufrieden mit sich und einer mit dem andern, und dann ging Herr Holdenried ein paar Schritte hinunter und Herr Weiß ein paar Schritte hinauf, und sie schloffen durch ihre Haustüren ins Behagen zurück.

Und es war doch wieder die Glocke! Es war gewiß und wahrhaftig wieder die Glocke! Ein kleiner, schmächtiger Mann stand vor der Türe. An seinen

Stiefeln hing zäher Lehm, und ich sah wohl, daß er auf Feldwegen gegangen war, und in seinen Blicken lag etwas Unsicheres, Fragendes ...

»Sind Sie der neue Herr ...«

»Ja, jawohl, kommen Sie nur herein, bitte!«

Es klang immer noch wie die Einladung einer Schießbudenmadam, nur zögernder.

Und das war also ein Lehrer aus Irzenham, einem weit entlegenen Orte, der zu einem anderen Gerichte gehörte, aber der Herr Lehrer war etliche Stationen weit mit der Bahn gefahren, hier ausgestiegen, und nun eben, nun war er da.

Es handelte sich um eine Beleidigung. Eigentlich um eine ununterbrochene Reihe von Kränkungen, Beleidigungen und Ehrabschneidungen.

Man mußte weit zurückgreifen. Es handelte sich, wenn man es recht sagen wollte, um einen förmlichen Krieg zwischen Pfarrer und Lehrer, Sie wissen ja, wie das leider so häufig vorkommt ... Ob ich es wußte! Und ob ich nicht, was ich wußte, mit starken Worten sagte, mit Entrüstung, allgemeiner und gerade auf diesen Fall angewandter besonderer Entrüstung!

Wie konnte man einen Mann, der ... und wie konnte man einen Lehrer, dessen dornenvoller, verantwortungsreicher Beruf – und so weiter – Wie konnte man das?

Der Pfarrer hatte es gekonnt. Er hatte schon bald, nachdem der Herr Lehrer nach Irzenham versetzt worden war, begonnen, die Stellung des Mannes zu untergraben, ihn zu reizen, ihn zu verdächtigen, ihn herunterzusetzen. Man mußte da weit zurückgreifen und die Irzenhamer Geschichte der letzten drei, vier Jahre kennenlernen, und dann wieder hier vorgreifend, dort Rückschlüsse ziehend, um, auch den schlechten Charakter des neu gewählten Bürgermeisters so ganz begreifend, zu verstehen, warum und wieso die letzten Angriffe auf den Herrn Lehrer, dessen Ehefrau Amalie und wiederum deren Schwester Karoline von langer Hand vorbereitet und besonders giftig waren.

Man mußte weit zurückgreifen, und ob ich es gern tat!

Ob ich nicht politische Bemerkungen einfließen ließ und mich voll und ganz auf die Seite der Lehrer stellte, ganz allgemein aus Gesichtspunkten, die für jeden anständigen Menschen gelten mußten, die an jedem vernünftig geleiteten Staat, die in jeder ordentlich verwalteten Gemeinde überhaupt nicht in Frage kommen konnten!

Ob ich sie nicht mit juristischen Bemerkungen spickte!

Ob ich nicht selber von einer sittlichen Entrüstung durchbebt war!

Und ob ich nicht immer wieder betonte und feierlich versicherte, daß diese seit Jahren auf Irzenham drückende schwüle Temperatur bloß durch das Gewitter einer Gerichtsverhandlung gereinigt werden könne und müsse!

Ja, ich hatte wirklich das Gefühl der Erleichterung, der Befriedigung, als es nun endlich feststand, daß ich als Kläger gegen den Pfarrer auftreten würde!

Es sollte dabei nichts verschwiegen werden.

Aber gewiß nichts!

Die Irzenhamer Geschichte der letzten vier Jahre sollte vor dem Forum der Öffentlichkeit aufgerollt und unter eine alle Winkel erhellende Beleuchtung gesetzt werden. Darauf konnte sich der Herr Lehrer verlassen.

Darauf konnten sich der Herr Lehrer, seine Ehefrau und deren Schwester Karoline unbedingt verlassen.

Die Vollmacht war unterschrieben. »Und ja, womit kann ich noch dienen?«

»Ich möchte«, sagte der ehrenwerte und in allen seinen Gefühlen heftig verletzte Mann, »ich möchte natürlich einen Vorschuß erlegen, aber ich habe leider nicht mehr als fünfzig Mark bei mir . . .«

Er zog einen reizenden, von der liebenden Hand der Ehefrau gestickten Geldbeutel hervor und nahm wundervoll klingende Goldstücke daraus . . .

Ich schwieg und sah ihm zu.

Ich dachte durchaus ernsthaft darüber nach, wie unsagbar roh man veranlagt sein mußte, wenn man diese Frau, welche die hübsche Geldbörse vermutlich zu Weihnachten gestickt hatte, kränken oder ihrer Schwester Karoline zu nahe treten konnte! Der

Lehrer faßte mein tiefsinniges Schweigen irrtümlich auf.

»Ich kann Ihnen ja noch einiges schicken, wenn das nicht genügt ...«

»Es genügt«, sagte ich und ließ meine Gedanken nicht weiter abschweifen. Er zählte das Geld auf den Tisch, ich schrieb mit scheinbarem Gleichmut eine Quittung, alles sah geschäftsmäßig und richtig aus, und er wollte nach höflichem Abschiede gehen. Da drängte sich mir eine Frage auf die Lippen.

»Herr Lehrer, wie kommt das nun eigentlich? Ich meine, wie kommen Sie von Irzenham hierher und zu mir?«

»Hierher? Hm-m ...«

»Sie haben wahrscheinlich meine Anzeige im Wochenblatt gelesen?«

»Nein ... eigentlich nicht ...«

»Und wieso ...?«

»Ich wollte nämlich nach München fahren und dort zu einem Anwalt gehen, aber in der Bahn ... wissen Sie ... da war ein Herr ... ein gebildeter Mann, so militärisch hat er ausgesehen ...«

Der Lehrer zwirbelte mit der Hand einen imaginären Schnurr- und Knebelbart ...

»... wie ein alter Soldat und auch in der Sprechweise ... nicht wahr ... Und ja, wir sind ins Gespräch gekommen, wie man eben eine Unterhaltung beginnt, und da erzählte ich dem Herrn von meinem Prozeß ...«

»Richtig, dem Herrn erzählten Sie . . .«

»Daß ich nach München fahre, um einen Anwalt aufzusuchen, und da sagt er zu mir: Was wollen Sie denn in München? Wissen Sie denn nicht, daß ein ausgezeichneter Anwalt hier ist? Er meinte nämlich, hier . . .« Der Lehrer machte eine Verbeugung.

»Bitte!« sagte ich ruhig.

»Ja, und der Herr erzählte von Ihnen in sehr schmeichelhafter Weise, und er sagte, es sei ein Glück, wenn sich in der Provinz so gute Anwälte niederlassen, Sie entschuldigen, Herr Doktor, wenn ich das so wiedererzähle, aber . . .«

»Bitte!« sagte ich ruhig.

»Sie müssen schon öfter für den Herrn Prozesse gewonnen haben?«

»Möglich«, log ich. »Momentan natürlich kann ich mich nicht erinnern . . .«

»Ein auffallend großer Mann mit einem militärischen Bart«, wiederholte der Lehrer und zwirbelte einen unsichtbaren militärischen Bart . . .

»Er war, wenn ich so sagen darf, sehr energisch. Wie der Zug hier anhielt, und ich . . . Sie entschuldigen, Herr Doktor, weil ich Sie doch nicht kannte und ich wußte noch nicht, ob ich aussteigen sollte, da hat er mich gewissermaßen hinausgeschoben und hat mir meinen Mantel und meinen Regenschirm hinausgereicht, und er sagte immer: Sie müssen zu dem Anwalt hier gehen. Das ist der rechte Mann für Sie, und er sagte: Sie werden mir ewig dankbar sein, denn sehen Sie, sagte er, in der Großstadt, da hat man nicht das Interesse und die Zeit, da werden Sie kurz abgefertigt, sagte er – und da ist der Zug schon weggefahren, und ich bin dagestanden. Ja, und der Herr hat noch zum Fenster herausgesehen und hat mir gewunken ... hm ... ja ... und da bin ich eben zu Ihnen gegangen ... und wenn ich so sagen darf, ich bin eigentlich froh ...«

»Seien Sie unbesorgt, Herr Lehrer, ich werde energisch für Ihr Recht eintreten ...«

»Ja, und wissen Sie, diese Äußerung gegen meine Schwägerin Karoline, die muß besonders hervorgehoben werden ...«

»Sie wird hervorgehoben«, sagte ich mit starker Stimme, »wir wollen einmal sehen, ob der politische Fanatismus alles und jedes beschmutzen darf, wir wollen sehen, ob ... kurz und gut, Sie können beruhigt heimfahren.

Die Augen des Lehrers leuchteten auf. Er bot mir die Hand und schüttelte sie und ging ...

Ich nahm zuallererst die Goldstücke und ließ sie klirrend auf den Tisch fallen und wieder in den hohlen Händen aneinander klingen. Ha!

Ob ich mich an den Mann erinnerte, der einen so befehlenden Ton hatte, wenn er die Bestellung einer Bibliothek erzwang oder zaghafte Klienten zum richtigen Anwalt schickte?

Es sollte mehr solche Männer geben!

Das Aquarium

»Wos is?«

Der Ton klang sehr gereizt, in dem sich der Herr Privatier Radlkoffer an die Köchin wandte. Dabei drehte er nicht einmal den Kopf nach ihr um, sondern schaute in Erwartung auf den bald fälligen Nachmittagskaffee geradeaus auf die Wandtapete, deren Muster ihm bald dieses, bald jenes fratzenhafte Gesicht vortäuschte.

»Wos is?«

»A Herr is drauß'n . . .«

»Wos für a Herr?«

»Ein Jugendfreund, sagt er, is er von Ihnen . . .«

»A Ju-u-gendfreind!«

Eine Fülle von Mißtrauen und Abneigung klang aus der Art, wie Herr Radlkoffer das sagte.

Und er fühlte sich gestört in seinem Behagen, daß er eine Viertelsbewegung gegen das behäbige Frauenzimmer hin machte und ihm ein sehr verdrießliches Antlitz zeigte.

»Wissen Sie, wos a Jugendfreind is? Wissen Sie

dös? Erschtens, i hab koan, Gott sei Dank, und will koan hamm, und zwoatens, a Jugendfreind is allaweil a Mensch, der was will. Verstengens mi? So oana!« Er rieb den rechten Daumen am Zeigefinger. »I kenn de Jugendfreind!«

»Ja aba . . .«

»Wos aba?«

»Ich kann ihn doch net fortschicken . . . er ist ein ganz feiner Herr . . .«

»Fein aa no!«

»Wenn i's Ihna sag und nacha, er ist doch überhaupts so auftreten . . .«

»Grüaß di Good, Simmerl! Alte Gamshaut, wia geht's da denn . . .?«

Der Jugendfreund hatte den Bescheid der Köchin nicht abgewartet, sondern drängte sich mit lärmender Herzlichkeit zur Tür herein.

Der Ankömmling, ein breiter Mann, nicht unähnlich seinem Jugendfreunde Radlkoffer, war wohl so gekleidet, daß er einer unerfahrenen Münchner Köchin gefallen konnte, aber ein schärferes Auge konnte an ihm Sorglosigkeiten und Schäden bemerken, die sogleich das Gegenteil von einer gesetzten Existenz verraten.

Schon daß er ein Samtjackett trug, zeigte eine gewisse unbürgerliche Schwunghaftigkeit des Empfindens, und außerdem, Samtjackette kauft man nicht selten bei Tändlern, denen sie leichtsinnige Malergehilfen und Photographen um ein billiges lassen.

Auch fehlte der zweite Knopf von unten, was trotz der flotten Art, in der sich der Flaus über der Brust wölbte, zu bemerken war.

Das Beinkleid, aus einem billigen, aber doch auffällig karierten Stoffe hergestellt, zeigte eine leise Neigung, sich unten aufzufransen.

Die Schuhe aber, diese größten Verräter des menschlichen Charakters, bewiesen vollends, daß der Jugendfreund nicht in streng behüteter Wohlbehäbigkeit dahinlebte. Das Leder zeigte Sprünge, die Absätze waren sehr stark abgetreten, und es war unschwer zu erraten, daß die Sohlen Löcher hatten. Füge ich hinzu, daß der Mensch einen vorn weit geöffneten, den Adamsapfel frei lassenden Kragen trug, um den sich eine leichtfertig gebundene Lavallierekrawatte schlang, dann dürfte der Kenner ahnen, daß der Herr sich einem freien Berufe, wie dem des Unterhändlers, Hypothekenvermittlers, Agenten, gewidmet hatte.

Ein kaum bemerkbarer, aber eben doch bemerkbarer Rotweinflecken auf der Hemdenbrust verstärkte diese Mutmaßung, und alles in allem schien der Mann sogleich die Meinung Radlkoffers von Jugendfreundschaft zu bestätigen.

Dieser hatte sich keineswegs lebhaft von seinem Lehnstuhle erhoben und sagte in unsicherem Tone:

»I weiß net, mit wem ich die Ehre habe . . .«

»Jöi Ehre! Da balst net gehst!« rief der joviale Fremde ungestüm aus. »Seit wann bis denn du so g'schwoll'n, alter Bazi? Kennst vielleicht an Wimmer Schorschl nimma?«

»An Wi . . .?«

»Ja! Tua no net a so! An Schorschl von Tittmoning, mit dem's d' auf d' Lumperei ausganga bist! Wia mei Vata no d' Brauerei g'habt hat in da junga Zeit! Wia ma no lusti war'n . . .«

»Ah so, ja der Schorsch . . .«

Die Köchin, welche nun die Bekanntschaft in Fluß geraten sah, entfernte sich höflich knicksend, und Radlkoffer stand jetzt mutterseelenallein der Wiedersehensfreude seines Jugendgespielen gegenüber.

Die weitverbreitete Meinung, daß einer, der mit Wünschen naht, ein bedrücktes Gemüt zeige, jener aber, der zu gewähren hat, sich in weltmännischer Sicherheit bewege, ließ sich hier ganz und gar nicht vertreten.

Denn Radlkoffer zeigte in Sprache und Gebärde Verwirrung und Niedergeschlagenheit, während Wimmer sich immer prächtiger entfaltete und sichtbar die Oberhand hatte.

»No, was machst d' denn allawei?« fragte er so breit und natürlich, als hätte er schon eine Guttat für seinen Freund in der Tasche. »Was machst d' denn allawei? Nix natürli! Privatisieren halt! Net wahr? Coupon schneid'n, recht gut fress'n und schlafa, gel?«

»O mei!« seufzte Radlkoffer, »mit dem Couponschneid'n . . .«

»Nur net laugna! I kenn deine Verhältniss', mei Liaba!«

»Meine . . .?«

»Jawoi! Du hockst mitt'n drin im Schmalzhafa, mein Liaba!«

»O mei . . . Heutz'tag . . .«

»Wos nacha? Wos brauchst di du z'kümmern um heutz'tag? Dei Schaar schneid't an Coupon, und firti! Net?«

»Geh, hör auf mit meine Coupon!«

»I höret scho auf, bal i no amal o'fanga derfat! Ha . . . ha . . . ha . . .!«

Wimmer lachte sehr herzlich über seine glückliche Wendung und legte seine Hand liebreich auf die Schulter des immer säuerlicher blickenden Freundes.

»Ja, so geht's!« sagte er, »der oa hat's, und der ander hat's net. Übrigens, daß i net vagiß, gel, mit der Hellerwies'n hab i dir koan schlecht'n Rat net geb'n?«

»Wann hast du mir an Rat geb'n?«

»Geh! Simmerl!«

»I siech di do heut 's erstmal seit dreißig Jahr und . . .«

»Geh! Schneid o, alta Fuchs!«

»Is net wahr? Wann hamm mir ins amal g'sehg'n?«

»G'sehg'n! Wer red't denn von g'sehg'n?«

»Wann du sagst, an Rat . . .«

»G'schrieb'n! Net g'sehg'n hab i di, aba g'schrieb'n hab a da!«

»Du – mir?«

»I dir, jawoi! Hätt'st du vielleicht mei Kart'n net kriagt . . .?«

»Auf da Stell soll i tot umfall'n . . .!«

»Jetzt schau mir nur oana so an o'draht'n Spitzbuam o! Sagt er, er hat nix kriagt . . .«

»Hab i aa net!«

»Ha . . . ha!« lachte Wimmer, der alles jovial aufzufassen schien, und holte aus der Brusttasche ein dünnes, ziemlich abgegriffenes Notizbuch heraus.

»Was willst d' denn?« fragte Radlkoffer recht unbehaglich.

»Zeit lass'n . . . Zeit lass'n!« beschwichtigte der Freund, netzte den Finger und blätterte ohne Hast in seinem Buche. »Hamm ma's scho! Da steht's! Am sechsundzwanzigsten hujus, dös is also Abril neunzehnhundert . . . wart amal, neunzehnhundertsimmi . . . am sechsundzwanzigsten hujus ge – schrieben – an Simon Radlkoffer betreff . . . Hellerwiese. Selben . . . dös bist also du, net? – selben notifiziert . . . hast d' g'hört? . . . notifiziert betreff Ankaufes betreffender Wiese . . .«

Wimmer sah von seinem Buche weg auf den Jugendfreund hin und blinzelte ihn bedeutungsvollst an.

»Jetza! Hab i di, Manndei, gel? Da stehst d' halt drin!«

»Was geht denn mi dei Büachi o? Du kost ja in dei Büachi neischreib'n, was d' magst! Was pfeif da denn i auf dei Büachi!«

»Oho . . . ho . . .! Nur net glei so grimmi! Du tuast scho, als wenn i um an Schmu kam zu dir. Ma sagt ja bloß, weil's wahr is, net wahr? Koan Schmu will i ja net!«

»No also!« sagte Radlkoffer etwas erleichtert, »aba jetzt sag i's nomal, i hab von dir koa Kart'n und koan Briaf und nix kriagt, und wennst d' heut net kemma waarst, wisset i überhaupts nix vo dir . . .«

»Ja, so waarst du scho und vergessast dein best'n Freind . . . Aba no . . . bals d'as du sagst, na werd halt am End d' Post mei Kart'n valor'n hamm . . .«

Er blinzelte ihn wiederum vielsagend an und bezeigte damit die ganze Unmöglichkeit einer solchen Annahme und sein gründliches Wissen von der Schlauheit des andern.

»Aba«, fuhr er fort, »an schön Profit muaßt obag'schnitt'n hamm vo dem Bauplatz?«

»Lebt eigentli dei Vata no?« fragte Radlkoffer.«

»Mei Vata? Na, der is do scho zehn Jahr tot . . .«

»Zehn Jahr!« wiederholte Radlkoffer fast tiefsinnig, als wäre dieser Umlauf von Zeit recht bedeutsam. »Zehn Jahr! Jetzt da schau her!«

»Es kinnan aa elfi sei«, sagte Wimmer. Aba sag amal, an schön Profit muaßt do scho obag'schnitt'n hamm . . .«

»Was hot eahm eigentli g'fehlt?«

»Wem?«

»Dein Vata ...«

»Ah so! No, ja, der Schlag hatt'n halt troffa ...«

»Da Schlag?«

Radlkoffer fragte so teilnehmend, als wäre hier eine äußerst seltene Anhäufung von Unglück zu bedauern.

»G'stroaft, un drei Tag danach tot g'wen«, sagte Wimmer hastig, um gleich aufs rechte Thema zu kommen. »Gel, an Quadratschuah hast du um zwoa Mark vierzgi kafft ...?«

»Vo was?«

»Jessas, fragt der! Vo da Hellerwies'n halt!«

»Jetzt kimmst d' scho wieda mit dem Glump!«

»Ma red halt ... net? Gel, zwoa Mark vierzgi?«

»Was woaß denn i!« sagte Radlkoffer verdrießlich. »Dös hab i scho lang vagess'n. Gott sei Dank! Ma hat a so nix, als wia lauta Verlust.«

»Valust!« Wimmer zog sich einen Stuhl her und setzte sich, um sich gründlich über diesen gewaltigen Spaß auszulachen. »An Valust hat er! Ho ... ho ... ho ... ho! Jetzt schaug da grad so an Spitzbuamhäuptling o! Valust! Ho ... ho ... ho ...«

»Dös is gar net zum Lacha.«

»Net?« fragte Wimmer mit nassen Augen. »Is eppa zun Woana? Valust! Ho ... ho! Na, paß auf, Simmerl, red amal g'scheit, du host'n vakafft um fünf Mark sechzgi, dös san drei Mark zwanzgi für'n Quadratschuah ...«

»I mag nix mehr hör'n vo dem . . .«

»Tuat's da weh?«

»Weil i überhaupts koa Gedächtnis hab für so was, und überhaupts, weil i froh bin, wann i nix hör davo . . .«

»Vo dem Valust . . .?«

»Jetzt vazähl amal! Hat dei Vata . . .«

»Der is ei'grab'n, vastehst? Da Herr schenk eahm de ewig Ruah, und ko'st as eahm aa lass'n . . . jetzt paß auf, i muaß da was sag'n . . .«

»Was muast du sag'n?«

»An Eröffnung will i dir macha . . . vastehst? Hock di no amal hi . . .«

»I steh liaba«, sagte Radlkoffer.

»Wia's d' willst . . . jetzt paß auf . . . sag 'n ma, du hast am Quadratschuah drei Mark zwanzgi profitiert . . .«

»Geh!«

»No ja, angenommen. Es ko ja aa mehra sei, aba mir sag'n drei Mark zwanzgi . . . und fufzgtausend Quadratschuah san's g'wen . . .«

»Herrschaft!«

»Es tuat da grad woi, Simmerl, wennst an solchan Profit nomal übaschlagst . . . san hundertfufzgtausend . . . wart amal . . . zwanzg Pfennig mal . . . san . . . san . . .«

»Jetzt sag da'r i was . . . Wimmer!«

»Was sagst d' ma?«

»Es war ma liab und angenehm, daß d' mi nach so

langa Zeit wieda aufg'suacht hast, aba du derfst ma's net übinehma, i muaß heut ...«

»Nix!« sagte Wimmer mit einer Bestimmtheit, gegen die es keinen Widerspruch gab. »Nix muaßt d', mei Liaba, als wia dös hör'n, was i da sag.«

»Aba i muaß ...«

»Na, sag i, da bleibst und machst d' Ohrwascheln auf ... es is lauta Schön's, was d' z' hör'n kriagst, und es is dei Profit ...«

»I will koan Profit ...«

»Bst! Ruhe und staad sei! Also paß auf ... Zwanzg Pfennig hamma g'sagt mal fufzgi ... san nomal zehntausend Mark ... also siehgst ... wia r' a da g'sagt hab, koan Schmu will i durchaus net hamm, scho weg'n da Freundschaft net, obwohl daß i dir den Kaaf varrat'n hab ...«

»Net wahr is!«

»Sag'n ma: varrat'n hätt für den Fall, daß de Post net ausnahmsweis' g'rad de Kart'n valor'n hätt ... aba, wia g'sagt, bei an Jugendfreind nimmt ma koan Schmu ... aber oa G'fälligkeit is de ander wert ... dös muaßt d' do selm sag'n ...?«

»I sag' gar nix ...«

»Weil's selbstvaständli is, net wahr ... Also Simmerl, siehgst ... i hab a G'schäft in Aussicht ... a G'schäft, sag a da ... im Jahr achttausad Mark Einkomma ... vastehst ... Einkomma.«

»I vasteh di scho ...«

»Die Sache ist ...« Wimmer sprach bereits hochdeutsch, als er dieses anscheinend oft und auch mit Gebildeten berührte Thema vortrug ... »Die Sache ist nämlich folgendermaßen. Von absolut sicherer Seite, die wo einen Zweifel auf sich nicht zuläßt, wo also jede Mutmaßung absolut und durchaus ausgeschlossen erscheint, von dieser Seite also habe ich unter der Hand erfahren, mit strengster Diskretion ... verstehst, Simmerl ...?«

Simmerl verstand ihn durchaus und sah, so ängstlich er sich umsah, kein Entrinnen ...

Es gab eine lange Geschichte, es gab eine zusammengeschwindelte Geschichte und am Schluß einen Pumpversuch, und wenn man nein sagte, fing die Geschichte von vorne an und hörte nicht mehr auf, und wenn man ja sagte, war das Geld hin ... und es gab kein ...

Simmerls Blick fiel auf sein Aquarium, in welchem sich blitzende Goldfische hinaufschnellten und wieder herunterschossen und so fröhlich waren, wie harmlose Geschöpfe, die nie jemand anpumpt ...

»Also von dieser durchaus authentischen Seite, die wo auch unter der Hand sich jederzeit Informationen verschaffen kann und gewissermaßen selbst die Hand dabei im Spiel hat ... verstehst, Simmerl ...?«

Ein rettender Gedanke kam über den Jugendfreund. Er stellte sich mit dem Rücken gegen das Aquarium, breitbeinig und heuchelte plötzlich Interesse.

»Der wo also selber ...« fragte er.

»Der wo selbst die Hand im Spiele hat und auch von dritter Seite . . .«

Radlkoffer tauchte an – ein Klatsch und Klirren, das Aquarium war umgefallen, die Fische zappelten . . .

»Jessas, meine Fisch! Resi! Resi! Jessas, de wern ja allsamt hi! Resi!«

»Tua's halt g'schwind in d' Waschschüssel! Also paß auf . . .«

»Dös is wahr! In d' Waschschüssel . . .«

Radlkoffer stürzte hinaus . . . schlug die Türe zu . . . und schrie der Resi, die eiligst aus der Küche kam:

»An Haf'n mit Wasser! Da tuast d' Goldfisch nei! D' Goldfisch lieg'n am Bod'n! Und . . .« Radlkoffer flüsterte das mit blitzenden Augen, »dem Kerl da drin, dem feina Herrn da drin sagst, i bin furt, um a neu's Aquarium . . . und schmeißt 'n naus . . . und no mal, wenn a Jugendfreind rei'lass'n werd . . . nacha!! . . .«

Der Münchner im Himmel

Alois Hingerl, Nr. 172, Dienstmann in München, besorgte einen Auftrag mit solcher Hast, daß er vom Schlage gerührt zu Boden fiel und starb.

Zwei Engel zogen ihn mit vieler Mühe in den Himmel, wo er von St. Petrus aufgenommen wurde.

Der Apostel gab ihm eine Harfe und machte ihn mit der himmlischen Hausordnung bekannt. Von acht Uhr früh bis zwölf Uhr mittags »frohlocken«, und von zwölf Uhr mittags bis acht Uhr abends »Hosianna singen«.

»Ja, wann kriagt ma nacha was z'trink'n?« fragt Alois.

»Sie werden Ihr Manna schon bekommen«, sagte Petrus.

»Auweh!« dachte der neue Engel Aloisius, »dös werd schö fad!« In diesem Momente sah er einen roten Radler, und der alte Zorn erwachte in ihm. »Du Lausbua, du mistiga!« schrie er, »kemmt's ös do rauf aa?«

Und er versetzte ihm einige Hiebe mit dem ärarischen Himmelsinstrument.

Dann setzte er sich aber, wie es ihm befohlen war, auf eine Wolke und begann zu frohlocken:

»Ha-ha-lä-lä-lu-u-hu-hiah!«

Ein ganz vergeistigter Heiliger schwebte an ihm vorüber. – »Sie! Herr Nachbar! Herr Nachbar!«

schrie Aloisius, »hamm Sie vielleicht an Schmaizla bei Eahna?« Dieser lispelte nur »Hosianna!« und flog weiter.

»Ja, was is denn dös für a Hanswurscht?« rief Aloisius. »Nacha hamm S' halt koan Schmaizla, Sie Engel, Sie boaniga! Sie ausg'schamta!« Dann fing er wieder zornig zu singen an:

»Ha-ha-lä-lä-lu-u-uh – – Himmi – Herrgott – Erdäpfi – Saggerament – – lu – uuu – iah!«

Er schrie so, daß der liebe Gott von seinem Mittags-

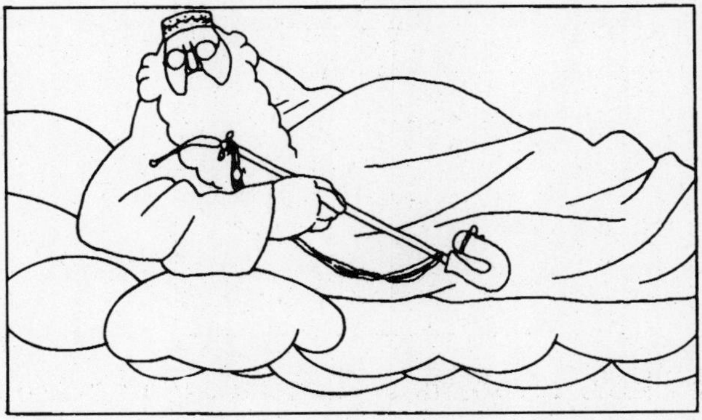

schlafe erwachte und ganz erstaunt fragte: »Was ist denn da für ein Lümmel heroben?«

Sogleich ließ er Petrus kommen und stellte ihn zur Rede. »Horchen Sie doch!« sagte er. Sie hörten wieder den Aloisius singen: »Ha – aaaah–läh – – Himmi

– Himmi – Herrgott – Saggerament – uuuuuh – jah! . . .«

Petrus führte sogleich den Alois Hingerl vor den lieben Gott, und dieser sprach: »Aha! Ein Münch-

ner! Nu natürlich! Ja, sagen Sie einmal, warum plärren denn Sie so unanständig?«

Alois war aber recht ungnädig, und er war einmal im Schimpfen drin. »Ja, was glaab'n denn Sie?« sagte er. »Weil Sie der liabe Good san, müaßt i singa,

wia 'r a Zeiserl, an ganz'n Tag, und z'trinka kriagat ma gar nix! A Manna, hat der ander g'sagt, kriag i! A

Manna! Da balst ma net gehst mit dein Manna! Überhaupts sing i nimma!«

»Petrus«, sagte der liebe Gott, »mit dem können wir da heroben nichts anfangen, für den habe ich

eine andere Aufgabe. Er muß meine göttlichen Ratschlüsse der bayerischen Regierung überbringen; da kommt er jede Woche ein paarmal nach München.«

Des war Aloisius sehr froh. Und er bekam auch gleich einen Ratschluß für den Kultusminister Wehner zu besorgen und flog ab.

Allein, nach seiner alten Gewohnheit ging er mit dem Brief zuerst ins Hofbräuhaus, wo er noch sitzt. Herr von Wehner wartet heute noch vergeblich auf die göttliche Eingebung.

Eine psychologische Studie

Ich heiratete also meine nunmehrige Ehegattin Marie am 4. Mai 1903. Ich hatte mich zu diesem Schritte nach reiflicher Überlegung entschlossen. Was man auch immer gegen die Gründung des eigenen Hausstandes einwendet, so ist doch schwerlich zu leugnen, daß sie den Vollwert des Mannes bestimmt und seine Beziehungen zum Staate und zur menschlichen Gesellschaft richtiger gestaltet.

Erblickte ich schon hierin ausreichende Gründe zur Verehelichung, so kam noch hinzu, daß ich an Marie die Ansätze einer hübschen Bildung bemerkte, welche mich neben ihren häuslichen Tugenden zur Annäherung bewogen.

Mein Antrag wurde mit sichtlicher Freude angenommen, da ich teils durch mein nicht unbeträchtliches Vermögen, teils durch meine staatliche Stellung dem Mädchen eine sichere Zukunft bieten konnte.

Die vorbereitenden Schritte waren bald getroffen, und, wie gesagt, am 4. Mai trat ich in den Stand der Ehe. Ich muß hier eines Ereignisses gedenken, welches zwar nicht so sehr für die Öffentlichkeit bestimmt sein dürfte, immerhin aber seiner Eigenartigkeit wegen der Erwähnung nicht unwert ist.

Ich befand mich nämlich am Vorabende meiner Hochzeit in einer sonderbaren Lage. Strenge Erziehung und tüchtige Grundsätze hatten mich keusch erhalten.

Ich durfte von mir sagen, was Tacitus an unsern Voreltern rühmt, daß ich als Jüngling kein Weib berührte. Nun konnte ich mir aber nicht verhehlen, daß ich den Anforderungen der Ehe immerhin so viele Kenntnisse entgegenbringen mußte, daß ich nicht in dem Nötigsten unerfahren schien.

Es stand zu erwarten, daß meine Braut mütterliche Lehren erhielt, die sie befähigt hätten, meinen gänzlichen Mangel an Wissen zu erkennen.

Und das wäre vielleicht geeignet gewesen, die natürliche Ehrfurcht des Weibes vor dem Manne zu verringern, wenn nicht zu ersticken.

Diese Erwägungen waren stark genug, meine schamhafte Zurückhaltung zum Schweigen zu bringen, und ich beschloß, meinen Jugendfreund, den Neuphilologen Dr. Ernst König, zu befragen.

Man erzählte nämlich von ihm, daß er als Student mit der Tochter seines Hauswirtes Unerlaubtes getrieben habe. Auch war er schon einige Male in Paris gewesen, und es stand deshalb anzunehmen, daß er in dieser verbuhlten Stadt nicht ohne Anfechtung geblieben war.

An ihn wandte ich mich also um Rat.

Es fiel mir keineswegs leicht, da ich seinen Spott fürchtete, und da überdies eine klare Fragestellung durch die Natur des Gegenstandes ausgeschlossen erschien.

Ich begab mich in seine Wohnung und sagte ihm, daß eine ungewohnte Lage mir den Mut gebe, das Außergewöhnliche zu tun. Ich sagte, daß ich Vertrauen hätte zu seiner Erfahrung, und bat ihn, mich in die Grundprinzipien einzuweihen.

Wie erstaunte ich aber, als er mir sagte, daß ihm die Sache nicht weniger fremd sei als mir, und daß alle Gerüchte über sein ausschweifendes Leben der Wahrheit entbehrten.

Oft hatte ich ihn des Verdachtes halber in meinem Innern getadelt; jetzt aber regte sich in mir der Wunsch, er hätte lieber die Verfehlung begangen.

»Lieber Freund!« rief ich aus, »was soll ich beginnen? An wen mich wenden? Ich fürchte fast, diese Unerfahrenheit wird mir zum Schaden gereichen!«

»Wie sollte sie das?« antwortete er. »Ist die Keuschheit eine Tugend, so wird sie als solche und durch sich selbst niemals Übles wirken.«

»Zugegeben«, sagte ich, »aber in der Ehe gilt ihr Gegenteil als Pflicht. Zu ihrer Erfüllung ist jedoch nicht allein der Wille, sondern auch Kenntnis vonnöten.«

Dieses Argument überzeugte ihn, und er gab mir weiterhin recht, daß es auch in diesen Dingen dem

Manne zukomme, der Lehrer, nicht aber der Lernende zu sein. Wir schwiegen eine Weile.

Endlich reichte er mir die Hand und sagte: »Mut, Adolf! Vielleicht lehrt es dich die Natur. Sie, die so viele zum Laster treibt, kann nicht schweigen, wenn ihre Hilfe der Tugend zukommen soll.«

Das war gut gemeint, aber ich fühlte, daß ich mich nicht auf das Ungewisse verlassen durfte, und ich fragte Ernst, ob er keinen wisse, der sicher Auskunft geben könne und dabei des Vertrauens würdig sei.

Er nannte diesen und jenen; doch gegen jeden hatte ich etwas einzuwenden.

Plötzlich lächelte er freudig und rief: »Warum dachte ich nicht gleich an ihn? Niemayer ist ein Mann von echtem Schrot und Korn. Überdies ist er Professor der Zoologie und sohin auch wissenschaftlich mit der Sache völlig vertraut.«

Der Name bedeutete für mich eine Offenbarung. Auch ich kannte den angesehenen Gelehrten und wußte, daß er von gefaßtem und ernstem Wesen war.

Ich begab mich sogleich zu ihm und hatte das Glück, ihn in seiner Wohnung zu treffen.

Er hörte mich aufmerksam an.

Als ich geendet hatte, blickte er längere Zeit sinnend zur Decke des Zimmers empor und sagte dann: »Junger Mann, Sie hatten recht, das Paarungsgeschäft als ein eminent wichtiges zu betrachten und theoretisch zu untersuchen. Ich bin soeben in einer großen Arbeit über die Fortpflanzung gewisser

Kerbtiere begriffen, und ich sage Ihnen, daß ich ganz überraschende Neuheiten, ganz merkwürdige Neuheiten entdeckt habe. Da ist ja der Kollege Meinhold in Tübingen, welcher mich eines Irrtums zieh. Ha! ha! ha! Und dabei klebt dieser Mensch an längst überholten Ansichten und basiert auf Voraussetzungen, die ich genau vor zwanzig Jahren in meiner Habilitationsschrift widerlegt habe. Was sagen Sie dazu?«

Ich sagte, daß ich gegenwärtig mich nicht so sehr um die Fortpflanzung der Kerbtiere zu kümmern vermöge, wennschon mir diese Materie äußerst wissenswert erscheine, allein in Anbetracht meiner nahestehenden Vermählung sei ich um anderes besorgt. Und ich wiederholte mein Anliegen.

Der würdige Gelehrte antwortete, daß ihn dieses in Erstaunen setze. Ich beruhigte ihn und versicherte der Wahrheit gemäß, daß ich bei ihm nur die theoretische Kenntnis vorausgesetzt hätte, daß aber in meinen Fragen kein unziemlicher Zweifel über seinen Lebenswandel enthalten sei. Meine Worte trugen den Stempel der Aufrichtigkeit und hatten auch den Erfolg, daß Dr. Niemayer seinen aufsteigenden Unwillen vergaß.

Ja, er wurde gegen den Schluß unserer Unterredung sichtlich freundlicher und schien geneigt, mein Vertrauen als Beweis der Achtung aufzunehmen.

Er bedauerte jetzt, mir keine Aufschlüsse geben zu können und sagte: »Ich habe nie über diese Sache nachgedacht. Sie schien mir zu vulgär, zu allgemein bekannt. Es ließe sich gewiß ein Analogon mit den Säugetieren finden, aber Sie verstehen, wenn man zwanzig Jahre die Paarung der Kerbtiere wissenschaftlich beleuchtet, so findet man kaum Zeit, anderes zu beachten. Ich werde aber darüber nachdenken, und sollte ich Geeignetes finden, so werde ich nicht verfehlen, Ihnen darüber Mitteilung zu machen. Allerdings müßte ich erst mit meiner Arbeit fertig sein.«

Ich dankte und ging.

Und ich gestehe, daß ich in übler Stimmung war, als ich mich wieder auf der Straße befand.

Früher schien mir häufig die Versuchung so nahe zu liegen, daß ich ihr aus dem Wege ging, jetzt aber war sogar die Kenntnis dieser Dinge so weit entrückt, daß ich sie nicht erlangen konnte.

Meine Seele geriet in einen ganz erheblichen Zwiespalt, und ich war fest geneigt, für einen Fehler zu halten, was ich lange Jahre als Tugend empfunden und geübt hatte. In solchen Zweifeln begab ich mich nach Hause und ging mit mir selbst zu Rate.

Ich war entschlossen, niemanden mehr in das Vertrauen zu ziehen, da mir ein wiederholtes Fehlschlagen allzu peinlich erschienen wäre. Und schon dachte ich, gemäß den Worten meines Freundes König, die Stimme der Natur walten zu lassen, als mein Blick zufällig auf die Bände des Konversationslexikons fiel.

Es war ein rettender Gedanke. Zwar fand ich nicht alles, was ich suchte, und ich mußte bemerken, daß gerade das Wesentliche als bekannt vorausgesetzt war.

Immerhin aber konnte ich mir eine Fülle technischer Ausdrücke aneignen, die mich sicherlich in den Stand setzten, meiner Frau eine umfassende theoretische Kenntnis zu zeigen. Und dies konnte ja für den Anfang genügen, wenigstens zur Wahrung des Scheines. Ich schrieb die Worte auf ein Blatt Papier und ruhte nicht, bis ich alle meinem Gedächtnisse einverleibt hatte.

Dieses Verfahren erwies sich als richtig, denn ich konnte den folgenden Abend, als ich mit Marie zum ersten Male allein war, meine natürliche Unruhe bemänteln und kam über gewisse Schwierigkeiten glücklich hinweg.

Übrigens schenkte ich in jenen Tagen dem deutschen Vaterlande einen Sohn.

Der Einser

Es klopfte, und der königliche Amtsrichter Josef Amesreiter rief: »Herein!« Dann erschien unter der Türe Frau Realitätenbesitzerswitwe Karoline Zwerger. Eine hübsche junge Frau mit angenehmen Rundungen, da, wo sie am Platze sind.

Sie führte an der Hand ein kleines Mädchen von sieben Jahren, welches verschämt zu Boden blickte.

Auch Frau Zwerger war in einiger Verlegenheit, wie das vielen Leuten geschieht, wenn sie mit Behörden in Berührung kommen. Und dann schielte der Herr Amesreiter so merkwürdig über seine Brillengläser hinaus und schaute sie ganz sonderbar an.

Vielleicht meinte Frau Zwerger ... Aber das war ausgeschlossen.

Denn Amesreiter war ein sogenannter glänzender Jurist, hatte das Staatsexamen mit I gemacht und war sohin zeugungsunfähig.

Nein, an so etwas dachte er nicht.

Er schaute überhaupt immer so, und Frau Zwerger brauchte nicht rot zu werden.

»Also, was wollen Sie?«

Die junge Frau wollte, nicht wahr, dieses Kind also, ihr Mann nämlich war gestorben, und weil sie selber keine Kinder hatten, dieses Kind also zu sich nehmen.

Gut, oder vielleicht nicht gut. Was heißt zu sich nehmen? Was sollen diese unklaren Worte in einem klaren Rechtsgeschäfte?

Frau Karoline Zwerger wollte vermittelst der adoptio oder Wahlkindschaft, und zwar vermittelst der adoptio in specie minus plena, wozu sie nach erstem Teil, fünftes Kapitel, Paragraph elf bereits in der Geltungszeit des Codex Maximilianeus Bavaricus als Weibsperson berechtigt war, an Kindes Statt annehmen die miterschienene Franziska Furtner.

Ist es nicht so? Und wenn es so ist, Frau Zwerger, warum sagen Sie dann »zu sich nehmen«? Warum sind Sie nicht imstande, Ihrem auf Perfektion eines Rechtsgeschäfts gerichteten Willen deutlichen Ausdruck zu verleihen?

Die rundliche Frau weiß es nicht, aber sie weiß, daß dieser lange Mensch mit den vorquellenden Augen, der sie mit seiner Gelehrsamkeit anspuckt, ein königlicher Richter ist, eine Respektsperson. Und darum wagt sie es nicht, sich darüber innerlich klarzuwerden, daß er trotz Stellung und Gelehrsamkeit ein recht saudummer Kerl ist. Ein Vieh mit zwei Haxen, wie der Realitätenbesitzer Nepomuk Zwerger – Gott hab ihn selig – immer zu sagen pflegte.

Nein, sie wagte es nicht; sie beantwortete, eine Stunde lang, die blödesten Fragen, welche der Exameneinser Josef Amesreiter an sie stellte, und wenn ihr manches sonderbar erschien, dann dachte sie bescheiden, daß ihr schlichter Verstand nicht hinreiche, die geheime Weisheit zu sehen. Endlich war die adoptio minus plena fertig. Da sagte Frau Zwerger zu dem kleinen Mädchen.

»So, jetzt bedank dich auch recht schön beim Herrn Amtsrichter, und mach ein Kompliment und gib ihm dein Blumenbukettl.«

Fannerl knickste, wie man es in der Schule bei den Englischen Fräulein lernt, und streckte ihr Sträußlein dem gestrengen Herrn hin.

Es waren zwei Rosen und drei gesprenkelte Nelken.

Eine solche Tathandlung war dem Josef Amesreiter noch niemals begegnet, und er geriet in einige Verlegenheit.

Jedoch, bevor er sich besann und den Fall richtig prüfte, hatte er die Blumen in der Hand und war Frau Zwerger mit der Adoptatin verschwunden. Er ging einige Male auf und ab und überlegte. Diese Sache war nicht einfach.

Es lag eine Schenkung vor, unleugbar, eine donatio inter vivos, und überdies konnte sie als der Belohnung halber geschehen sein. Dies aber war unverträglich mit dem richterlichen Amte.

Wie gesagt, Amesreiter überdachte mit juristischer

Schärfe dieses Geschehnis und fand nach eifrigem Suchen den richtigen Ausweg.

Er befahl dem Schreiber, das Protokoll noch einmal vorzunehmen, und diktierte.

»Nachtrag – haben Sie?«

»Nachtrag.«

»Erstens: Nach Abschluß des obigen Protokolles übergab das Wahlkind auf Betreiben der Wahlmutter dem unterfertigten Richter fünf Blumen – fünf Blumen.«

»Zwoa Rosen«, sagte der Schreiber, »und dös andere san Nagerln, Nölken!«

»So? So – – also schreiben Sie fünf Blumen, Komma, welche diesgerichtlich als zwei Rosen und drei Nelken bezeichnet wurden.

Zweitens: Der unterfertigte Richter nahm die obengenannten Blumen an in der Erwägung, daß die Annahmeverweigerung das natürliche Gefühl der Dankbarkeit in dem Wahlkinde zu ersticken geeignet war.

Drittens: Fünf Blumen mit Akt an den Herrn Gerichtsvorstand mit dem Ersuchen um geneigte Rückäußerung, ob gegen die Annahme Bedenken bestehen.«

So, das war geschehen. Und der Schreiber wikkelte um die Rosen und die gesprenkelten Nelken einen blauweißen Faden und legte sie zwischen die Aktendeckel, wo sie baldigst erstickten, wie alles frische Leben, das in Aktendeckel gelangt.

Josef Amesreiter aber fühlte sich in gehobener Stimmung. Er hatte gehandelt, wie man es von einem Einser erwarten durfte.

Von einem Viech mit zwei Haxen, wie der selige Herr Zwerger zu sagen pflegte.

Der Vertrag

Der königliche Landgerichtsrat Alois Eschenberger war ein guter Jurist und auch sonst von mäßigem Verstande.

Er kümmerte sich nicht um das Wesen der Dinge, sondern ausschließlich darum, unter welchen rechtlichen Begriff dieselben zu subsumieren waren. Eine Lokomotive war ihm weiter nichts als eine bewegliche Sache, welche nach bayerischem Landrechte auch ohne notarielle Beurkundung veräußert werden konnte, und für die Elektrizität interessierte er sich zum erstenmal, als er dieser modernen Erfindung in den Blättern für Rechtsanwendung begegnete und sah, daß die Ableitung des elektrischen Stromes den Tatbestand des Diebstahls erfüllen könne. –

Er war Junggeselle. Als Rechtspraktikant hatte er einmal die Absicht gehegt, den Ehekontrakt einzugehen, weil das von ihm ins Auge gefaßte Frauenzimmer nicht unbemittelt war und da überdies die Ehelosigkeit schon in der lex Papia Poppaea de maritandis ordinibus ausdrücklich mißbilligt erschien.

Allein, der Versuch war mit untauglichen Mitteln unternommen; das Mädchen mochte nicht; ihr Willenskonsens ermangelte, und so wurde der Vertrag nicht perfekt.

Alois Eschenberger hielt sich von da ab das weibliche Geschlecht vom Leibe und widmete sich ganz den Studien.

Er bekam im Staatsexamen einen Brucheinser und damit für jede Dummheit einen Freibrief im rechtsrheinischen Bayern. Aber davon wollte ich ja nicht erzählen, sondern von seinem Erlebnisse mit Michael Klampfner, Tändler in München-Au.

Und dies war folgendes.

Eines Tages mußte sich der Herr Rat entschließen, seine alte Bettwäsche mit einer neuen zu vertauschen.

Die Zugeherin besorgte den Handkauf und überredete ihren Dienstherrn, die abgelegten Materialien zu veräußern. Auf Bestellung erschien daher in Eschenbergers Wohnung der oben erwähnte Trödler Michael Klampfner und gab auf Befragen an, daß er derjenige sei, wo die alte Wäsche kaufe.

»So«, erwiderte der königliche Rat, »so? Sie wollen also gegen Hingabe des Preises die Ware erwerben?«

»Wenn ma's no brauchen ko, nimm i's«, sagte Klampfner.

»Schön, schön; Ihr Wille ist sohin darauf gerichtet. Sagen Sie mal, Herr . . . Herr . . . wie heißen Sie?«

»I? I hoaß Klampfner Michael, Tandler von der Au, Lilienstraßen Nummera achti.«

»Also, Herr Klampferer . . .«

»Klampfner!«

»Richtig, Herr Klampfner. Sie sind doch handlungsfähig?«

»I moa scho. I handel scho dreiß'g Johr.«

»Gut, Sie sind also nicht entmündigt, als prodigus, furiosus, als Verschwender oder wegen Geisteskrankheit?«

»Jo, was waar denn jetzt dös? Moana S', i bi da her ganga, daß Sie mi dablecken?«

»Mäßigen Sie sich. Ich mußte die Frage an Sie stellen; es handelt sich um eine wesentliche Bedingung des Konsensualkontraktes.«

»Vo mir aus. Wo is denn nacha de Wasch?«

»Sie wird Ihnen vorgezeigt werden; der Kauf wird nach Sicht geschlossen.«

Die Zugeherin führte den Tändler in ein Zimmer, in welchem zwei große Bündel auf dem Boden lagen. Das eine enthielt die gebrauchte Wäsche, in dem andern war die neuangeschaffte.

Michael Klampfner prüfte das alte Bettzeug mit Kenneraugen. »Bedeuten tuat dös net viel«, sagte er; »zwoamal waschen, nacha is dös G'lump hi. Aba, weil Sie 's san, Herr Rat, gib Eahna zwao Markl dafür.«

»Zwei Mark? Der Kaufpreis scheint mir sehr niedrig gegriffen.«

»Ja, was glauben S' denn? Wer kaaft denn so wos? Do kenna S' de arma Leut schlecht, wenn S' moanen, de mögen was Alt's. De kaafen sie lieba was Neu's und bleiben's auf Abzahlung schuldi.«

»Hm! ja, das mag sein, aber ... was sagen Sie, Frau Sitzelberger«, wandte sich der Rat an seine Zugeherin – »finden Sie den Preis ortsüblich und wertentsprechend?«

»Ich mein halt so, Herr Rat, verzeihen S', wenn man halt doch die Sach hergeben tut, nicht wahr, dann mein i halt, entschuldigen S', es ist doch nicht viel zum kriegen damit.«

»Sie raten mir also zum Abschlusse?«

»Ja, ich ... ich mein halt so, Herr Rat, es wird nichts andres herausschauen.«

»Gut. Dann bleibt es bei dem vereinbarten Preise von zwei Mark.« –

»Gilt scho«, sagte Michael Klampfner, »g'hört scho mei. I laß von mei'n Buab'n abhol'n.«

»Nein, nein, so schnell geht die Sache nicht«, unterbrach ihn hier Eschenberger, »ich beharre auf schriftlicher Verlautbarung des Vertrages.«

»Ah, zu wos denn? Dös braucht's do it.«

»Notwendig ist es allerdings nicht«, erklärte der Herr Rat, »Sie haben wohl recht; der Vertrag kann formlos abgeschlossen werden, die traditio würde überdies brevi manu erfolgen, allein ich ziehe die Abfassung einer privaten Urkunde vor.«

»No, wenn's net anders geht, mir is wurscht.«

»Schön. Ich werde den Vertrag gleich hier niederschreiben.« Eschenberger holte Papier, Tinte und Feder und fing hastig zu schreiben an, wobei er den Text laut vorlas.

»Also ... zwischen dem königlichen Landge ... Landgerichtsrat Alois Eschenberger in ... in München und dem ... was sind Sie, Herr Klampfner?«

»Tandler von der Au ...«

»... Tändler, hm! also Kleinkaufmann ... und dem Kleinkaufmann Michael Klampfner kommt folgender ... folgender Vertrag zustande:

Erstens: Der königliche Landgerichtsrat Eschen ... Eschenberger verkauft an den ... den Kleinkaufmann ... Kleinkaufmann Klampfner die demselben vorgezeigte, in einem Bündel zusammen ... zusammengefaßte, von demselben ge ... gebrauchte und hierwegen abgelegte ... abgelegte Bettwäsche ... Bettwäsche. – Nicht wahr?«

»J ... ja!« sagte Klampfner.

»Also fahren wir fort:

Zweitens: Der vereinbarte ... vereinbarte, auch wert ... wertentsprechende Kaufpreis beträgt die Summe von zwei ... zwei Mark Reichswährung, über deren Empfang der Verkäufer hiemit ... hiemit quittiert. – Sie können gleich bezahlen, Herr Klampfner.«

»I will's it schuldi bleiben«, sagte der Tändler und zählte auf den Tisch eine Mark und dann zehn Nikkelstücke hin.

»Schön«, sagte Eschenberger, »fahren wir fort. Drittens: Die Einreden des Zwanges, des Irrtums ... des Irrtums und ... und des Betrugs sind ... ausgeschlossen. – So, das hätten wir. Wünschen Sie den Vertrag noch einmal vorgelesen?«

»Na, g'wiß net!«

»Gut. Also auf Vorlesen verzichtet und unterschrieben. Setzen Sie Ihre Unterschrift hieher.«

Klampfner unterschrieb und ging dann, nachdem er erklärt hatte, daß sein Sohn das Bündel abholen werde. Die Zugeherin begleitete ihn zur Tür und lächelte beistimmend, als der Tändler sich mit der Faust an der Stirne rieb und dann mit dem Daumen gegen das Zimmer deutete, worin Eschenberger weilte.

Einige Stunden später kam Klampfner junior und holte im Auftrage seines Vaters das Bündel Wäsche ab.

Noch denselbigen Abend stellte sich aber heraus, daß eine unliebsame Verwechslung stattgefunden hatte. Dem Boten war das Bündel mit der neuen Wäsche übergeben worden.

Michael Klampfner wurde eilig hievon in Kenntnis gesetzt, allein er verschloß sich heftig allem Zureden.

»Wos?« sagte er, »i soll de Wasch wieda hergeben? Waar mir scho z'dumm! Für wos hat er denn an Vertrag g'schrieben? Dös gilt, wia's g'schrieben is. Irrtum is ausg'schlossen. Waar mir scho z'dumm!«

Dies geschah dem königlichen Landgerichtsrat Alois Eschenberger, welcher seinerzeit einen Brucheinser erhalten hatte.

Als Referendar

Ich war auch verliebt. Tatsächlich. Ich meine nicht so Jugendeseleien, wie damals mit der Hausmeisterin, die immer behauptete, daß ich neue Beinkleider hätte und den Schneider aufzwicken wollte. Oder mit dem dicken Kindsmädel, das beinahe jede Nacht an meine Tür klopfte und fragte, ob ich kein Zuckerwasser brauchte, weil ich so hart schnaufte. Davon rede ich nicht. Nein, es war eine wirkliche, ordnungsmäßige Liebe. Kein Kocherl oder so was. Im Gegenteil. Sie war die Tochter eines reichen Getreidehändlers, hübsch, sehr üppig, und spielte Klavier. Meine Schwester behauptete, daß sie sich Servietten in das Korsett stopfte, aber ich kann es nicht wohl glauben. Bestimmt weiß ich es ja nicht, denn sie war tatsächlich sehr gut erzogen, und überhaupt die Familie!

Ich meine nämlich, daß ich mir keine Gewißheit verschaffen konnte. Also – übrigens, es war wirklich merkwürdig, mit sechzehn Jahren eine solche Büste! Beinahe wie die Hausmeisterin, aber runder, schöner. Ich meine, nicht so wackelig.

Also, die Geschichte war so. Ich war Praktikant bei einem Gerichte, oder Referendar, wie man in Preußen sagt.

Es ist die erste Staffel der Laufbahn; man ist bereits staatlich und leistet so eine Art von Beamteneid.

Auch erhält man Bezahlung; ich glaube monatlich sechzig Pfennige für den Verbrauch von Federn und Papier. Das heißt, ich erhielt das Geld nie; unser Präsident gab uns die Schreibmaterialien und vertrank den Betrag selbst.

Aber es war in uns doch das Bewußtsein, daß wir in die Beamtenkategorie eingereiht waren. Und da denkt man unwillkürlich an das Heiraten.

Man stellt sich das so vor: Anstellung, Beförderung, das eigne Heim. Ich glaube, daß alle Referendare die gleiche Idee haben.

Warum hätte ich eine Ausnahme machen sollen?

Noch dazu wäre es mir sehr erwünscht gewesen, ein anständiges, das heißt also: ein wohlhabendes Mädchen heimzuführen.

Ich erhielt jede Woche aus der Universitätsstadt Rechnungen zugeschickt. Nebenbei bemerkt, finde ich es sehr gut, daß die Geschäftsleute ihre Firmen auf die Kuverts drucken lassen.

Man weiß dann sofort, was in den Briefen steht, und kann sie ungeöffnet wegschmeißen. Ich schmiß damals sehr viel weg, aber ich war doch gewissenhaft genug, zu denken, daß irgend etwas geschehen müsse. Und was gibt es da?

Eine größere Summe aufnehmen? Das ist heute kaum mehr möglich. Eine Tante beerben? Das wäre freilich das Beste gewesen. Aber in meinem Falle ausgeschlossen, ganz ausgeschlossen. Die alten Mädchen in meiner Familie besaßen nichts. Ich weiß nicht, lebten diese Geschöpfe so unökonomisch, oder? Tatsächlich hatten sie keinen Knopf.

Also blieb noch die Ehe. Sie ist heute das einzige Mittel, aus unseren Kapitalisten Geld herauszukriegen. Da war der Privatier Gillinger mit zwei Töchtern, und der Getreidehändler Scholler mit der sechzehnjährigen Elsa, die das stramme Korsett hatte. Die Gillingers hätten auch Geld gehabt, aber, ich weiß nicht.

Ein bißchen Fleisch sollte doch vorhanden sein; so ein knochiges Wesen hat äußerst selten ein weiches Gemüt.

Deshalb verwandte ich mein ganzes Bemühen auf Fräulein Scholler.

Ich glaube noch heute, daß ich glücklich geworden wäre.

Bei einer Kahnpartie fiel die Kleine einmal nach rückwärts von der Bank hinunter.

Ich sah die Farbe ihres Strumpfbandes und weiß daher recht wohl, was ich sage. Ach Gott, ja!

Und das mit den Servietten war sicherlich eine Verleumdung, denn man kann doch Schlüsse ziehen. Von dem einen auf das andere. Das liebe Ding wohnte gegenüber von dem Gerichtsgebäude.

Ich versäumte nie, sie zu grüßen, wenn ich sie am Fenster sah. Und da mir, wie heute noch, klar war, daß alles Uniformliche, Kostümliche sehr stark auf die Weiber wirkt, zeigte ich mich häufig in der Robe.

Ich glaube auch, daß es wirkte. Die Hausmeisterin wenigstens, welche mich nur einmal in dieser Kleidung sah, war wochenlang begeistert und ärger als je bemüht, mir den Schneider auszuzwicken.

Elschen benahm sich freilich zurückhaltender, aber doch, man konnte den Eindruck bemerken.

Ich war immer ein Mensch von raschem Entschlusse, und da ich mir sagte, daß bei meiner gesellschaftlichen Stellung eine leere Liebelei zwecklos und unmoralisch wäre, nahm ich mir vor, Herrn Getreidehändler Scholler zu besuchen.

Der Mann mußte bemerkt haben, daß ich seiner Tochter Aufmerksamkeiten erwies, die eine Erklärung verlangten. Kurz und gut, ich machte meine Aufwartung. Ich wurde sehr nett empfangen. Der Alte war ein gemütlicher Mensch, allerdings etwas stark bürgerlich, aber er bemühte sich offenbar, gute Manieren zu zeigen.

Elschen kam, und wir sprachen von dem und jenem.

Auch von meiner Stellung, meinen Aussichten; ich sagte, daß ich Richterbeamter werden wolle, weil mir das am besten zusage. Man sei unabhängig, würde mit vollem Gehalte pensioniert, und dann genieße der Richter doch ein kolossales Ansehen.

Ich bemerkte mit Vergnügen, daß Herr Scholler meinen Ausführungen sichtliches Interesse schenkte.

Er ließ mich nicht aus den Augen; besonders dann, wenn ich die Vorzüge des Berufes rühmte und über meine Zukunft sprach, hörte er mir aufmerksam zu und nickte mit dem Kopfe.

Ich war darüber nicht erstaunt, denn ich habe immer gefunden, daß man gerade in den bürgerlichen Kreisen einen großen Respekt vor der akademischen Bildung hegt.

Aber angenehm berührt war ich doch, daß der Vater meiner Angebeteten diese – wie soll ich sagen? – Ehrfurcht vor dem geistig Höherstehenden teilte.

Ich wurde gesprächig, ich zeigte mich Elschen im schönsten Licht und beschloß, den braven Leutchen schon beim nächsten Besuche meine Absichten zu enthüllen. Ich verabschiedete mich, und Herr Scholler begleitete mich bis zur Türe. In dem dunklen Hauseingange hielt er mich einen Augenblick zurück und sagte: »Wissen S', mir hamm aa'r an Rechtspraktikanten in unserer Familie g'habt. I woaß, was des für arme Luada san. Da, b'halten S' as no!« Dabei drückte er mir etwas in die Hand und schob mich gutmütig hinaus. Es war ein Zehnmarkstück.

Was sollte ich tun? Sehen Sie, das sind unsre Kapitalisten, und solchen Begriffen von unsrer Stellung kann man noch heute begegnen.

Ich habe daraufhin das Frauenzimmer links liegenlassen. –

Die Ludwigstrasse

Eine schöne Straße, die Ludwigstraße in München. Mein Freund, der Bürgermeister, sagt, sie hätte einen monumentalen Charakter.

Südlich die Feldherrnhalle. Die Standbilder darin sind verdeckt durch zwei dicke Flaggenstangen. Mein Freund, der Bürgermeister, sagt, in Venedig hätten sie die nämlichen.

Weiter nördlich ein Rangierbahnhof. Belebt die Gegend großartig. Ein Motorwagen kommt an, ein Akkumulatorwagen fährt ab. Schaffner stürzen heraus, schreien, pfeifen, reißen eine Stange herum, koppeln Wagen an. Der erste Führer läutet, der zweite läutet, alle Schaffner pfeifen. Der Zug fährt. Ein andrer kommt. Der Akkumulatorwagen kommt an. Ein Motorwagen fährt ab. Wie gesagt, sehr lebhaft. Mein Freund, der Bürgermeister, sagt, das Muster zu dem Rangierbahnhof hätte er nirgends gesehen. Ist Original. Weiter nördlich die eigentliche Ludwigstraße. Wie ein Lineal. Keine Unregelmäßigkeiten, keine Bäume; nur Fenster.

Bei schönem Wetter ist immer die Schattenseite belebt, auf der Sonnenseite laufen die Hunde. Bei Regen ist die Straße breiig. Unangenehme Sache.

Voriges Jahr passierte ein Unglück. Zwei Schulkinder versanken. Erstickten beide. Gab Anlaß zu Zeitungslärm und zwei Magistratssitzungen. Antrag auf Neupflasterung abgelehnt mit Hinblick auf den monumentalen Charakter der Straße. Vorfall sei wohl bedauerlich – allein, hätten sie zum Beispiel auf der neuen Brücke während des Einsturzes gestanden, wären sie auch tot. Dieselbe Sache. Übrigens tatsächlicher Überfluß an Schulkindern.

Heuer wiederholte Kalamität. Die Frau Bürgermeister überschreitet die Straße. Verliert beide Stiefel. Mußte in den Strümpfen heimgefahren werden.

Neue Magistratssitzung. Antrag auf Asphaltierung soll Aussicht haben.

Ende Mai komme ich an das Siegestor. Mein Freund macht mich auf einen Mann aufmerksam. Steht mitten in der Straße und zieht den Rock aus. Schaut links und rechts; kann den Rock nicht aufhängen. Kein Nagel im Siegestor eingeschlagen. Geht auf die andre Seite und hängt ihn an den Gartenzaun. Stellt sich wieder in die Straße neben einen Schubkarren. Holt eine Schaufel und Hacke heraus und legt sie sorgfältig auf den Boden.

Greift in die Hosentaschen und sucht etwas. Schüttelt ärgerlich den Kopf und geht wieder an den

Gartenzaun. Zieht aus dem Rock eine kleine Flasche und hält sie gegen die Sonne. Zieht langsam den Stöpsel heraus und schaut wieder durch. Klopft damit auf den Handrücken, bis Tabak kommt. Schnupft. Steckt die Flasche ein und kommt wieder zu dem Schubkarren. Setzt sich darauf. Merkwürdiger Kerl! Was will er mitten in der Straße? Mein Freund weiß es nicht.

Der Mensch auf dem Schubkarren sucht wieder in seinen Taschen. Sieht uns stehen.

»Pst!« ruft er. »Pst! Sie!«

»Ja«, sage ich, »was gibt's?«

Er kommt auf uns zu. Rückt den Hut und fragt:

»Sie, Herr Nachbar, hamm 'S a Schnellfeuer?«

»Zündholz?« – Habe ich nicht. Gebe ihm meine Zigarre. Er brennt seinen Stummel damit an.

Bläst den Rauch hinaus und sagt:

»Schön's Wetter. Wenn's so bleibt.«

»Jawoll. Sehr hübsch.«

»Aba warm.«

»Mhm, ja.«

Er gibt mir die Zigarre zurück. Schaut mich an. Schaut meinen Freund an.

»Die Herren san g'wiß fremd hier?«

»Nein.«

»Net? So? I ho mir denkt, Sie san fremd. Is schad, daß S' net fremd san.«

»Warum?«

»I hätt' Eahna die Gegend erklärt für a Maß Bier.«

»Kennen alles selbst. Sind Münchner.«

»So? Münchna? Sie, da san ma a Landsleut! Vielleicht spitzen S' a Maß?«

Gebe ihm zwanzig Pfennig.

Der Mensch dankt und sagt, er wolle sich Bier kaufen. Müsse Kraft haben. Viel zu arbeiten. Schweres Stück zu machen. Frage ihn, was er vorhabe.

Auftrag vom Magistrat. Einen Mordsauftrag. Müsse die Ludwigstraße umgraben. Ganz umgraben. Werde asphaltiert. Der Kerl geht kopfschüttelnd weg. Holt seinen Rock auf der andern Seite. Zieht ihn an. Schreit noch mal herüber: »Dös gibt a Mordsarbet.«

Geht ins Wirtshaus.

Der Postsekretär im Himmel

Zwei Tage vor Mariä Lichtmeß wurde der Postsekretär Martin Angermayer zu München von einem echt bayerischen Schlaganfall derartig getroffen, daß er schon nach einer halben Stunde den Geist aufgab.

Seine Seele schickte sich jedoch nicht sogleich zur Reise an, sondern sie gab wohl acht, ob den irdischen Resten auch alle übliche Ehre widerfahre, und zählte und prüfte die Kränze, welche von einigen Verwandten, auch vom Stammtisch im Franziskaner, dem Verkehrsbeamtenverein und seinem Kegelklub gespendet wurden.

Sie bemerkte sodann noch mit Genugtuung, daß der Herr Postrat Leistl beim Begräbnis zugegen war, daß auch die Haushälterin Zenzi in Tränen zerfloß, und sie fuhr gen Himmel, indes ein Quartett des Männergesangvereins eine erhebende Weise sang.

Da saß nun Sekretär Angermayer im Vorraume des Paradieses und fühlte sich keineswegs so glückselig, wie man es nach den Schilderungen frommer Bücher eigentlich glauben sollte.

Schon daß er nackend war, benahm dem an Ordnung gewöhnten Beamten die Sicherheit, und es wollte das Gefühl, ein respektabler Mensch zu sein und auch als solcher zu gelten, nicht recht in ihm aufkommen. Zudem fröstelte es den an überheizte Bureauräume Gewöhnten in dem Luftreiche, und der Verdacht, daß es von irgendwoher ziehe, quälte ihn nicht minder wie die Unmöglichkeit, jemanden zum Schließen eines Fensters auffordern zu können.

Denn dieser Vorhof des Paradieses war nach drei Seiten hin eigentlich offen, nur vom eigentlichen Himmel trennte ihn eine Wolkenwand, und zwischen den wundervollen Säulen, die ihn rings umgaben, konnte freilich die balsamische Luft ungehindert einströmen, und gleichermaßen von oben, da sie kein Dach abhielt.

Angermayer schickte seine Blicke mißmutig in das unendliche Blau, das sich über ihm wölbte, und in die rosigen Fernen, die sich zwischen den Säulen auftaten, und diese Unbegrenztheit war ihm fremd, und was ihm fremd war, das war ihm nun einmal zuwider.

Dann stand, seine Unbehaglichkeit zu steigern, eine Menge von Leuten um ihn herum, die sichtlich nicht alle aus Bayern oder gar aus München gekommen waren.

Er konnte im Gegenteil bemerken, daß es Menschen aus aller Herren Länder waren, gelbe, braune, schwarze, Leute mit langen Haaren, wie sie spinnende Schwabinger tragen, Leute mit buschigem Wollhaar, Leute mit Zöpfen, kurzum, zumeist fremdartige Wesen, denen er nie hold gewesen war, und die meisten verdrehten ihre Augen verzückt und selig und benahmen sich auffällig.

Jedem einzelnen von ihnen hätte er in den Straßen seiner Heimatstadt verächtlich nachgeschaut unter bissigen Bemerkungen. Jedem hätte er aus seinem Schalter heraus Respekt beigebracht, aber hier, so mitten unter ihnen, war er hilflos und, was das Schlimmste war, er gehörte eigentlich zu ihnen oder schien wenigstens einer von ihnen zu sein. Dann: zeit seines Lebens war er kein Freund von Kindern gewesen, und ihre Unarten, die von nachsichtigen Eltern womöglich noch gepriesen werden, fielen ihm stets unangenehm auf, und er war nie geneigt, ihrer Unerfahrenheit oder ihrer Jugend etwas zugute zu halten.

Hier trippelten sie nun scharenweise vor seinen Augen herum und jauchzten, und niemand war da, der sie mit Strenge zur Ruhe gewiesen hätte, ja als er einen Bengel, der ihm zu nahe kam, einen ungezogenen Fratz nannte, schüttelte ein langhaariger fader Kerl, der neben ihm stand, mißbilligend den Kopf.

Da drängte sich Angermayer unwirsch durch die Menge und stellte sich hinter eine Säule, um nur das Getue nicht mehr mit ansehen zu müssen.

Seine Gedanken kehrten sehnsüchtig nach der Erde zurück, wo gerade heute als an einem Donnerstage der Kegelabend stattfinden mußte, und er beneidete die Glücklichen um ihr harmloses Vergnügen.

Die Kollegen redeten gewiß von der Überbürdung des Amtes, bekrittelten die Leistungen der Vorgesetzten und erzählten, wie sie diesem und jenem die Meinung gesagt hätten, und sicherlich war auf diese Weise die aller gemütlichste Unterhaltung im Gange.

Vielleicht würden sie heute auch an ihn denken und wohl gar mit Bedauern seine Abwesenheit bemerken?

Er hatte freilich nicht das meiste zur Fröhlichkeit beigetragen, aber er war immer pünktlich zur Stelle gewesen und hatte sich jederzeit als eifriges Mitglied gezeigt, und wenn auf Zeit und Zustände geschimpft wurde, hatte es nie an seinem Beifall und seiner kräftigen Mitwirkung gefehlt.

Ach ja – München!

Angermayer seufzte tief, und der lästerliche Gedanke stieg in ihm auf, wie gerne er sich aus Elysium weg nach der bayerischen Hauptstadt versetzen ließe und wie er bereit wäre, mit einem Kollegen zu tauschen.

Auf Erden hatte man ihn oft übergangen, ihm nie die verdiente Beförderung zuteil werden lassen, und wie er dann schimpfend und nörgelnd und doch im Innern zufrieden sich mit seiner Sekretärstellung abfand, mußte er weg mitten unter die nackten, ekelhaften Schlawiner hinein ...

»Angermayer!«

Er fuhr aus seinen Gedanken auf, als er seinen Namen mit einiger Ungeduld rufen hörte, und sah einen großen Engel am Himmelsportale stehen, der ungefähr so aussah wie ein Genius vom Oberammergauer Passionsspiel und der jetzt die Hände vor den Mund hielt und wiederum den schallenden Ruf ertönen ließ: »Martin Angermayer aus München!«

»I-ja!« antwortete mißmutig der Sekretär, »was wollen S' denn?«

»Vielleicht ist es Ihnen endlich gefällig, einzutreten?« schrie der Engel.

»I kumm scho«, knurrte Angermayer, und er schob sich langsam durch die Gaffer hindurch, die erstaunt über sein Zögern die Köpfe nach ihm umdrehten und die noch überraschter waren, als sie der Genosse ihrer künftigen Freuden mit groben Ellenbogen beiseite schob.

»Da bin i. Desweg'n brauchen S' do net so plärr'n«, sagte der Sekretär zum Engel, der den merkwürdigen Gast mit leuchtenden kugelrunden Augen maß.

»Ich habe dich mindestens dreimal gerufen«, sprach er dann mit leisem Tadel.

»Vo mir aus sechsmal«, erwiderte Angermayer mit einer im langjährigen Schalterdienst erprobten Grobheit, und er setzte beinahe feindselig hinzu: »Für de Arbeit wer'n Sie wahrscheinlich zahlt wer'n.«

»Dein Ton ist ungehörig«, sagte der Engel. »Hier

ist ganz und gar nicht der Ort für solche Äußerungen, mein lieber Angermayer.«

»I bin net Eahna Liaber, verstengen Sie mich! Und d' Säu hamm ma aa no net mitanand' g'hüat. Und drittens bin i der königlich bayrische Sekretär, des mirken S' Eahna!«

»Das bist du gewesen! Und jetzt bist du eine Seele, und sonst nichts, und hast dich in die Hausordnung zu fügen.«

»Wo is denn Eahna Hausordnung? Wenn Sie a Hausordnung hamm, nacha schaugn S' zerscht, daß de Kinder net so umanandrolz'n und lassen S' de Schlawiner da d' Füaß wasch'n. Dös waar a Hausordnung, verstengen Sie mich, und dena können S' was vazähl'n von Eahnara Hausordnung, aba net an königlich'n Sekretär, der wo seiner Lebtag g'wißt hat, was si g'hört . . .«

»Ja, Michael!« rief es ungeduldig von drinnen.

»Gleich!« erwiderte der Engel und schob mit einer im Himmel sonst nicht üblichen Energie den streitsüchtigen Sekretär in das Paradies hinein.

Jeder andere wäre geblendet gewesen von dem schier undenkbaren Glanze, der hier strahlend ausgebreitet war, und jeder andere hätte verzückt dem unbeschreiblichen Wohllaute der in der Ferne singenden und musizierenden Engel gelauscht.

Allein Angermayer hatte sich schon von allem Anfang vorgenommen, hier nichts so übermäßig schön zu finden, und dann war er von Natur nicht überschwenglich, und dann war er noch verbittert durch seinen Streit mit dem Erzengel. Also blickte er mürrisch darein und schnitt ein Gesicht, das deutlich fragte: »Is dös all's?«

Vor ihm saß inmitten von schön gelockten Engeln ein unglaublich gütig lächelnder Greis, der eine dunkelblaue Toga trug, in welche goldene Schlüssel eingestickt waren.

Es war der heilige Petrus, der unserm Angermayer nunmehr freundlich zunickte und sagte: »Da bist du, mein Sohn! Sei willkommen in unserem Reiche!«

»Was sagst du?« fügte er bei, da der Sekretär etwas vor sich hin murmelte.

»Mi hätt'n S' schon no a Zeitlang drunt lass'n kinna. Es hätt ma gar net pressiert«, wiederholte dieser, und seine griesgrämige Miene wollte sich nicht aufhellen.

»Aber, Martin!« rief der Apostel, »du bist der erste, der an dieser Stelle nicht vor Freude jauchzt.«

»Mit'n Jauchz'n hab' i's überhaupts net, und i waar froh, wenn i drunt mein Grüabig'n hätt.«

Petrus wandte sich lächelnd an die Engel, die neben ihm saßen.

»Seht da, ein Münchner, der sich erst an den Himmel gewöhnen muß!«

Und ernster sagte er zu Angermayer: »Nun geh und freue dich und bedenke, daß manches in deinem armseligen Leben Strafe verdient hätte. Aber es ist dir Mitleid erwiesen worden.«

Der Sekretär merkte am Tone, daß der Heilige als Vorgesetzter gesprochen hatte, und er schwieg.

Ein lebhafter Jüngling mit hüpfendem Gange, der genauso aussah wie einer aus der Schwabinger Stefan-George-Gemeinde, faßte ihn bei der Hand, indem er in singendem Tone sprach:

»Komm, seltsamer Geist, ich will dich führen.«

In dem Postsekretär regte sich wohl sogleich die grimmige Abneigung gegen die Art seines Begleiters, aber er war zu niedergedrückt, um die rechten Worte zu finden, und er schritt griesgrämig und schweigsam neben dem Engel einher.

Der wurde nun gesprächig und erklärte dem Neuling die Grundidee des paradiesischen Lebens.

»Du mußt wissen«, sagte er, »daß hier alles auf unendliche Fröhlichkeit gestimmt ist. In den obersten Regionen, wohin wir ja nicht gelangen, befinden sich die erhabenen Geister, welche in fortlaufenden Gesprächen ihrer unbeschreiblichen Freude Ausdruck verleihen. Die Heiligen befinden sich in Verzückung, die Engel musizieren, und du hörst ja die erhabenen Klänge des Konzertes, wir andern aber, zu denen du nun auch gehörst, bilden die Heerschar der Seligen, und wir haben die Aufgabe, nach unsern bescheidenen Kräften den Eindruck des höchsten Glückes hervorzubringen.

Zu diesem Zwecke erhält jeder eine Harfe.

Ich führe dich jetzt zu unserm Obersten, dem Engel Asrael, welcher sie dir verabreichen wird.«

»Was tua i denn mit a Harpfen?« unterbrach ihn Angermayer sehr unwirsch.

»Du mußt frohlocken«, sagte der Begleiter.

»M-hm, ja! Is scho recht! Weil i gar so guat aufg'legt bi, und überhaupts – i ko gar net Harf'n spiel'n –«

»Du mußt nur in die Saiten greifen – siehst du, so ...«

Der lebhafte Jüngling nahm sein Instrument, das an einem rosaroten Bande über seine Schulter hing, und klimperte ein wenig.

Dabei hüpfte er im Takte abwechselnd einige Male auf dem rechten und linken Fuße nach vorne und sang mit näselnder Stimme: »Ha–a–lä–ä–lu–u–jah ... Ha lalala – ha läläla–u–u–ha–ha ...«

Er hielt inne und blickte den Sekretär lächelnd an.

Der machte ein Gesicht, als wenn er saures Bier getrunken hätte. »Wia hoaßt ma dös?«

»Das ist das Frohlocken der Heerscharen«, antwortete der Jüngling.

»Und Sie glaub'n«, sagte Angermayer, und ein bitterer Hohn spielte um seine Mundwinkel, »Sie glaub'n, daß i bei sowas mittua? I? Dös könna S' Eahna ja denk'n, daß i umanandhupf wia r'a spinneter Hanswurscht ...«

»Deine Sprache ist rauh«, erwiderte der Jüngling, »und dein Antlitz zeigt weder Ruhe noch Glückseligkeit, aber bald wird Harmonie dein Wesen verklären ...«

»De Sprüch mag i«, antwortete der erbitterte Postsekretär, und nach einer Weile fügte er hinzu: »Sie, passen S' auf, was san denn Sie früher g'wes'n?«

»Was ich . . .?«

»Ja, was Sie bei Lebzeit'n g'wen san?«

»Ach so, als ich noch auf Erden wandelte?«

Und als Angermayer nickte, überflog ein seliges Lächeln der Erinnerung die Züge des langgelockten Jünglings, und er flüsterte mehr als er sprach: »Ich war Lehrer für rhythmische Gymnastik und harmonische Exterikultur.«

»Was is dös?« brummte sein Begleiter, »dös versteh' i net.«

»Ich lehrte die Jugend, sich rhythmisch bewegen und . . .«

»Jetza!« schrie der Sekretär, »i hab ma's do glei denkt! A Schlawiner, a Tanzmoasta! Und von Eahna soll i was lerna, Frohlock'n oda so an Schmarrn? Jetzt hamm S' Zeit, daß Eahna verziahgn, sunst nimm i Eahna d' Harpfen und schlag Eahna umanand damit . . .«

Der Jüngling entfloh mit einem Schreckensruf und ließ Angermayer allein zurück, mitten in einer Asphodeluswiese, auf die er sich nun hinsetzte, voll innerlichen Zornes über das Schicksal, das einen königlichen Sekretär dazu brachte, nackend im Grünen zu weilen.

Er starrte grimmig vor sich hin und überdachte die Möglichkeiten, von hier zu entrinnen. Da sich ihm keine zeigen wollte, und da er sich immer mehr darüber klar wurde, daß seine Versetzung in diese Gegend eine definitive wäre, bestärkte er sich in dem Entschlusse, jede Zumutung abzulehnen, die mit seinem Charakter, seinen Neigungen und vor allem mit seiner Beamteneigenschaft nicht in Einklang ... Er wurde in seinem Gedankengange unterbrochen.

Zwei riesige Engel ergriffen ihn, jeder bei einem Arm, und entführten ihn so schnell und gewaltsam, daß seine Füße den Boden kaum mehr berührten.

Aber seltsam.

Angermayer empfand gegen diese Begleiter weit weniger Widerwillen als gegen jenen sanften Jüngling, und die Gestalten, die Gesichter, die Manieren dieser ungefügen Geister muteten ihn beinahe vertraut an, so daß er trotz der rasenden Schnelligkeit, mit der er vorwärts getrieben wurde, in höflichem Tone zu fragen versuchte:

»Sie entschuldig'n ...«

»Halt's Mäu!« schrie der Engel zur Linken.

»Jegerl! A Landsmann!« rief der Angermayer erfreut und machte einen Versuch, stehenzubleiben, aber er wurde mit unwiderstehlicher Gewalt fortgerissen, und so keuchte er atemlos: »Geh, sag'n S' mir doch, wo S' her san?«

»Wennst d'as schon wiss'n willst«, brüllte der Engel zur Rechten, »mir war'n Klosterhausknecht in Andechs ...«

»Jessas, Andechs!« jauchzte der Sekretär, und wunderkühle Nachmittage hinter den Maßkrügen des Bräustüberls fielen ihm ein, und er schnalzte unwillkürlich mit der Zunge.

»Und an Backsteiner und an Radi!« setzte er die Reihe der seligen Erinnerungen fort.

Mit wie wenig kann ein Mensch doch glücklich sein, und zu was brauchte man ein solches Paradies, wenn man es auf Erden hatte!

Sein Herz fühlte sich hingezogen zu diesen groben Geistern. »Was teat's denn mit mir, Leutln?« fragte er beinahe zärtlich.

»Mir geb'n da nacha scho d'Leuteln!« sagte der Engel zur Linken.

»Außi schmeiß'n tean ma di«, rief der Engel zur Rechten.

Und kaum waren ihm die Worte entfahren, so fühlte sich Angermayer von einem heftigen Wurfe einige Stufen abwärts geschleudert mit dem Kopfe in gefrorenen Schnee fahren, und tausend Sterne flimmerten vor seinen Augen. Ein Tor fiel donnernd hinter ihm zu. – – Er erwachte von dem Falle und der kühlen Luft, die um ihn strich. Er rieb sich die Augen und sah an sich hinunter mit entzücktem Erstaunen, denn er war bekleidet, und er sah um sich und erkannte den lieben alten Rathausturm, dessen beleuchtete Uhr die dritte Morgenstunde zeigte.

Da merkte er froh, daß er im Bräuhause eingeschlafen war und alles nur geträumt hatte, bis auf den Hinauswurf.

Der war erlebte Wirklichkeit.

Der Interviewer

Zu deutsch: der Zusammenkünftler. Der Mann, der mit Ihnen zusammenkommt, ohne daß Sie ihn gerufen haben.

Er kennt Ihre Marke, unter der Sie im Publikum kursieren, und will, daß Sie Ihre Eigenart recht originell zum Ausdrucke bringen.

Erlauben Sie sich also nicht, diesem wildfremden Menschen reserviert entgegenzukommen.

Seien Sie vom ersten Augenblicke an »herzig und liab«, wenn das Ihr Firmenzeichen ist, oder »biderb grob« oder »geistvoll und sarkastisch«, und glauben Sie ja nicht, daß Sie den Mann durch gleichgültiges Benehmen täuschen können.

Er weiß, wie Sie sind, und prüft genau, ob Ihre Konversation musterecht ist.

Beobachten Sie den Mann, während Sie Indifferentes sagen. Seine Gesichtszüge verraten eine innere Qual, die sich bis zur Hoffnungslosigkeit steigert, wenn Sie Ihr Charakteristisches lange zurückhalten.

Es kommt nicht ... es kommt nicht ... da! Es ist

Ihnen, ohne daß Sie es wissen, ein Aperçu entfahren, noch dazu eines aus Ihrem innersten Wesen heraus. In den Augen des Zusammenkünftlers flammt das Feuer des Verständnisses auf, er schleckt seinen Bleistift ab und schreibt drauflos.

Sie sind festgenagelt, mein Lieber; man hat Sie.

Sagte ich schon, daß Wien die Stadt dieser »Zusammenkünfte« ist? Wenn nicht, dann möchte ich es hiermit nachgeholt haben.

In Deutschland werden fast nur Staatsmänner ausgebohrt, und jedenfalls geht man mit dem Experiment nicht unter Richard Strauss hinunter. Diesem begabten Musiker sind allerdings schon so viele Würmer aus der Nase geholt worden, daß es verwunderlich erscheint, wenn noch einer drin sein sollte.

Aber reden wir von Wien! Das ist die Stadt, wo immer jemand mit einem zusammenkommt. Man braucht keinen Rosenkavalier vertont zu haben, es genügt, daß man vom zweiten Stockwerk herunterfällt, oder ein aussterbender Fiaker ist, um über seine Weltanschauung oder gehabte und noch habende Schmerzen eine druckreife Meinung äußern zu dürfen.

Wenn im Deutschen Reiche ein Mann aus dem Volke von einem Automobil überfahren wird, so erscheint bei dem Verunglückten zuerst der Arzt, in Wien aber der Zusammenkünftler.

»Wöiches woarn Ihre Gedanken, als Sie bemerkten, daß das Rad über Sie hinwegginge?«

»Woarn Sie im erst'n Schmärz bewußtlos?«

»Wöiches woarn Ihre Gefiehle im Hinblick auf Ihre Gattin und die zahlreichen Kinder?«

Ein geschulter Wiener wird diese Fragen immer so beantworten, daß aus seinem Schmerzenslager ein Duft von Treuherzigkeit in die Zeitung weht, und wenn das Malheur in der inneren Stadt passiert ist, wird er nicht verfehlen, den Stephansturm in rührende Beziehung zu seinem überfahrenen Zustande zu bringen.

Aber der Fremde steht einem Zusammenkünftler denn doch etwas hilflos gegenüber.

Ich denke dabei nicht gerade an einen sich ereignet habenden Unglücksfall, es ist schon bitter, wenn jemand zu einer Vorlesung oder zur Aufführung seines Theaterstückes in die Donaustadt reist. Hier gilt das, was ich von der Hausmarke sagte. Die Redaktion sagt ihrem galizischen Kundschaftler, daß der Mann sarkastisch sei, regierungsbissig, respektlos.

Also muß etwas auf diese Eigenschaften Bezug Habendes in den Bericht.

Der fremde Schriftsteller steht auf, zieht zunächst einmal die Unterhosen an, denkt an gar nichts und gähnt.

Es klopft. Ein Zimmermädchen schiebt durch die Türspalte eine Visitenkarte herein.

»Siegfried Parketöl, Vertreter der ›Interessanten Welt‹.« Was will man machen?

Der Fremde läßt Herrn Parketöl bitten. Und nun

kommt ein kleiner Mann herein, von fleischiger Nase und mit klugen, listigen Augen, Augen wie die einer Kanalratte.

Der Zusammenkünftler.

Er hat sich seine Rolle ausgedacht; er wird volkstümlich und vertrauenerweckend sein.

»Guat Murg'n! Särvus!«

Er blinzelt den Fremden an, als erwarte er schon im Gegengruß etwas Sarkastisches, Respektloses, Regierungsbissiges. Es kommt nichts. Der Fremde ist bloß höflich.

»Wöiche besonderen Verhältnisse haben Sie im Aage gehabt bei der Verfassung Ihres neien Stükkes?«

Der Fremde sagt, er habe nur ganz allgemein, verstehen Sie, und so weiter.

»Oba bittä!«

Herr Parketöl lächelt vertrauenerweckend. Ihm gegenüber sollte man nicht so zurückhaltend sein.

Der Fremde versteht ihn nicht.

Er glaubt wirklich, daß er Daten für die Literaturgeschichte deponieren müsse.

»Ich wollte also den Konflikt schildern, der sich einerseits aus der Überspannung des Pflichtgefühls, andererseits aus menschlichen Leidenschaften . . .«

»Ah wos! Ah wos!«

»Wie?«

»Lieba Freind! Vor mir brauchen S' Ihnen oba würklich keine Resärve aufzuerlegen!«

»Ja, ich verstehe nicht . . .«

»Also sagen S' ma nur dos: Wöiche Überspanntheiten und von wöicher Regierung haben Sie geißeln wohlen?«

»Regierung?«

»Oba ja! Liaba Freind, net woah, das Publikum erwoatet von Ihnen dennoch eine gewisse Satire, etwas Pikantes, etwas Prickelndes . . .?«

»Sie wollten doch wissen, was ich in diesem Stükke . . .«

»No freili!«

»Wie gesagt, ich wollte in dramatischer Steigerung den Konflikt beruflicher und menschlicher Gefühle . . .«

»Jetzt hören S' oba auf! Mir können Sie doch würklich sag'n, gegen wöiche Regierung Sie ihre satirische Geißel geschwungen haben.«

»Davon ist in diesem Stücke also wirklich nicht . . .«

»Wem erzählen S' denn dos, lieba Freind? Wann i a Konflikt hamm will, net woa? Oder eine dramatische Steigerung, nachdem geh ich zum Schönherr Koarl oder zum Hofmannsthal, aber von Ihnen erwoatet man doch was anderes, so a bisserl wos Despektierliches. Hm?«

Der Fremde versteht nicht.

Obwohl ihm Herr Parketöl auf die Schulter klopft und mit jeder Minute herzlicher und familiärer wird, kommt ihm nichts Respektloses aus. Er kennt weder seine Rolle noch seine Pflicht gegen einen Zusammenkünftler.

Parketöl horcht angestrengt.

Jetzt? Jetzt?

Nichts.

Er geht niedergeschlagen weg.

Denn was hilft es ihm, daß er am selbigen Tag in die »Interessante Welt« schreibt, er habe den fremden Dichter in sprühender Laune angetroffen, und habe dieser auch sowohl bezugnehmend auf das neue Stück als im allgemeinen nach allen Seiten hin seiner bekannten Satire die Zügel schießen lassen.

Das glaubt ihm kein Zusammenkünftler, also kein Wiener. Er hätte was Prickelndes bringen müssen.

Die Dachserin

Entern Zaun stand die Dachserin mit einem hochroten Kopf und schimpfte mit durchdringender Stimme in den kleinen Nachbargarten hinüber.

Das heißt, die geweste Dachserin von Flinsbach, denn seit sie mit ihrem Manne übergeben hatte, konnte sie eigentlich den stolzen Namen nicht mehr führen, sondern war nichts als die Kreszentia Wiechel, Austräglerin in Erlbach, die nichts mehr zu tun, aber auch nichts mehr zu sagen hatte.

Aber man kann seine Gemütsart nicht mit dem Anwesen weggeben, und deswegen hatte die Kreszentia Wiechel noch genau die nämlichen Reschen, die ihr als Dachserin gut angestanden hatte.

Und wer war denn gar die drentern Zaun?

Die Klöcklin von Freitsmoos, wenn man da schon überhaupt von einem Hausnamen reden kann, wo nichts war und nichts ist.

Und wenn sich die armselige Fretterin jetzt als Anna Maria Rankl auch Austräglerin hieß, so gab es halt doch Unterschiede, und es sollte nicht vergessen werden, was für ein Hauswesen die Dachserin einmal regiert hatte.

Aber die Anna Maria Rankl vergaß es oder wußte es gleich gar nicht, oder wenn sie es wußte, gab sie nichts darauf und war frech und unverschämt und so voll Bosheit, wie halt die Fretter sind, wenn sie keinen Nutzen mehr zu hoffen haben. Wen unser Herrgott strafen will, dem gibt er eine bösartige Nachbarin, so eine, wie die Klöcklin war.

Der Tag ist lang, und was so einer Austräglerin alles einfällt zum Leuteärgern, das glaubt man gar nicht.

Da hatte die Dachserin oder, daß ich es recht sage, die Kreszentia Wiechel, ihre Wasch zum Bleichen auf den kleinen Wiesfleck hinterm Haus gelegt und war dann in der Kuchel beschäftigt, weil sie dem Ihrigen ein Schweinernes braten wollte, das ihnen der Bub, der jetzige Dachser von Flinsbach, mitgebracht hatte, als er zur Schranne hereingekommen war.

Und wie dann die alte, die geweste Dachserin das Schweinerne übergossen und die Erdäpfel zugesetzt hatte, ging sie in den Garten hinaus, um Suppenkräuter zu holen.

Und da bot sich ihr ein Anblick, der ihr beinah das Herz stillstehen ließ. Die ganze schöne Wasch war voll Rußflecken, und es war gar nicht anders möglich, als daß die Loas, die miserablige, drentern Zaun mit einer Schaufel oder überhaupt halt den Ofenruß herübergestreut hatte.

»Na, so was! Na, so was ganz Ausg'schamtes!«

hatte die Wiechlin gerufen, und Schmerz und Zorn hatten sie zum Weinen gebracht.

Und weil gerade die Traunerin, ihre Nachbarin auf der anderen Seite, die aber ein richtiges, braves Leut war, ins Freie kam, zeigte sie ihr den Schaden und forderte sie auf zu bezeugen, daß so was Freches und Ausgelassenes wie die Klöcklin auf der ganzen Welt nicht mehr zum Finden wäre. »Ja, zahn no recht frech umma«, schrie sie, als sich die Anna Maria Rankl am Fenster zeigte. »Dös werd si aufweisen, ob du ander Leut Sach z'grund richt'n derfst!«

»Was han i?«

»An Ruaß hast ummagschmiss'n ... du ... du ...«

»Gib ma'r no wieder a Nama, balst z' viel Geld hoscht.«

»Dir ... du ... du ...«

»No zua! Na koscht wieder in d' Armakass' zahl'n, wia's letztemal!«

Das war ein ungemein schmerzender Stich, denn die zwanzig Mark für den Namen einer gelumpeten Zigeunerin, die die Wiechlin letztes Jahr um Georgi herum hatte zahlen müssen, waren nicht vergessen. Und dabei hatte der Bürgermeister beim Sühneversuch noch so getan, als wenn die Klöcklin weiß Gott wie barmherzig wäre, weil sie bloß das und nicht mehr verlangt habe.

Nein, die zwanzig Mark waren nicht vergessen und nicht verschmerzt.

»Dösmal zahlst du, daß das woaßt. Und de ganz Wasch muaßt zahl'n, und i mach's advikatisch ...«

»Mach zua! Was liegt denn mir dro? Dös werst du beweis'n müass'n, wer die dreckate Wasch ...«

»Dreckat? Bal no du ...«

»No zua ...«

»Überhaupts gib i mi gar it ab mit so oana ... du ... du.«

»Sag's no, was d' gern sag'n mögst!«

Aber wie die Dachserin so gar keinen Schimpfnamen hinüberschreien durfte von wegen der Armenkasse und den zwanzig Mark, fiel es ihr schwer aufs Herz, und sie schickte die Einladung, die doch eine gewisse Erleichterung verschafft, über den Zaun.

»Überhaupts«, schrie sie, »überhaupts kost du ...« und so weiter.

Der Leser weiß schon.

Aber jetzt kam das Allermerkwürdigste.

Die Klöcklin, das heißt also die Anna Maria Rankl, wollte es so hinstellen, als wenn diese Einladung eine Beleidigung wäre.

Mitten in Bayern, in Erlbach, wo man seit Menschengedenken seinen Unwillen auf diese und keine andere Weise kundzugeben gewohnt war, sollte es strafbar und beleidigend sein.

Die Klöcklin bestand darauf, lief zum Bürgermeister, und als die Dachserin im berechtigten Gefühle ihres Rechtes beim Sühneversuch ausblieb, fuhr die freche Person nach München hinein und überredete den Justizrat Siegfried Prachtbau, daß er eine Klage gegen Kreszentia Wiechel erhob.

Er beschrieb den Hergang der Sache und setzte auseinander, daß die ordinäre Redensart, nämlich diese Einladung, eine Bezeigung von Verachtung in sich trage und zum Ausdruck bringe. »Da hört sich doch schon die Gemütlichkeit auf!« sagte der Oberamtsrichter Haberl, als er das Schriftstück las. »Herr Sekretär, da gengan S' amal einer!« rief er in die Gerichtsschreiberei hinein.

»Da kommen S' amal her und lesen S' den Schmarrn!«

Der Sekretär Neuburger kam und las die Klagschrift mit geziemendem Erstaunen durch.

»Ja, was waar denn jetzt dös!« rief er. »Dös hoaßt ma do . . .«

»Mit'n G'richt Schindluder treib'n . . . jawohl, dös hoaßt's. Net gnua, daß ma sowieso nimma woaß, wo oan der Kopf steht vor lauter Arbeit, kommt so a Fackelstecher« – Ferkelstecher hieß Haberl jeden Advokaten – »kimmt so a Wortfuchser daher und machet aus so was aa no a Beleidigung! Wenn dös ei'reißt, kemma mir aus'n Büro überhaupts nimmer naus.«

Neuburger teilte die Entrüstung seines Vorgesetzten, der noch aus der guten alten Zeit stammte und das Rechtsuchen und das Prozessieren für eine feindselige Handlung ansah. Haberl zwirbelte seinen langen, grauen Schnurrbart drohend hinaus und schwor, daß er dem Himmelherrgottsakramentsadvokaten die Freude an den Diäten versalzen wolle.

Wenn es die Dachserin gehört hätte, wäre Zuversicht über sie gekommen; aber da sie nichts davon wußte, wurde sie doch beim Herannahen der Verhandlung immer kleinmütiger.

Und der Dachser tröstete sie nicht. »Jetzt hoscht as«, sagte er. »Weilst dei Mäu net halt'n kost. Mit selle Leut gibt ma sie überhaupts gar it ab ...«

»Du nacha, du hoscht leicht red'n. Du bist bei'n Unterbräu g'hockt und hoscht wohl nix g'wißt davo, wia ma der Zigeunerschlampen, der abscheilige, mein Wasch verdreckt hat. Ko's ja wieder richt'n, denkst da du, und ko mi ja schind'n und plag'n, und daweil hockst du beim Unterbräu ...«

»Dös G'red hat koa Hoamat ... Dös g'hört da gar it her, wenn i amal a Maß bei'n Unterbräu trink ...«

»Ja, weils as ös it wißts, was dös hoaßt, bal ma sei Arwat firti hat und muaß auf a neu's ofanga, und jetzt helfast du gar no zu dera ...«

Die Dachserin fing zu weinen an.

»So is recht; plärren muaßt d' aa no. Und was dös hoaßt, i helf zu dera?«

»Is vielleicht it wahr? Jetzt sagast du gar ...«

»Nix sag i, als daß ma si mit so an G'raffl net o'gibt. Grad weil dös gar so a Dracken is, so a hundshäuterner, waar ma'r i z'guat dazu ... vastehst ...?«

»Was hon i denn g'sagt dazua? Daß si mi ...? Dös werd ma do no sag'n derfa ...«

Das konnte der Dachser nicht bestreiten. Es war landauf und landab gutes Recht und alter Brauch, daß man so was sagte. Nicht grad einmal am Tag, sondern öfter, und noch weniger ließ sich doch schon von der ganzen Herrgottswelt nicht sagen, als wie das.

»Jetzt stell di net her und woan mir was für!« sagte er einlenkend. »I fahr morg'n auf Minka eini und nimm für die an Advikat'n. I kenn oan, der wo öfter herauß'n war und dem i scho zuaglost hab. Er hat a ganz a guate Votzen. Der werd na de G'schicht scho richti hi'reib'n, und bal's aa was kost't, Alte, desweg'n verderb'n mir no lang it.«

Wie die Dachserin ihren Bauern so reden hörte, wurde es ihr leichter ums Herz, und wie es die Weiberleute an sich haben, wenn sie von einem Kummer ledig werden, so wurde jetzt auch die Dachserin recht gesprächig.

»Und z'weg'n dem Ruaß«, sagte sie, »da hat de Traunerin aa g'sagt, i soll's durchaus gar it guat sei' lass'n, und bal sie's aa leugna möcht, na treib i's auf'n Schwur, de Kratlerloas, de ganz miserablige . . .«

Es kam dann der Verhandlungstag.

Im Zuhörerraum drängten sich viele Leute; die Austragler von der hintern Gasse waren mit ihren Weibern vollzählig erschienen, und aus den nahen Dörfern waren auch Bauernleute hereingekommen. Es hatte sich herumgesprochen, daß die geweste Dachserin von Flinsbach verhandelt werde, bloß weil sie den uralten, eingewurzelten Kirchweihspruch hergesagt habe, und da wollte man doch wissen, ob die neue Zeit auch darin alles umgekehrt habe.

Es waren auch etliche Freunde eines guten Spaßes unter den Bauern, die sich eine richtige Gaudi von den Ausführungen über das angestammte Wort versprachen. Die gleiche Hoffnung hatte viele Marktbürger in den Gerichtssaal gelockt.

Vorne dran stand der alte Unterbräu, der sich recht sichtbar auf die Delikateß freute und eifrig mit ein paar Spezeln wisperte.

Die Advokaten waren schon erschienen und hatten an einem kleinen Tische vor dem Podium Platz genommen. Der Justizrat Siegfried Prachtbau war ein bewegliches Männchen, hoch in den Fünfzigern, aber noch voll Eifer, Spürsinn und Pflichtgefühl. Er stand immer wieder auf und ging zur Klöcklin, die auf der Zeugenbank saß. Er tuschelte ihr was ins Ohr, lief an den Tisch und schrieb was auf, dann ging er zum Sekretär Neuburger, der in seiner feierlichen Robe schon oben auf seinem Platze saß, und fragte ihn was. Der Sekretär zeigte eine abweisende Miene, aber der Justizrat Prachtbau lächelte freundlich, eilte an den Tisch und schrieb wieder was auf. Der verstand es.

Wenn ein Totalisator eingerichtet gewesen wäre, hätten die mehreren Bauern auf den Prachtbau gesetzt. Besonders, weil sein Gegner, der Doktor Leixner, scheinbar teilnahmslos am Tische saß und seine Zeitung las. Er war ein Mann in jüngeren Jahren, von einem düsteren Aussehen. Die dunklen Haare fielen ihm in die Stirne herein, und wenn er einmal aufsah, bemerkte man einen brennenden, fast drohenden Blick. Er ging zur Dachserin hinüber, die weit weg von der Klöcklin beim Fenster stand und ihr Gesicht hinter dem vorgezogenen Kopftüchel versteckt hielt. – Der Trauner flüsterte hinten im Zuschauerraum dem Dachser zu: »Daß si der Enker gar it rührt? Und der ander is grad wepsi. Dös gfallt mi fei gar it, daß der Enker gar it dergleicha tuat, der is scho an wenig gar z'loamlacklet.«

»Laß'n no geh!« wisperte der Dachser zurück. »Jetzt gelt's no nix, aba der kimmt scho in Schwung, bal's amal richtig o'geht. I hon an scho an etlamal g'hört. Er hat a ganz a guate Votzen.«

»Moanscht do?«

»Jo, werst as sehg'n.«

»Aba der ander, woaßt, der is halt lebfrisch. Der ko's it derwart'n ... schaug no hi, jetzt lafft er scho wieder zu da Klöcklin und schreibt eahm was auf ...«

»Laß'n no schreib'n, der inser faßt'n na scho ...«

Aber ein wenig unheimlich war es dem Dachser doch, wie er den Prachtbau gar so herumsausen sah. Und was er bloß für ein Aufschreibets hatte? Er steckte den Bleistift ins Maul und schrieb, und hernach lachte er verstohlen, als wenn ihm was ganz Hinterhältiges eingefallen wär'.

Nun ging aber die Türe weit auf, und der Oberamtsrichter Haberl trat ein; hinter ihm kamen die zwei Schöffen.

Der Haberl rauchte auch sonst keinen Guten, aber heute sah er schon dreimal so grimmig aus. Das Barett hatte er schief ganz vorne in die Stirne hineingezogen; seine Augen blitzten hinter den buschigen Brauen hervor, und der Schnurrbart war verwegen zum Anschauen. Die Schöffen waren zwei blühende Marktbürger von stattlichem Gewicht.

Dem einen, einem Melber, glänzten die Äuglein zwischen knallroten Backen; der andere, ein wuchtiger Zimmermeister, war blaurot im Gesicht, schnaufte und fuhr sich mit einem geblümten Sacktuch über die spärlichen Haare. Wer die beiden Männer betrachtete, wußte, daß sie am altbayerischen Brauche nicht rütteln ließen.

Jetzt räusperte sich der Oberamtsrichter Haberl und warf scharfe Blicke in den dicht gefüllten Zuschauerraum.

»Scheiblinger!«

Der Gerichtsdiener trat vor.

»Machen S' danach amal a Fenster auf! Da herin hat's ja a Luft als wia nach'n Saumarkt in der Wirtsstuben. Da warmen si wieder amal die Herrn Austragler ihre krachledernen Hosen auf . . .«

Ein summendes Gelächter ging durch das Volk.

»Ruhe! Da herin is koa Theata. Wenn i oan siech, der si net anständig aufführt, den laß i auf der Stell abführ'n . . .«

Haberl meinte es nicht so bös, aber er hielt es für angebracht, den Leuten zu zeigen, daß es kein kleines sei, vor dem Richter zu stehen. Sonst hätte die Himmelherrgottsakramentsbande bloß zum Vergnügen prozessiert. Er zog die Augenbrauen dichter zusammen, räusperte sich und sagte: »Es kommt zum Aufruf die Sache Anna Maria Rankl gegen Kreszentia Wiechel wegen Be – –«

Er räusperte sich nochmals und wiederholte mit scharfer Betonung: »Wegen Beleidigung. Wo ist die Wiechel?«

Die Dachserin trat schüchtern vor.

»Also Sie sind die Beklagte? So? Und die Klägerin? Die gnädige Frau Austräglerin Anna Maria Rankl?«

Die Klöcklin schwanzte um ein gutes kecker vor und zeigte die Zuversicht einer um ihr gutes Recht kämpfenden Person.

»Was wollen Sie?« fragte Haberl barsch, als sich der Justizrat Prachtbau erhob.

»Ich wollte nur bemerken, daß ich als Vertreter der Klägerin erschienen bin.«

»M-hm ... ja ... und als Verteidiger ist der Herr ... Herr ...«

Der düstere junge Mann verbeugte sich. »Rechtsanwalt Leixner ...«

»Also der Herr Rechtsanwalt Leixner is als Verteidiger anwesend. Nacha hamm mir ja alles beinander für diesen bedeutenden Kriminalfall.

Frau . . . ah . . . Rankl, kommen S' amal näher her. Sie san Austräglerin hier?«

»Ja.«

»Wo waren S' denn früher?«

»In Freitsmoos.«

»So? Also da san also die Leut so feinfühlig und so vornehm, daß s' nimmer altboarisch verstengan und wegen de landläufigsten Redensarten zum G'richt laffen? Machen die Freitsmooser an Ausnahm von de andern Leut? Oder – gengan S' amal her, Frau Rankl! Nur näher! – Oder sagen Sie vielleicht so was net? Hamm Sie dös no nia g'sagt?«

Herr Prachtbau erhob sich lebhaft. »Ich muß namens meiner Mandantin dagegen protestieren. Meine Mandantin nimmt derartige Ausdrücke nicht in den Mund . . .«

»Herr Justizrat, ich frag' jetzt die hier erschienene Klägerin selber. Da gibt's gar nix zum Protestieren . . .«

»Verzeihen Herr Oberamtsrichter, aber . . .«

»Plädieren können Sie darnach. Ich muß jetzt bitten, mich nicht noch mal zu unterbrechen. Also Frau Rankl, hamm Sie selber noch nie jemand auf d' Kirchweih g'laden? Sagen Sie dös net womögli alle Tag'?«

»Na . . . dös sag i gar nia . . .«

Die Klöcklin war ein standhaftes Mensch und ließ sich nicht einschüchtern, obwohl sie der Oberamtsrichter Haberl mit seinen Blicken durchbohrte.

»So was sag i durchaus gar it, und i laß ma's aa it sag'n von dera, und da werd's aa no a Recht geb'n, daß de sell net grad moant, sie derf all's sag'n, und 's letzt Jahr hat s' mi a glumpete Zigeunerin g'hoaß'n . . .«

»Was vorigs Jahr war, geht net daher. Sie woll'n also behaupten, daß Sie das nie sag'n, was bei uns eigentlich jeder sagt. Und Sie hamm sich dadurch beleidigt gefühlt?«

»Ja, i laß mir amal von dera so was it biat'n . . .«

»Is recht. Setzen S' Ihnen daweil hintri. Also, jetzt müssen mir wirkli a Verhandlung führ'n, weil sich a paar Weibsbilder nit mitanand vertrag'n können. Da muaß ma zum G'richt laufen, Kosten hermachen, den Richtern die kostbare Zeit stehl'n . . .«

Der dicke Zimmermeister schnaufte entrüstet, und der Melber nickte zustimmend mit dem Kopfe.

Nun wurde die Dachserin vorgerufen und mußte erzählen, wie sie dazu gekommen war, jemand einzuladen, der ganz und gar nicht eingeladen sein wollte.

Sie holte weit aus und begann zu schildern, was sie seit Jahr und Tag von der Klöcklin zu leiden gehabt habe.

»Ihr seid's Nachbarinnen, net wahr? Und seid's Weibsbilder, wie halt d' Weibsbilder sind. Das weiß ma scho lang, daß die net nebenanand auskommen. Da brauch'n mir koa lange Soß . . .«

Aber das mußte die Dachserin doch erzählen dürfen, das von ihrer Wasch. Wie sie zuerst blühweiß im

Gras gelegen und dann auf einmal mit Ruß beschmiert war.

In Gottes Namen, weil es zur Sache gehörte, durfte sie es erzählen.

Aber da erhob sich schon wieder der Prachtbau und protestierte dagegen, da man seiner Mandantin ohne Beweis und Zeugen einen Verdacht anhänge.

»Dös is a Luada«, sagte hinten der Trauner zum Dachser, und dem wurde es auch bänglich zumut.

Also, dann kam man zur Hauptsache, und die ehrliche Kreszentia Wiechel gab unumwunden zu, daß sie die verhängnisvollen Worte gebraucht habe.

»Weil Sie zornig war'n, net wahr?«

»Ja, und weil do so was ganz unverschämt is, bal ma'r oan d' Wasch verschmiert, und nacha zahnt sie beim Fenster außa und dableckt mi no . . .«

Die Dachserin setzte sich bescheiden auf die Bank.

Die Stimmung war gewiß für sie günstig; im Zuschauerraum und auf den Richtersitzen. Der dicke Zimmermeister nickte ihr sogar wohlwollend zu, vor er sich mit Geräusch schneuzte. Der Herr Prachtbau erhob sich wieder und sagte mit milder Stimme, er verzichte auf die Zeugin Trauner, weil ja der Tatbestand durch das ehrliche Geständnis der Beklagten festgestellt sei. Sein Gegner Herr Doktor Leixner, war damit einverstanden. Er machte eigentlich zum erstenmal in dieser Verhandlung seine berühmte scharfe Votzen, wie der Dachser sagte, auf und erklärte, daß er auch keinen Wert auf die Aussage der Zeugin lege.

Aber siehe da, der Oberamtsrichter Haberl ging nicht auf die so liebenswürdig angebotene Abkürzung der Verhandlung ein, sondern ließ die Traunerin hereinkommen. Sie trat zögernd vor und hielt ihren Handkorb, den sie bloß dekorationshalber mitgenommen hatte, vor den Bauch. Sie mußte ihn aber auf die Bank stellen und die rechte Hand aufheben, um bei Gott dem Allmächtigen und Allwissenden zu schwören, daß sie über jene orts- und landesgebräuchliche Einladung alles gewissenhaft berichten und nichts verschweigen werde. Sie hatte auch ganz und gar nicht die Absicht, irgend etwas zu verschweigen, sondern sie war von dem Wunsche beseelt, noch viel mehr zu sagen, als zu der Sache gehörte. Sie wollte die Verfolgung schildern, die ihre liebwerte und ehrengeachtete Nachbarin Kreszentia Wiechel mit christlicher Geduld ertrug und ertragen mußte.

»Halt . . . halt!« sagte aber Herr Haberl. »Nur Zeit lassen, mir san da net bei an Kaffeeklatsch. Jetz passen S' auf, Traunerin, Sie sind doch aus der hiesigen Gegend. Is Ihnen das so abscheulich oder grob oder seltsam vorgekommen, was die Wiechel da über'n Zaun nüber g'schrien hat?«

»Na, gar it . . .«

»Gar nicht?«

»Na, i hätt' dös nämli g'sagt, weil de Klöcklin gar a so außa zahnt hat beim Fensta . . .«

»Sie hätten das nämliche g'sagt. Das ist doch amal aufrichtig g'red't. Natürlich hätten Sie die Klägerin eing'laden, schon weil's der Brauch is, net wahr?«

Die Traunerin schaute Herrn Haberl etwas verständnislos an.

»Sie hätten Ihnen nix dabei denkt, weil man das überhaupt so sagt. Net wahr?«

»Ja freili, und weil de Klöcklin a so außa zahnt hat...«

»Und weil man das hier alle Augenblick und von an jeden hört, net wahr? Jetzt geben S' amal Obacht: die Frau Rankl, die Klägerin da, behauptet, daß ihr das als eine Ehrenkränkung vorgekommen is und daß sie selber so was nie sagt und nie g'sagt hat...«

»Ah... ah...!«

»Glauben Sie das?«

»Sie hat's ja erst gestern zu mir g'sagt...!«

»Sooo?...«

Herr Prachtbau erhob sich. »Ich muß bitten...«

»Na, jetzt bitt' ich, daß ich meine Ruh' krieg, und zwar ganz energisch. Wenn Sie was fragen müssen, so fragen Sie nachher! Jetzt vernehm ich die Zeugin, und der Sach geh ich auf den Grund.«

Herr Prachtbau setzte sich indigniert auf seinen Stuhl zurück und schaute die Traunerin an, wie eine Brillenschlange das Kaninchen, bevor sie es frißt.

Aber die brave Nachbarin wurde durch die zum Herzen sprechende Güte des gestrengen Richters sicher gemacht.

»So, Traunerin«, sagte Haberl, »jetzt erzählen S' uns die G'schicht recht genau. Wie und wo hat die Frau Rankl das gesagt?«

»Geschting auf d' Nacht. I hätt mir a Bier g'holt beim Brunnawirt, und bei da Schenk hiebei is die Klöcklin g'stanna, und i hätt s' wohl it o'gredt, indem daß i mit ihr it gern was z'toa hab, aber sie hat o'gfangt und hat wieda recht zahnt und sagt zu mir, moring, hat s' g'sagt, da kimm i dera ganz anders, und zahl'n muaß s', daß s' schwarz werd . . .«

»Da hat sie die Wiechlin gemeint?«

»Ja, die Dachserin . . .«

»A recht a netter Charakter! Also bloß zum Kostenmachen hat sie den Prozeß ang'fangt. Sehr lobenswert.«

»Ja, und nacha han i g'sagt, daß du auf dös klag'n magst, sag i, und daß du glei gar an Advikaten nimmscht, ha i g'sagt, und sie sagt, grad extra, daß de Dachserin amal was spannt, und, sag i, bal du aber den Prozeß verspielst, nacha muaßt du selm dein Advikat'n zahl'n, und da hat sie g'lacht und hat g'sagt, ah was, sagt s', bal i an Prozeß verspiel, nacha ko mi mei Advikat kreuzweis . . .«

Die Traunerin hielt hier nicht inne, wie der geschämige Erzähler, sondern sagte es mit breitem Wohlbehagen. Und sie wiederholte es. »Ja, genau a so hat sie's g'sagt, bal i an Prozeß verspiel, sagt s', nacha ko mi mei Advikat kreuzweis . . .«

Durch den Gerichtssaal ging ein dröhnendes Lachen, aber es wurde übertönt durch ein hilfloses, gellendes Kreischen, das der blaurote Zimmermeister ausstieß. Er rang nach Luft und stieß immer wieder Trompetentöne aus. Darüber freuten sich alle Zuschauer und lachten aufs neue, und Ihr Lachen steckte wieder den Zimmermeister an, daß er ganz außer Fassung kam.

Endlich trat Ruhe ein, und Haberl wandte sich mit einer einladenden Gebärde zu Herrn Prachtbau.

»Also, Herr Justizrat, Sie hören die freundliche Einladung . . .«

Prachtbau wehrte mit beiden Händen ab, und da er sah, daß mit Ernst nichts mehr auszurichten war, rief er in spaßhaftem Tone:

»Ich danke vielmals, ich danke . . .«

Jetzt ist nicht mehr viel zu erzählen.

Der Prachtbau verteidigte zwar seinen Posten und blieb darauf stehen, daß die Einladung eine Beleidigung sei; was er mit der seinigen anfange, ob er sie großmütig überhöre, ob er sie ernst oder scherzhaft nehme, sei seine Sache. Aber die Klöcklin habe es einmal ernstgenommen und verlange Bestrafung.

Nachher kam Herr Leixner und redete von der gesunden, derben Kraft, die Gott sei Dank unserem bayerischen Volke innewohne und die gerade in jenem keineswegs abschreckenden, sondern anheimelnden Kernspruch einen glücklichen humorvollen Ausdruck gefunden habe, einen Ausdruck, der, so könne man wohl sagen, ein einigendes Band um alle Stände schlinge, indem er ja allen gemeinsam sei.

Dieses und anderes führte Herr Leixner aus, und da er viel redete und lang redete, konnte man dem Dachser beistimmen, daß der Mann eine gute Votzen habe.

Aber viel kürzer und besser machte es der Herr Oberamtsrichter Haberl. Er sprach die Dachserin frei und sagte: »Die Klägerin hat den besten Beweis gegeben, daß sie in der Einladung zur Kirchweih keine Ehrenkränkung erblickt. Denn sie hat den Mann, dem sie ihr Vertrauen schenkte, dem sie Dank und Respekt entgegenbringt, dazu eingeladen; sie wollte ihn gewiß nicht kränken oder ihm Mißachtung zeigen; sie wünscht ihm auch sicherlich alles Gute und hat ihm auch dieses in der besten Gesinnung gewunschen. Damit hat sie gezeigt, daß sie in dieser vielgebrauchten Redewendung gar nichts Schlimmes erblickt.«

Die Dachserin ging freudestrahlend aus dem Gerichtsgebäude, und jeder, der sie kannte, rief ihr lachend etwas Freundliches zu.

Der Klöcklin aber erging es nicht so gut. Herr Prachtbau, mit dem sie wegen Appellierens noch was reden wollte, rief ihr einige unwillige Worte zu und eilte mit Hast von ihr weg.

Vielleicht dachte er, weil der Prozeß wirklich verloren war, daß ihm nun statt der Gebühren nur jener andere Ersatz blühe.

Er lief mehr als er ging in den Markt hinunter, und als ihm die Klöcklin nacheilte, mußte sie von links und rechts höhnische Reden hören.

Und das geschah ihr recht. Möge es allen so gehen, die am guten alten Brauch rütteln.

Die unterbrochene Berta

Eine Bürger- und Bauerngeschichte

Der Katholische Gesellenverein in Markt Erlbach erfuhr einen gewaltigen Aufschwung, als der Herr Kooperator Pletschacher das Ehrenpräsidium übernahm. Dieser blonde Jüngling, den die Pfarrerköchin oftmals mit dem heiligen Johannes verglich, weil er gekräuselte Haare hatte, stammte aus Ettal bei Oberammergau und war mit Neigungen für die Darstellung ehrbarer oder heiligmäßiger Bühnenstücke begabt. Und so wußte er auch baldigst die Mitglieder des Gesellenvereins Erlbach fürs Theater zu begeistern, so daß man sich mit dem Gedanken trug, zum Besten der Vereinskasse und zur Ergötzung der ländlichen Bevölkerung ein Theaterstück aufzuführen. In einer Generalversammlung, die beim Stangelmayer abgehalten wurde, zeigte sich indessen gleich, daß in künstlerischen Fragen die Meinungen auseinandergehen.

Der Bader Schlechmoser, der im Bürgerverein

Eintracht schon öfter vielbelachte Soloszenen vorgeführt hatte, setzte sich mit Feuereifer dafür ein, daß man etwas der Komödie Verwandtes, eine Gaudi, wie er es nannte, wählen solle, denn das ziehe am meisten bei den Bauern. Er behauptete, etliche gelungene Viechereien zu kennen, bei denen es die Leute vor Lachen beinah zerreißen müsse. Schon jubelten ihm viele zu, als der hochwürdige Herr Pletschacher, mit einer leichten Zornröte im Gesichte, aufstand und erklärte, daß man damit himmelweit von seinen Absichten abgekommen sei, ja, daß man geradezu den guten Zweck in einen schlechten verkehre.

Wenn er geahnt hätte, daß sein herzinniger Wunsch, die Einwohnerschaft von Erlbach zu veredeln, sogleich von gewissen Elementen – Schlechmoser war ein gewisses Element – dazu benützt würde, die Freude an rohen Späßen zu nähren, so wäre er nie und nimmermehr dem Gedanken an theatralische Leistungen nahe getreten. Er müsse klipp und klar und rundweg erklären, daß er sofort das Ehrenpräsidium des Vereins niederlegen werde, wenn die Tendenzen des Vorredners den Beifall der Mehrheit finden würden.

Die besseren Bürger des Marktes pflichteten ihm sofort bei, und der Vorsitzende, der Schlossermeister Dichtl, sagte, es sei niemand eingefallen, den Vorschlag des Baders Schlechmoser ernst zu nehmen. Der hochwürdige Herr Ehrenpräsident möge überzeugt sein, daß man in allem bloß seinem bewährten Rate folgen wolle. Es sei wohl das Beste, wenn derselbe die Wahl des Stückes treffe, und er dürfe auf den Dank des Vereins rechnen. So gelang es, zwar nicht sofort, aber doch im Laufe der Beratung, den heiligen Zorn des Johannes zu stillen, und zur Belohnung des guten Willens, den er um sich sah, beschloß Herr Pletschacher, den Erlbachern ein ganz besonders edles Stück zur Aufführung zu übergeben.

Es hieß »Berta, die fromme Gräfin«, und da außer Pletschacher und mir niemand diese von christkatholischem Geiste durchwehte Dichtung kennt, will ich dem Leser verraten, daß sie von dem hochbegabten Sohne Ettals selbst verfaßt war.

Vielleicht hätte man in ihr starke Anlehnungen an das treffliche Volksstück »Die Räuber von Maria Kulm« finden können, allein die Sprache der Gräfin Berta war unvergleichlich edler und getragener. Und es war vorauszusehen, daß dieses Stück den wohltätigsten Einfluß auf die Gemüter der etwas rauhen, ländlichen Bevölkerung haben mußte.

In diesem Stücke gab es Rollen, welche die Frauen und Männer Erlbachs zum Mitspielen entflammen mußten. Ritter, Knappen, einen Grafen, sein Gespons, jene edle Gräfin Berta zusamt ihrer frommen Vertrauten Mechtildis und ihrer alten Amme. Auch zwei Bösewichte fehlten nicht, die dem Grafen nach dem Leben trachteten. Mehrere Mädchen strebten nach der Ehre, die Gräfin darstellen zu dürfen, und man glaubte schon, daß die Hirgstetter Marie, die hübsche und tugendhafte Tochter des angesehenen Glasermeisters, die Rolle erhalten werde.

Allein in Erlbach, das doch eigentlich von dem verderblichen Hauche der Bühnenwelt unberührt geblieben war, machten sich sogleich bei diesem ersten Anfange alle jene Leidenschaften geltend, die wir in Großstädten an Hoftheatern und bedeutenden Bühnen bemerken. Der Neid war geweckt worden und trieb häßliche Blüten.

Durch anonyme Briefe wurde der hochwürdige Herr Pletschacher davon verständigt, daß die Tugend der Hirgstetter Marie längst in die Brüche gegangen sei, indem sie ein paarmal in der Dämmerung mit dem Apothekerprovisor lustwandelnd angetroffen worden sei. Ebenso kamen häßliche Gerüchte über die Kreszentia Portl in Gang, als man glaubte, daß sie zur Rolle der frommen Gräfin auserlesen sei. Der hochwürdige Herr Pletschacher schwebte in argen Zweifeln, auf welche reine Tochter des Marktes seine Wahl nun eigentlich fallen sollte, aber da griff wie das auch anderwärts so geht, eine höhere Protektion ein.

Die Pfarrerköchin ließ durch den Herrn Dekan dem Jünger Johannes einen Wink zukommen, daß an Begabung wie an religiösem Eifer keine würdiger dieser schönen Rolle sei, als die Buchbinderin Weiß. Zudem sei es auch geraten, die Rolle einer verheirateten Frau wiederum durch eine solche darstellen zu lassen, da die Idee, verehelicht zu sein, und wenn es auch noch so kurze Zeit auf der Bühne wäre, in einer ledigen Person sündhafte Gedanken erwecken könnte. Wenn Herr Pletschacher auch wußte, daß seiner Gräfin Berta alle irdischen Gelüste weit entrückt waren, so durfte er doch den Bedenken, welche sein Vorgesetzter äußerte, keinen Widerspruch entgegensetzen, und er gab nun die Rolle der vollbusigen Buchbinderin Weiß, die die Nachricht mit sichtbarer Freude entgegennahm. Sie lud den hochwürdigen Herrn sogleich zu einer Tasse Kaffee ein, und da ihr Mann in der Werkstätte sein mußte und überhaupt von dem Tratsch, wie er sagte, nichts hören und sehen wollte, war der Ettaler Jüngling dem begeisterten Danke der überaus stattlichen Buchbinderin ausgesetzt. Sie drückte ihm mit liebreichem Lächeln die Hand, stellte ihren Fuß auf den seinigen und preßte einige Weichteile an den jungen Mann, der seine Strenge vergaß und trotz mancherlei Dinge, die nicht zum Charakter der frommen Gräfin paßten, dennoch ihre Darstellung der üppigen Frau anvertraute.

Es war nicht zu umgehen, daß Herr Pletschacher die wichtige Rolle mit ihr einstudierte, und er kam so oft in das Haus des Buchbinders, daß die gewissen Elemente schändliche Gerüchte ausstreuten, die aber schadlos blieben, weil Lena, die Pfarrerköchin, die in Erlbach die Waage hielt, in der Gerechte und Ungerechte gewogen wurden, ihrer Busenfreundin die Treue hielt.

Die Buchbinderin drang also in den Geist ihrer Rolle ein und war schon gänzlich darin, als die ersten Proben begannen. In dieser Zeit entwickelte Pletschacher eine ungeheure Tätigkeit, die alle Mitspielenden entflammte. Er ermunterte die schwachen Talente und dämpfte die feurigen, er lehrte die guten Erlbacher lange Sätze in gebildetem Hochdeutsch sprechen, sich mit Würde bewegen und ihre Reden mit edlen Gebärden zu begleiten. Der Uneingeweihte macht sich wohl keine Vorstellung von der Schwierigkeit dieser Aufgabe. Der Darsteller des Grafen Botho, der Hafnermeister Pferringer, mußte an sein Schwert schlagen und dabei ausrufen: »Schweige, Vermessener! Wage es niemand, die unantastbare Tugend meiner mir vor Gott angetrauten Gemahlin anzuzweifeln, oder dieses Schwert, das ich im Kampfe um das Heilige Grab mit dem Blute der Ungläubigen gerötet habe, soll deine schwarze Seele zur Hölle schicken!«

Solche Sätze enthielten unendlich viele Schwierigkeiten, über die die Zunge eines Erlbacher Handwerkers nur stolpernd hinwegkam. Und dabei noch eine gräfliche Würde und edle Entrüstung zu zeigen, war eine Leistung, die nur dem unermüdlichsten Fleiß gelang. Den andern waren nicht weniger Mühseligkeiten aufgeladen, denn all diese Ritter und Knappen und Edelfrauen, ja sogar die mordlustigen Bösewichter redeten die schöne Sprache des Mittelalters. Nach zahlreichen Proben aber gelang es, den Erlbachern den getragenen Ton beizubringen, und nun kam noch die beinahe unübersteigliche Schwierigkeit, den Darstellern würdige Kostüme zu verschaffen. Zum Glück war der Photograph Lidauer ein Mann von ungewöhnlicher künstlerischer Begabung und Phantasie, der seine Kenntnisse und seine Geschicklichkeit in den Dienst der guten Sache stellte. Es war ein Leichtes, die Damen zu kostümieren, die nur einer Anleitung bedurften, um sich mit Puffärmeln und Rüschen, mit Gürteln und Schließtaschen in Ritterfrauen zu verwandeln. Die Schwierigkeit lag in der Aufgabe, die männlichen Darsteller so zu kleiden, daß man der malerischen und reizvollen Tracht früherer Jahrhunderte nahekam.

Aber darin war eben Lidauer ein Meister.

Er gab dem Rembrandthute seiner Frau durch Aufbiegen einer Krempe eine ritterliche Fasson und setzte ihn dem Grafen Botho schief auf das Haupt und befestigte ihn mit einem Sturmbande. Ein kleines Damenmäntelchen mit einem Pelzkragen ließ er ihn keck über die Schulter werfen. Dazu ein Paar mächtige Wasserstiefel vom Glonnfischer, ein selbstverfertigtes Bandelier aus Glanzleder, in dem der Degen des pensionierten Bezirksamtmannes Reisberger steckte, und die ritterliche Erscheinung des Grafen war wirkungsvoll zur Geltung gebracht.

Ebenso gelang es, die anderen zu kostümieren, und bei der Generalprobe gestand sich der glückliche Verfasser des Stückes, daß durch eine gar stattlich anzusehende Ritterschar das Bild vergangener Zeiten wiedergegeben war.

Am Sebastianstag, der auf einen Sonntag fiel, war die erste Aufführung im Stanglmayersaale.

Schon eine halbe Stunde vor Beginn waren alle Plätze besetzt, nur die vorderen Stühle, die für den Herrn Dekan und einige Geistliche der Nachbarschaft, ferner für den Doktor, den Apotheker und angesehene Bürger reserviert waren, standen noch leer.

Der Vorstand des Gesellenvereins, der Schlossermeister Dichtl, stand im Bratenrock an der Türe, um die Honoratioren zu begrüßen. Ein paar jüngere Handwerksgesellen in Turnertracht kontrollierten die Billette und hielten die Ordnung aufrecht. Das war nicht überflüssig, denn unterm Bauernvolk war auch mancher ungebärdige Knecht, der sich mit groben Ellenbogen vordrängen wollte.

Auf dem Juhe oder der Galerie, die sich um die Rückwand und die Hälfte der Langseite herumzog, war das ärgste Gewühl. Da standen die Leute so dicht aneinander, daß sich die Mädel kaum die Sacktücher aus der Tasche langen konnten, um sich den Schweiß abzutrocknen, und wenn eine den Kopf drehte, wischte sie mit dem Zipfel vom Kopftuch ihrem Nachbarn ums Maul.

Am besten waren die daran, die auf den zwei vorderen Bänken der Galerie saßen; die übersahen den Saal und die Bühne aufs beste und konnten alles mit Ruhe abwarten. Um einen solchen Platz zu erwerben, hatte man früh daran sein müssen, und darum waren dort fast nur Austrägler und kleine Leute aus Erlbach zu sehen, die Zeit und Geduld zum Warten gehabt hatten. Ein paar ganz schlaue Bauern aus der Umgebung waren auch darunter, der Schuechl von Leiten, der Ecker und der Ruepp von Schweigen, die wohl das Geld für einen numerierten Platz gehabt hätten, die sich aber ausgerechnet hatten, daß sie um die Minderkosten etliche Maß Bier trinken konnten.

Den schönsten Platz in aller Mitten der Galerie hatte der Rankl, ein Kleinhäusler von Freitsmoos, der in der ganzen Gegend der Holzg'haxte hieß, weil er am rechten Bein, vom Knie ab, einen Stelzfuß trug.

Auch wer den Ruf, den er als der größte Gauner im Umkreis hatte, nicht kannte, mußte dem schlauen, fuchsähnlichen Gesichte allerhand Schlimmes zutrauen. Er saß aber an diesem Nachmittag ruhig und in sich gekehrt da, als erwarte er mit stiller Freude die Erbauung seines christlichen Gemütes, die in der Ankündigung des Stückes allen Besuchern versprochen worden war.

Vielleicht bemerkte er, daß unten im Saal der Gendarmeriewachtmeister sich nach ihm umdrehte und zu seiner Frau sagte, »der holzg'haxte Lump hockt auch da droben«, vielleicht sah er den mißgünstigen Blick, den ihm der Ecker von Flinsbach zuwarf in Erinnerung an eine Sau, auf die der Hüter zu wenig Obacht gegeben hatte, und die in einem Feldhölzl für immer verschwunden war, vielleicht sah Rankl dies und noch mehreres, aber er war allen irdischen und häßlichen Dingen abgewandt und wartete mit halbgeschlossenen Augen auf die Weihe der Stunde. Der hochwürdige Herr Pletschacher hätte sicherlich an ihm seine Freude gehabt, aber dieser eifervolle junge Mann hatte keine Zeit, die innere Sammlung der Zuschauer zu beobachten. Bald eilte er hinter die Bühne, um noch einmal einen prüfenden Blick auf die Vorbereitungen zu werfen und die Darsteller durch ein paar hastige Worte zur höchsten Kraftanstrengung anzuspornen, bald kam er wieder nach vorne, sprach aufgeregt mit dem Schlosser Dichtl oder dankte lächelnd für die Grüße der Honoratioren, die nunmehr ankamen und die vorderen Plätze füllten. Der Doktor mit seiner Frau, die sich bei einem mehrjährigen Aufenthalte in München Sinn und Verständnis für künstlerische Ideale erworben hatte. Der Apotheker, seine Gattin und deren Schwester, die das bessere Publikum ergänzten, und dann auch der Dekan an der Seite des geistlichen Rates Angermayer von Rettenfeld. Rechts von ihnen saß der Schlossermeister Dichtl und seine Frau, dann kamen die Stanglmayerischen, der Distriktsrat Trauner und andere.

Sie begrüßten sich alle, und als sie nun saßen, ertönte die Glocke, das Spiel begann.

Es war, um es kurz zu sagen, eine zu Herzen gehende Vorstellung. Der edle Graf Botho von Falkenstein war aus dem Heiligen Lande heimgekehrt und wollte sich eben des Wiedersehens mit seiner Gesponsin erfreuen, als sich schwarze Verleumdung in Gestalt des Ritters Heino von Isenburg an ihn heranschlich. Der Verräter hatte den frevlen Versuch gemacht, die Gräfin während der langen Abwesenheit ihres Gemahles zur Sünde zu verleiten, war aber von der tugendsamen Frau schnöde zurückgewiesen worden. Aus Rache dafür wollte Heino den schlimmsten Verdacht ins Herz des Grafen senken, allein dieser durchschaute den verruchten Plan, und der erste Akt schloß mit jenen Worten, die der Hafnermeister Pferringer so mühselig erlernt hatte, aber nunmehr mit Wucht dem Verleumder entgegenschleuderte. Im zweiten Akte hielt Heino mit seinem Gesinnungsgenossen Kunz im Walde eine Beratung ab, wie sie den Grafen, der ein grimmiger Feind aller Raubritter war, gemeinsam ermorden wollten. Dieses Gespräch wurde aber von einem frommen Einsiedler belauscht. Er beschließt, sich im Walde zu verstecken, um den edlen Grafen, dem die Mörder auf der Jagd nachstellen wollen, zu warnen.

Der dritte Akt spielt wieder im Schlosse. Die fromme Gräfin ist im Traume von der heiligen Barbara, der sie eine besondere Verehrung widmet, gewarnt worden, und sie beschwört ihren Gemahl, die geplante Jagd abzusagen. Indessen der Graf, dessen tapferes Herz keine Furcht kennt, beruhigt sie und weist darauf hin, daß sein Leben in Gottes Hand liege.

Er betritt den finsteren Wald im vierten Aufzuge und spricht mit seinem Knappen Meginhart, als sich der Eremit naht und ihm den furchtbaren Mordplan enthüllt.

»Was höre ich?« ruft der Graf. »So ist mein erlauchtes Gespons dennoch nicht von einem leeren Traume erschreckt worden, sondern die Heilige, deren Namen von mir und meinen Nachkommen immerdar gepriesen sei, ist ihr in Wirklichkeit erschienen, um so den schurkischen Plan ruchloser Menschen zunichte zu machen!«

Er dankte dem Eremiten mit herzlichen Worten, dieser aber lehnt es bescheiden ab.

»Nicht also, edler Graf! Danket vielmehr Eurer frommen Gemahlin, welche durch die Kraft ihres Gebetes die Heilige dazu vermocht hat, Euch ihren Schutz so sichtbar angedeihen zu lassen. Wahrlich, ich sehe es nun deutlich, daß sie auch mich an jene Stelle hingebracht hat, wo ich Zeuge der Unterredung jener schwarzen Verräter wurde.«

»Du hast wahr gesprochen«, ruft der Graf. »Aber jetzt ziehe dein Schwert, Meginhart, auf daß wir den tückischen Mördern begegnen mögen, wenn . . .«

In diesem spannenden Momente treten Heino und Kunz hinter dem Baume hervor, werden aber nach kurzem Gefechte beide erstochen.

Der letzte Akt verklingt in einem heißen und frommen Danke an die heilige Retterin.

Es sollte eigentlich der große Moment der Buchbinderin Weiß werden; sie kam an der Seite ihres Gemahls, begleitet von dem Eremiten, ihren Edelfräuleins und Rittern in den Wald.

Alle, auch der Graf, blieben dann auf der rechten Seite der Bühne stehen und bildeten eine gerührte Gruppe; der Eremit hatte nach Anordnung Pletschachers verzückt gen Himmel zu schauen, die Edelfräuleins mußten die Hände falten und züchtig zu Boden blicken, indes sowohl der Graf als die Ritter ihre Arme nach oben streckten und auch ihre Blicke zu den Wolken emporrichteten.

In diesem Augenblick wurde ein bengalisches Licht angezündet, das die Gruppe in magischer Beleuchtung zeigte.

Die Buchbinderin Weiß aber, oder vielmehr die Gräfin Berta, trat in die Mitte ganz nach vorne und faltete mit dem Ausdrucke der innigsten, hingebenden Frömmigkeit die Hände, um diese Worte zu sprechen: »O du über alle Maßen gnadenreiche Helferin, wie danke ich dir für die wunderbare Rettung meines erlauchten Gemahles aus den Händen blutgieriger Mörder. Ich gelobe dir an dieser Stelle, wo uns dein starker Schutz und deine sichtliche Hilfe sein teures, auch deiner Verehrung fortan geweihtes Leben erhalten hat, eine Kapelle zu errichten, worin ich mit unserem frommen Volke dich lobpreisen will und worin auch in fernen Zeiten noch manches nach Hilfe schmachtende Herz sich zu dir emporrichten soll . . .«

Dieses und noch mehr hatte die Buchbinderin Weiß zu sprechen, und sie war dazu von Pletschacher angelernt, den Ausdruck ihrer Hingebung bis zur heiligen Ekstase zu steigern.

Indessen, als sie damit anhub und mit wirklichem Schmelze sprach: »O du über alle Maßen gnadenreiche Helferin! Wie danke ich dir für die wunderbare Rettung meines erlauchten Gemahles . . .« und als eben das bengalische Licht aufflammte, da ertönte hinten auf der Galerie ein fürchterliches, langgezogenes Geräusch, über dessen Unanständigkeit niemand im Zweifel sein konnte.

Die Buchbinderin ließ ihre gefalteten Hände sinken und brach mitten im Satze ab.

Die vom bengalischen Lichte geröteten Gesichter der gerührten Gruppe wandten sich entrüstet nach der Stelle jener Detonation hin, und auch im Saale drehten sich alle Zuschauer um; sie konnten aber im dunklen Raum den Frevler nicht herausfinden.

Auf der Galerie ging das unterdrückte Kichern in schallendes Gelächter über und setzte sich im Saale fort, so daß jede auferbauliche Stimmung verflogen war.

Da erhob sich der Vorstand, der Schlossermeister Dichtl, von seinem Platze und sagte, wobei sein dröhnender Baß der Entrüstung aller Gebildeten Ausdruck verlieh: »De Sau hat scho gar koa G'fühl net!«

Erst nach bangen Minuten konnte die Vorstellung

weitergehen, aber weder die Buchbinderin Weiß noch die gerührte Gruppe konnte das Publikum in fromme Stimmung zurückversetzen. Außerdem war auch das bengalische Licht erloschen.

Der Vorhang fiel, und nun suchte jeder Blick den Täter. Man bemerkte sogleich an den Zuschauern auf der Galerie, daß es niemand anderer als der Holzg'haxte, der Rankl von Freitsmoos, gewesen war. Allerdings, er selbst zeigte eine ruhige, unbewegte Miene, ja den Ausdruck völliger Unschuld, aber alle, die sich nun lachend neben ihm zum Gehen rüsteten, wiesen auf ihn. Es konnte nur zweifelhaft bleiben, ob die tief aufwühlende Rührung zur Explosion geführt hatte, oder ob eine gemeine Absicht die Ursache gewesen war. Der Gendarmeriewachtmeister sagte zu seiner Frau: »Dös hat der Lump mit Fleiß to.« Und vielleicht glaubten das alle, die den Rankl näher kannten. Der Kooperator Pletschacher war tief verletzt. Er erntete wohl seitens der Honoratioren Worte des Lobes für seine edle Dichtung, aber sogar der geistliche Rat Angermayer konnte sich nicht völlig beherrschen, sondern brach in ein unpassendes Lachen aus, das seine stattliche Rundung erschütterte.

Der Bader Schlechmoser soll hinterher geäußert haben, es sei halt doch noch eine großartige Viecherei geworden.

Kino

Xaver Hierlinger, Melber
Sophie Hierlinger, seine Frau
Sopherl, die Tochter
Andere Münchner
Andere Münchnerinnen

1

Vor dem Kino

HIERLINGER: Herrgottzaggerament–zaggera! I hab's ja z'erscht g'sagt.

FRAU HIERLINGER: Was hast g'sagt?

HIERLINGER: Mit enkern Schmarrn hab i g'sagt ... Dös waar ja an Unglück gwen, wenn i heut zu mein Tertl ganga waar! Weil's so a fada Sunntag is, muaß i mit da Familli in da Schdadt umanand zieahgn!

FRAU HIERLINGER: No woaßt, a bissel galant derfst scho aa no sei! Hockst a so de ganz Wocha im Kaffeehaus und kimmerst di net um ins!

HIERLINGER: Unta da Woch wer i mi aa no um enk kimmern! Da hast recht!

SOPHERL: Babbi, geh ma ins Kino! Da steht's, was geb'n werd.

HIERLINGER: Da werd scho was geb'n wern!

SOPHERL *liest:* Am ge–bro–chenen Härzen – Erschitterndes Drama –

HIERLINGER: Am gebrochenen Härzen – dös mog i. Am ... Ding ... hätt i bald g'sagt.

FRAU HIERLINGER: Geh, tua di net gar a so äußern!

HIERLINGER: Also, geh ma eini!

2

Im Kino. Dunkel

HIERLINGER: Herrgottzaggerament – zaggera!

DIENER: Stufä!

HIERLINGER: Ja, Stu–fä! Z'erscht laßt er oan abirumpeln! Was glaab'n denn Sie? Eine solchene Gehirnerschidderung!

EIN MÜNCHNER IM DUNKEL: Gar so vui werd si net erschiddern –

HIERLINGER: Wos werd net? Wer redt denn da überhaupts? So a Zigeuna!

STIMMEN: Bsst! Ruhä!

HIERLINGER: So a Pfundhammi, so a unappetitlicha!

DER MÜNCHNER IM DUNKEL: Geh, tua di schleicha

und schaug, daß d' dein Gipskopf aus da Platt'n außa bringst, sonst werd's ma unwohl! Du auftrieb'na Wassasüchtling!

HIERLINGER: Ah! Ah! Da ...

FRAU HIERLINGER: Sei ruhig, Xaver! Gib dich doch mit einem soichen ordanären G'sindel nicht ab ...

DER MÜNCHNER IM DUNKEL: Jäh! G'sindel! Sie möcht aa was sag'n, de g'scherte Heubod'nspinna!

FRAU HIERLINGER: Also so was Gemeins ...!

STIMMEN: Bsst! Ruhä! Sätzen! *Die Familie Hierlinger setzt sich. Ein Landschaftsfilm wird abgehaspelt. Schwedische Wasserfälle, dazu weiche Walzermelodien. Hierlinger schaut sich immer wieder nach seinem Feinde um, der im Dunkeln sitzt.*

HIERLINGER: Der hat mi aufg'warmt, der ung'hobelte Laggl, der!

FRAU HIERLINGER: Ich bitt dich, Xaver! Du mußt dich beruhigen, Xaver! *Es wird hell. Hierlinger dreht sich wieder um und schaut drohend hin, der Feind schaut drohend her, da verklärt ein Lächeln das Gesicht eines jeden.*

DER MÜNCHNER: Jetz is recht! Da Hierlinga!

HIERLINGER: Da Söllhuaba Beni!

SÖLLHUBER: Hätt ma ins beinah hart g'redt ...

HIERLINGER: Im Dunkeln is guat munkeln, und was sich liebt, das neckt sich ...

SÖLLHUBER: Aba bei deina Frau Gemahlin muaß i mi scho no eigens entschuldingen ...

FRAU HIERLINGER: Ja – Sie!

SÖLLHUBER: Bitte halt vuimals – net wahr, gnä Frau! Wissen S' scho, wia's geht, wenn man si anand net kennt ... Da gibt's oft de schlimmst'n Vawechslunga ...

FRAU HIERLINGER: Ja – Sie!

HIERLINGER *lacht:* Du hast di scho a wengl weit außa lass'n mit deini tiaf'n Tön, mein Liaba ...

STIMMEN: Bsst! Ruhä! *Es wird dunkel. Nun kommt der Film: »Am gebrochenen Herzen.«*

3

SCHRIFT: *Die ehemals gefeierte Schönheit Theresita Benzoni merkt, daß der Funke der Leidenschaft in ihrem Gemahle erloschen ist ...*

SÖLLHUBER *ruft vor:* Xari!

HIERLINGER: Wos?

SÖLLHUBER: Der dei aa?

HIERLINGER: Ja – ja –! Net zweni!

STIMMEN: Ruhä! Was is denn das für eine Auffierung?

ANDERE STIMMEN: De broatletschat'n Hauspascha!

SÖLLHUBER: Wia hoaß i?

STIMMEN: Sssssssst!

SCHRIFT: *Sie beschließt, noch einmal mit der Macht ihrer Töne das Herz des geliebten Mannes zu rühren, wie früher.*

BILD: *Eine Dame, mit aufgelösten Haaren, einem Doppelkinn und anderen sinnlichen Reizen, im Morgenrocke, sitzt am Klavier, hebt und senkt mit schöner Rundung die Hände und streicht die Tasten.*

Er steht am Fenster, mit dem Rücken gegen sie.

Die Töne wirken. Man sieht es an den Händen, die er auf den Rücken hält.

Die Töne wirken stärker. Die Hände vibrieren.

Er dreht sich um, sie schießt einen Blick auf ihn.

Er kommt einen Schritt näher, zwei Schritte, bleibt stehen.

Sie klaviert weiter. Da kommt er ganz nahe und kniet neben ihr nieder.

Sie streicht ihm mit der Hand über die Haare.

Er schaut sie an, sie schaut ihn an.

Lange, innig, tief.

SCHRIFT: *Einen Augenblick ist Carlo Benzoni dem alten Zauber, der einst so mächtig auf ihn eingewirkt hatte, verfallen. Schon aber steigt ein anderes Bild vor seinem geistigen Auge auf – Graziella – und – –*

BILD: *Er liegt noch auf den Knien vor ihr und blickt zu ihr auf. Da nehmen seine Augen etwas Starres an, dringen ins Leere. Aus dem Leeren drängt sich das Bild eines Frauenzimmers hervor.*

Mit hochgeschnürtem Busen, kecken Augen, ver-

führerischem Lächeln . . . Er steht auf, streckt die Hände sehnend aus nach dem Bilde, seine Augen treten hervor, das Bild verschwindet, er kommt zu sich, schaut seine Gemahlin kalt an, und sie läßt ihren Kopf sinken mit einem Ruck, noch einem Ruck und einem Ruck, streckt die Arme aufs Klavier, den Kopf auf die Tasten, und ist in Schmerz aufgelöst.

Sie rinnt unterm Morgenrock auseinander.

Verwandlung.

Ein Auto fährt vor. Benzoni! Fährt durch mehrere Straßen. Ein anderes Auto folgt im schnellsten Tempo. Theresita!

Das erste Auto hält vor einer Gartenvilla. Benzoni! Aus dem andern Auto steigt eine Frau und schaut ihm mit brennenden Blicken nach. Theresita! Ein Mann steigt über die Treppe. Benzoni. Verwandlung. In einem üppigen Boudoir liegt auf der Chaiselongue ein üppiges Weib. Graziella!

Sie horcht. Ihre Augen vergrößern sich. Ein Mann tritt ein. Benzoni! Man küßt sich.

Verwandlung.

Eine Frau wankt am Gitter entlang. Theresita! Wankt durch eine Straße, wankt durch noch eine Straße, wankt über eine Brücke, wankt in eine Gartenanlage, fällt um, fällt gegen einen eisernen Pfahl. Ist ohnmächtig.

Verwandlung.

Ein schneeweißes Bett in einem Spital. Eine

Rote-Kreuz-Schwester nickt tieftraurig mit dem Kopf. Ein Arzt mit einem schwarzen Bart nickt tieftraurig mit dem Kopf. Eine Patientin liegt da. Auf dem weißen Bette erscheint der Schatten einer riesigen Hutschleife und stört die tiefe Traurigkeit.

HIERLINGER: Sie! Sie! Tean S' Eahnern Huat owa! ... An Huat owa ... sag i ...

FRAU HIERLINGER *ihre Tränen trocknend:* Eine solchane Unvaschämtheit! Mit an solchan Trumm Schloafa ...

HIERLINGER: Owa – sag i ...

FRAU HIERLINGER: Was de Deanstbot'n für Hüat aufhamm ...

HIERLINGER: Sie da vorn! Tean S' Eahnern Huat owa!

STIMMEN: Ssssst! Ruhä! Ssst! *Der Film geht weiter. Die Kranke schlägt die Augen auf. Wo – bin – ich? Der Arzt lächelt human. Die Rote-Kreuz-Schwester lächelt human. Der Schatten der riesigen Hutschleife zittert in heftiger Bewegung. Der Schatten eines gebogenen Handgriffes eines Spazierstokkes angelt nach dem Schatten der Hutschleife.*

Die Hutbesitzerin greift nach ihrer bedrohten Kopfbedeckung:

Hören S' auf! Führen S' Ihnen net so ungebüldet auf!

HIERLINGER *angelt weiter:* Je! De ander mit da Buidung! Setz'n S' koan solchan Datschi auf!

FRAU HIERLINGER: Dös g'hört si net für Deanstbot'n!

DIE HUTBESITZERIN: Hören S' auf! Hören S' auf, Sie Lümmel, Sie roher!

HIERLINGER: Eahna Kindabadwanna tean S' oba, Sie Bauernsocka, Sie gräuslicha!

STIMME: Werd heut gar koa Ruah?

ANDERE STIMMEN: Sssssst Ru-hä!

HIERLINGER: An Huat owa!

DIENER: Es muß absolute Ruhä härrschen ...

Die Hutbesitzerin nimmt ihre Kopfbedeckung mit zornigen, ruckartigen Bewegungen ab.

Der Film geht weiter. Der Arzt fühlt den Puls und schüttelt schwermütig das Haupt. Die Ärmste wird von uns genommen werden. Das Harmonium setzt ein. Die Kranke lächelt und bewegt die Finger, als wenn sie Klavier spielte. Ihre letzten Gedanken gehören ihm und dem Klavier.

Verwandlung.

An der Schwelle des Krankenhauses sitzt ein Mann und starrt mit furchtbaren Blicken ins Leere. Benzoni.

Die Reue nagt an ihm. Immer stärker. Noch stärker. Die Töne des Harmoniums schwellen an.

Verwandlung.

Der Arzt beugt sich über eine Tote. Sie ist dahin, und das Schicksal erfüllte sich. Zur Türe herein wankt Benzoni, wankt an das Bett, fällt über das

Bett. Schluß. Es wird hell.

Frau Hierlinger trocknet ihre rinnenden Tränen, Hierlinger sitzt betäubt und schnupft auf! Über seine dicken Backen rollen ebenfalls Tränen.

FRAU HIERLINGER *seufzt tief:* Ah . . . so was!

SOPHERL: Mammi . . . was g'schieht jetzt?

FRAU HIERLINGER: Han?

SOPHERL: Was tuat jetza der Mann von dera arma Frau?

FRAU HIERLINGER: Heirat'n tuat a wieda. An anderne.

SOPHERL: Woaß ma dös?

FRAU HIERLINGER: O ja! Dös woaß ma.

SOPHERL: Er is aba da so traurig g'wen!

FRAU HIERLINGER: O mei! Die Mäh . . . na! In an Vierteljahr speanzelt a scho lang mit einer andern . . .

HIERLINGER: Dös kennst net, daß dös lauta Schmarrn is?

FRAU HIERLINGER: Dös is aus'n Leb'n geschöpft . . .

HIERLINGER: Ja! Am . . . gebrochenen Härzen, sag' i . . . Geh' ma, sunst schöpfst d' a no was aus 'n Leb'n . . .

Sie stehen auf.

DIE HUTBESITZERIN: Da hört si alles auf! Der grobe Laggl, der unkultifierte, möcht mir an Huat abi stoß'n . . . und sei Schmieslmadam hat selba den größt'n Bletschari auf!

HIERLINGER *im Abgehen:* Tean S' Eahna halt'n,

Sie! Sunst wer i ungalant, Sie Mistamsel, Sie abscheilige!...

HUTBESITZERIN: Ah! Ah...

FRAU HIERLINGER: Geh zu, Xaver! Mit keiner solchenen Sunntagsbagaschi streit man doch nicht!...

Die Familie Hierlinger geht ab. Es wird dunkel.

DIENER: Es muß ab–solu–te Ruhä härrschen...

Nächster Film.

Finstere Zeiten oder der Leberkas

Volksschauspiel in einem Aufzug

Personen:

Der alte Eckmaurer
Xari, Schorschi, Beni – seine Söhne
Zenzi, Xaris Ehefrau
Zwei Kinder
Ein Volksredner

Spielt in einem Wirtsgarten in Giesing an einem sonnigen Montagnachmittag. Man hört eine Ziehharmonika aus der Ferne.

DER ALTE ECKMAURER *traumverloren:* Dös war selbigsmal, wie mir no zehn Stund g'arbet hamm . . .

XARI *aufschreiend:* Zehn . . . Schtund?!

SCHORSCHI: G'arwat?!

DER ALTE ECKMAURER: Ja... ja... wenn i's sag... zehn Schtund...

DER VOLKSREDNER *zornig aufschnellend:*

Zehn Stunden Sklavenfron! Zehn lange Stunden!
Blutrünst'ger Sklaverei! Die harten Hände
Von Schwielen übersät, und so erlahmt,
Daß keine Faust sich ballen konnt... o Volk!

SCHORSCHI: Lassen S' an Vater verzähln...

ZENZI *ruft hinter die Szene:* Pepi! Nanni! da kommts her! da kommts eina! *Die Kinder kommen.* Gehts zum Großpappi her, er verzählt von der bä... bä Arbeit... horchts no zua... daß's beizeit'n an Abscheu kriagts... *Die Kinder umdrängen den Eckmaurer.*

DER ALTE ECKMAURER: Glei... glei. Wo hab i denn mei Brisilglasl?...Ah... so... Da waar i jetzt beinah mit'n Arm drauf g'sessen... *öffnet mit zitternder Hand das Brisilglas und haut sich eine Prise auf die Hand*... Ja... meine liab'n Kinder... dös Brisilglasl da... dös war oft mei Trost im Unglück... in der Gschlaverei... Also dös war selbigsmal. Von sechsi in der Fruah bis um sechsi auf d'Nacht war i am Bau...

BENI: Dös san ja zwölf Stund!

SCHORSCHI: Herrgottsaggera... wenn ma so was hört... heut derfat i koan Balier begegna... is guat, daß's Montag is...

DER VOLKSREDNER:

O Sonne! Kaum entstiegst du deinem Bette,
O Tag, kaum bleichtest du nach müder Nacht,
Da schleppt sich dieser Märtyrer der Arbeit
Zu neuer Qual ...

XARI: An Vater laß red'n ... Zwölf Stund ... Vata?

DER ALTE ECKMAURER: Zwoa Schtund hamm ma Mittag gmacht, aber de ander Zeit ... ja, Leut, wenn man so dran denkt ... um sechsi steigt ma nauf, ziahgt an Janker aus, ziahgt an Schurz o, suacht sei Latt'n, legt sei Brisilglasl auf an Stoa, derwei hat ma sein Hammer vagess'n, steigt oba und holt'n, richt' sei Kell'n her und wart auf d' Mörteltruchn ... Endli is simmi worn. Ja, Leut, da lernt ma, wia hart's Wart'n is ... um simmi komma s' mit der Biertrag'n, no, da nimmt ma sei Maß und trinkt amal, na nimmt ma an Stoa, dös hoaßt also an Ziagelstoa, und haut dro rum, bis der Genosse kimmt, der wo neben oan arwat und was wissen möcht. Na haut ma an Mörtelbatzen ani und setzt an Stoa auf und ruckt hin und ruckt her, und will mess'n, aber daweil hot der Genosse sei Latt'n vagess'n und hat de dei z'leich'n g'numma. No, na holt ma sei Latt'n bei dem Genossen, und da fallt oan was ei, was ma wissen möcht, und na geht ma z'ruck und nimmt sein Stoa, nämli an Maßkruag, und trinkt amal. Und na nimmt ma d' Latt'n und meßt ... no und mit dera Arwat is langsam halwi neuni worn. Da is de erste Brotzeit g'wes'n; da san's mit der Biertrag'n komma ... de hat a halbe Stund dauert, de Brotzeit.

Nachdem hat ma si wieder zu der Arwat g'richt, stellt sei Latt'n zuawi, legt sei Brisilglasl auf an Stoa und fangt wieder o. Ja Leut, aber dös war net dös härteste. Heute habts ös de Betriebsrät, de wo bloß Obacht geb'n, daß d' Arwat rechtzeiti aufhört, selbigsmal hat's Aufpasser geb'n, de beobachtet hamm, daß d' Arwat rechtzeiti o'fangt...

SCHORSCHI, XARI, BENI *erregt:* Ja... ja! Ja... Bluat von da Katz!

DER ALTE ECKMAURER *mit erhobener Stimme:* Balier hamm ma g'habt, Balier, de san g'wen, wia sag i denn glei? Wia de Hyänen; de san um oan rumg'schlicha, hamm de g'schlitzt'n Aug'n auf oan g'richt', san nimmer weg, hamm oan nimmer aus de Aug'n lass'n, und zählt hamm s', wia oft daß d' mit Reschpekt nunter g'stiegen bist zu dein Bedürfnis. *Sehr aufgeregt.* »Dös möcht i derleb'n«, hat amal zu mir a Balier g'sagt, »dös möcht i derleb'n, daß Sie in der Brotzeit d' Hos'n umdrahn«... in da Brotzeit, sagt er. »Sie«, sag i, »Herr Balier«, sag i... »d' Natur laß ma'r i von Eahna net vorschreib'n, und von da Natur«, sag i, »laß i mir mei Brotzeit net verkürz'n...«

DER VOLKSREDNER:

Werktätig Volk, im innersten Empfinden
Gekränkt, beleidigt, vergewaltigt oft,
Wie mußte sich der Zorn in deinem Herzen
Zur Lava ballen, bis sie glühend dann
Von keiner Schranke mehr gehalten wurde,

Und rauchend, Flammen speiend, fürchterlich
Hernieder stürzte ...

SCHORSCHL: Jetzt lassen S' an Vater red'n ...

DER KLEINE PEPI: Großbabbi, wann bis denn in Dino danga?

DER ALTE ECKMAURER: Was sagt da Bua?

ZENZI: Er moant, wann du ins Kino ganga bist, weil i alleweil um vier Uhr einigeh ... dös woaß der Bua.

DER ALTE ECKMAURER *wehmütig:* O mei Bua, zu derselbigen Zeit da hat's koa Kino geben für den armen Mann aus'n Volk ... Also, daß i weita verzähl ... Im Nachmittag nach 'n Essa is dös gleiche g'wen. Bloß daß ma allaweil härter g'wart' hat, je näher da Feierabend komma is. O meine Leut, wenn da wo a Kirchenuhr g'wen is, wia oft hab i da de Zeiger zuag'schaugt, wia 's oan Rucker um den andern macha, fünf Minut'n ... no amal fünfi ... no mal ... Jessas! Jessas! Werds denn gar net sechsi? Und endli is as wor'n ... endli ...

XARI: Daß si de Menschheit dös g'fallen hat lassen!

SCHORSCHI: Und ausg'halt'n ... Daß du so a Leben ausg'halt'n hast, Vater!

DER ALTE ECKMAURER: Ja no ... wia 'r i sag, mei Brisilglasl ...

BENI: Und daß halt aa was Richtigs zum Essen geben hat ...

DER ALTE ECKMAURER: Und a Bier. Mit dem Schäps da, mit dem g'farbt'n Wassa, hätt ma de Arwat net leist'n kinna. Mir hamm a Bier g'habt, was a Bier hoaßt. Und zu da Brotzeit an Leberkas, an warma, notabeni, und so groß wia'r a Ziaglstoa. Da hat ma si sei Kraft wiedag'holt.

DER KLEINE PEPI: Großbabbi, was i denn a Lebadas?

ZENZI: Was a Leberkas is, fragt a.

DER ALTE ECKMAURER *tief erschüttert:* A Leba ... Ja so ... Du arma Bua! Dös Kind hat no koan Leberkas net g'sehg'n ... Es kimmt oan vor, als kunnt so was net sei ... an de Unmenschlichkeit denkt ma net ... O mei Bua ... Was a Leberkas is? Es is halt a Kas, woaßt, aber koa solchena Kas, wia der Kas, den wo du kriagst ... es laßt se net beschreib'n ... du arms Kind, du woaßt ja nix von da guat'n alt'n Zeit ...

SCHORSCHI: Jetzt hoaßt das du a so?

DER ALTE ECKMAURER *barsch:* Brotzeit moan i natürli. Ös habts allerdings de besserne Arwatszeit errungen, aber de besserne Brotzeit hamm mir g'habt ...

DER KLEINE PEPI *heulend:* I mecht an Lebadas!

DER ALTE ECKMAURER *erschüttert:* I glaab di's, du arms Kind ... i mecht ja aa wieder oan. Mir alle mecht'n oan. Wann ma's richtig o'schaugt, waars ma glei liaba, a guats Bier, a Trumm Schwartnmag'n oder a Surhax'n und an Kabidalismus dazua ...

XARI: Gegen de zehnschtündige Arwat hätt i mir scho helfa kinna ...

SCHORSCHI: Und gegen de Unterdrückung ...

BENI: Hätt'n ma halt g'suffa, bis ma's nimmer g'spürt hätt'n.

DER ALTE ECKMAURER: Der alte Seehauser Ferdl hat's allaweil g'sagt. Hört's mir auf, hat a g'sagt, mit enkern G'schroa nach der neuen Weltordnung! I will de alte, wo 's Blaumacha lustig is und wo mi a jede Viertelstund freut, um de i an Balier b'scheiß ... Jetzt hamm ma d' Freiheit ...

SCHORSCHI: Und de achtstündige ...

BENI: Und an Plempi.

XARI: Und koan Leberkas ...

DER VOLKSREDNER:

> O Fluch der Menschheit, daß es nichts Vollkommnes,
> Daß es kein wahres Glück gibt auf der Welt.
> O elend Schicksal aller Erdgebornen!
> Bedenk ich's recht, so war umsonst der Kampf,
> Der heiß und lang geführte um die Freiheit ...
> Wir feiern unsern Sieg mit diesem Bier.
> Das keiner unsrer Väter je getrunken ...
> Sind wir nicht tiefer noch als sie gesunken?

DER ALTE ECKMAURER, XARI, SCHORSCHI, BENI *unisono:* Himmi ... Herrgott ... Bluat ... Himmi ... Herrgott ...

DER KLEINE PEPI: I mecht an Leberdas ...

Der Vorhang fällt über der trauernden Gruppe.

Bildung und Fortschritt

Erlebnisse und Gedanken der Babette Fröschl, ehemals Dienstmädchen, später Pulverfabriksbeamtin, zur Zeit arbeitslos. Mitgeteilt aus ihrem Briefwechsel.

Liebe Marih!

Das du noch in eirem geschehrten Orte siezen magst wundert mich schon, aber fieleicht wirst du auch noch gescheit und machst deinem Bauern nicht mer fir einen Pfifaling den Drampel.

Ich hätte schon anderne stehlen bekommen, das kan ich dir sagen, sogahr bei einen Viehendler und Einkaufbeahmten, wo jetzt die hechsten Beamthen sind und im Monath mer haben, wie ein Bresident im Jar. Aber schneggen, wahn ich thum bin. Eine stehle kann man jetzt iemer haben, das kahn ich dir sagen, wen mahn mahg. Mir ferlaubt es aber mein Karieh nichd, der, wo ich dir schon geschrieben habe, das mir in der Bulferfabrieg in Tachau wahren und er wahr aufsäher und hernach ist er Hadudant gewest fom Schtattkomatant und hernach ist er zweiter Bolizeibresident wohren und jez ist er arbeizloser.

Neben seiner Bension fier arbeizlosigkeit bedreibt er auserdem einen schlaichhandel dadurch das ich vom lande wahr und bei Erding zu hauße war. Fon den geschärten hohlen wir alerhand, leuder das dieße rahmeln jez auch schon höll auf der blathen sind und der Karie ergert sich oft driber.

Ich hawe dier aber schreim wohlen damit das du in die Schtadt komst, den mit dem schlaichhandel kanzt du dier fiel verdinen und wan du nichd gleich einen schaz finzt kan ich dier schon einen besorgen. Du klaubst nichd wie es jez lustig is und fil lustiger als wi zu for, wo mahn als Dienzbothe gegnächtet wahr. Der Karie sagt ofd es reid ien jede stund wo er was garbeid hat und es wahr gewies nichd fil aber es reid ien doch.

Mich reid es ebenfahles.

Ich gehe jeden Dag um fir uhr in ein Kieno.

Libe marih, frieher in der Zeid wo wir ahle unterdrikt wahren und Gschlafen fon dem kabidalismus, und wie ich zuerscht ein Dienzbothe wahr, da häde mahn gar nichz dafon gehabd bald mahn sich einen freien nachmiedag herausgeschwindelt hat, auser das mahn ins wierzhaus gegangen ist und da had mahn seinen schaz fil bier und essen zallen missen.

Da had mahn schon gar keine Freide dazu gehabt zum blau machen und ich hawe sogahr liber garbeid aus ferdrus.

Aber jez ist es ganz anderst.

Libe marih dadurch das mahn das Kieno had ist erst die arbeizlosigkeit schener gewohrden und angenähmer und bald man lang im bet liegen bleibt und im nachmidag ins Kieno geth ist es ein härliches leben, wie mahn es frieher nichd gekennt had.

Du hast neilich geschriem mid der arbeid ferget dier die zeid.

Libe marih mit dem Kieno ferget sie auch und fil angenähmer. Dadurch ist dieße Kunzt eine solchene wollthat fier das werktetinge Volk, das es iehm die arbeizlosigkeit fersießt.

Ich kauffe mier was zum schläggen und seze mich hinein und suzle ganz gemiedlich meine Zelteln, derweil schaue ich dieße grosartige Kunzt an.

Du klaubst nichd was man da ahles siechd, lauter schene romahne und du brauchst nichd einmahl zu läsen sontern blos schaugen und kanzt dabei schnuhlen.

Forgestern wahr ich in einem da wahr ein mohrd in einem Kehler und es hat sich zwegen einer erbschafd gehandelt, di wo einer megen häd, der gar nichd der bedrefende wahr sontern er hat den andern in amerikha um bracht gehabt und ißt mit seine babier als Erbe kohmen und wahr schon mithen in reichdum und gelt und had mit die schensten mentscher schambanniger trunken. Da had man sich gergert und es haz aber ein amerikhanischer Dedektif aufbracht. Ich weis es nichd mer genau wie ers aufbracht had weil ein matroße neben mir gsässen ißt, wo ser fräch wahr, aber ein sehr nether mentsch.

Gestern wahr ein läbensbild fon einem ahrmen mätchen in das wo sich ein barohn ferlibt der schon ein alther Dadetl ist und er häth noch Kubiezen auf das junge Mätchen, wo fieleicht noch unschuldig wahr aber der son fon dissem barohn ist auch fon der libe ergriffen wohrden und hat seinen elenthen fatter, wo im alther auf das junge bluth gedirschtet had, einen stos gegehm das er umgefahlen ist und fom schlahge betropfen toth wahr.

Man hat ien fors geriecht gestehlt und ferurteilt und das schafoth wahr schon hergericht und halb hawe ich beth, das er gerethet wird und halb were ich doch neigierig gwesen, wie das köfen ist, aber da hat sich wer gemelt, der wo ales gesähen had. Wer glaubs du, das es wahr? Ein andernes mentsch fon dissem barohn, die wo aber schon elter wahr und zu iem had schlaichen wohlen und hat hinder einem forhang ales gesähen, das es blos ein stos wahr und der toth is zufelig dazu kohmen. Da wahr er gerethet und hat sie geheirat, aber nichd die elterne, wo ien gerethet had sondern das junge Mätchen, wo als dienzbothe angfangen had und is dan barohnin wohrden mit einem gschloß. So was kehnte mahn schon auch braugen. Dem matroßen wo ich zufelig wider tropfen habe had es auch ser guth gefalen.

Libe marih kohme bald und lase Dich nichd fon dissen bauern ausniezen. Wegen dem das die zeid ferget brauchs du nichd mer zun arbeiden, den jez haben wier disse einrichtung, das man in Kienoh gehen kahn.

Es ist iemer gans fol und oft get mahn in zwei und in drei und was man da ahles derlebt ißt schohn was andernes als frieher wo mahn den boden butzt hat und teler gewaschen. Mahn schleggt die sießigkeithen und es stet auch in der zeidung, das mahn dadurch das Folk bieldet und aufklehrt. Die alden Hudschen lasen wier in die Kirchen gehn und die jugenth get ins Kieno.

Es ißt auch iemer musikh dabei und oft ein ohrgel, balz traurig wird. Mahn lärnt auch was, wie es auf der welth zuget und siecht wie ofd eine ier glükh machen kahn zum beischpil disses Dinstmätchen mit ierem barohn.

Mahn siechd nichd daß einie arbeiden mus, sontern durch eine erbschaft oder das grose los oder durch eine libschaft get es fil schener.

Libe mahri sei gescheid und kohme bald.

Es grist dich deine
Dreie freindin
Babeth Fröschl.

B. S. So ein matroßen kanzt du auch leicht krigen. Er ißt aber nicht auf dem mehr gewesen sontern in Heidhaußen und had auf der Festwise geschaugelt, wie noch der Kabidalismus wahr.

Der Menten-Seppei

Eine altbayerische Wilderergeschichte

Diese Geschichte ist wahr. Alle Leute, die zwischen Tölz und Miesbach wohnen, kennen sie, und mancher würde es mir verübeln, wenn ich etwas dazu täte oder davon wegließe. Also will ich bei der Wahrheit bleiben.

In der Schießstätte zu Tegernsee hängt neben vielen schön gemalten Ehrenscheiben eine, die besondere Aufmerksamkeit verdient. Ein grimmig blickender Jäger schaut mit dem Gewehre im Anschlage hinter einem Baume hervor. Neben ihm fletscht eine rauhborstige Dogge die Zähne. Beide machen einen unangenehmen Eindruck auf den Beschauer; man sieht ihnen an, daß sie schwer umgängliche Wesen waren. Und der Eindruck ist richtig. Denn das Bild stellt vor den königlichen Revierjäger Johann Mayr von Gmund mit seinem Fanghunde, genannt »Donau«.

Johann Mayr lebte um das Jahr 1832 zu Gmund;

sein Haus wird heute noch gezeigt. Es steht unterhalb der Mangfallbrücke. Er war ein verwegener und überaus scharfer Jäger, der sein Revier mit aller Gewalt sauber hielt. Manchen schlauen Wildbretschützen hat er überlistet und ihn hinaufgeschossen, daß der Rauch wegging. Und manchem jungen Burschen hat er vorzeitig zur ewigen Seligkeit verholfen. Ohne Ave-Maria und Sterbgebet, im grünen Wald.

Sein letztes Opfer war der junge Sohn des Mentenbauern von Hausham, der Menten-Seppei. Dessen trauriges Schicksal trug sich aber folgendermaßen zu. An Martini, den 11. November 1832, schoß der Mesner Anderl, königlicher Jagdgehilfe von Schliersee, beim Eckardt-Kreitl am Ostiner Berge einen kapitalen Hirsch. Dies tat er nicht mit Rechten, denn der Platz lag im Revier des Johann Mayr. Aber, wie es so geht, er wollte den Prachtkerl nicht hinten lassen, als er so schön vor ihm stand. Da zündete er an, und – plumps – der Hirsch lag da. Hinterdrein bedachte sich der Mesner Anderl, und es fiel ihm ein, daß der Mayr in solchen Dingen einen ganz schlechten Tabak rauchte. Also ging er her und versteckte den Hirsch sorgfältig unter Dachsen und Laubstreu. Alsdann begab er sich nach Gmund zum Gastwirt Obermayer, woselbst er einige Halbe Bier trank, und vom Fenster aus die gegenüberliegende Wohnung des Revierjägers beobachtete. Er wollte sich Gewißheit verschaffen, ob Mayr seinen Dienstgang nach Ostin oder nach einer anderen Richtung hin mache.

Denn er dachte, daß er seine Jagdbeute nur dann in Sicherheit bringen könnte, wenn Mayr nicht um den Weg war.

Nach einiger Zeit sah er wirklich den Revierjäger. Dieser verließ ruhig und gemächlich sein Haus und schlug die Straße nach Tegernsee ein. Also war die Luft sauber, meinte der Anderl, und eilte nach Ostin zurück. Bei den Eckardthäusern traf er den Menten-Seppei, seinen alten Spezi und Schulkameraden. Er versprach ihm einen Kronentaler, wenn er ihm den Hirsch nach Schliersee fahre. Der Seppei ließ niemalen keinen Freund nicht sitzen, und darum versprach er auch dem Anderl seine Hilfe. Die zwei verabredeten, daß Seppei in der Nacht mit dem Schlitten zum Eckardt-Kreitl fahren und mit Anderl den Hirsch auflegen sollte.

Nun hatte aber der Revierjäger Mayr bereits Kenntnis davon, daß dort unter der Streu ein Vierzehnender versteckt lag. Der Jagdgehilfe Riesch hatte den Schuß gehört und ging ihm nach. Er fand den Hirsch und meldete es seinem Vorgesetzten. Mayr faßte sofort Verdacht auf einen Wilderer, und weil er mit allen Schlichen vertraut war, vermutetete er ganz richtig, daß der Frevler zuerst in Gmund herumspionieren werde. Für diesen Fall wollte er den Lumpen sicher machen und tat so, als ginge er ahnungslos nach Tegernsee. In Quirin aber bog er vom Wege ab und stieg von der Neureuth zum Eckardt-Kreitl hinunter.

Dort paßte er nun mit Riesch in der mondhellen Nacht auf den vermeintlichen Wilddieb. Er hatte seinen Hund Donau bei sich, eine bissige Dogge, die auf den Mann dressiert war und ihm schon oft guten Beistand geleistet hatte.

Der Seppei fuhr zur verabredeten Zeit an die Wolfsmühle, wo ihn Anderl erwartete. Als die beiden am Eckardt-Kreitl anlangten, sah Anderl am Waldrande etwas Verdächtiges und sprang heimlich vom Schlitten herunter. Gleich darauf wurde Seppei angerufen. Noch bevor er antworten konnte, riß ihn der Hund des Revierjägers vom Schlitten herunter und versetzte ihm mehrere Bisse.

Erst nach einiger Zeit pfiff Mayr seinen Hund zurück und stellte den Burschen zur Rede.

Seppei wollte den Freund nicht verraten und verlegte sich aufs Lügen. Das bekam ihm schlecht, denn der wütende Jäger hieb ihm mehrere Male mit dem Bergstocke über den Buckel und zwang ihn dann, den Hirsch aufzulegen. In Gmund wurde Seppei in das Försterhaus geführt und an das Stiegengeländer gebunden. Mayr schlug ihn mit der Hundepeitsche, daß das Blut an ihm herunterlief. Die ganze Nacht blieb Seppei angebunden bis um vier Uhr morgens. Da wurde er wieder auf den Schlitten geschnallt, um nach Miesbach gebracht zu werden.

Während der Fahrt scheute das Pferd. Mayr konnte es nicht mehr lenken und befreite Seppei von seinen Fesseln, damit er das Tier beruhigen sollte.

Anfänglich ging es gut, aber plötzlich setzte der Gaul quer über die Straße. Seppei konnte ihn nicht halten; seine Gelenke waren geschwächt, und er fiel halb ohnmächtig vom Schlitten hinunter.

Da glaubte Mayr, daß der Gefangene fliehen wollte, und in Wut darüber schoß er ihm eine Ladung gehacktes Blei in den Rücken. Er ließ den Sterbenden im Schnee liegen und fuhr nach Miesbach, wo er bei Gericht seine Tat als berechtigt zu schildern wußte.

Seppei wurde aufgefunden und zum Landarzte Scheucher verbracht, in dessen Hause er wenige Stunden später unter qualvollen Schmerzen starb.

Der wilde Revierjäger wurde für seine Grausamkeit schwer bestraft. Nicht vom Gerichte. Das ließ ihn ungeschoren, denn, wie gesagt, damals machte man nicht viel Umstände wegen eines wildernden Bauernburschen. Der gestrenge Herr Landrichter hielt zu den Jägern, die das wertvolle Revier des Königs hüteten.

Aber die jungen Burschen im Tegernseer Land waren damals sowenig wie heute der Meinung, daß man eine solche Tat ruhig hinnehmen muß. Sie wollten den toten Kameraden rächen. Und sie besorgten das gründlich.

Ein Jahr nach dem Vorfall, wiederum am Martinitage, erhielt Mayr die Nachricht, daß am Giglbergfelde gewildert werden sollte. Der Schlaue ließ sich überlisten.

Mit zwei Jagdgehilfen, dem Nikolaus Riesch und Johannes Probst, begab er sich dorthin und legte sich auf die Lauer. Nach kurzer Zeit erblickte der Jäger unter einer Buche am Giglbergfelde einen Mann mit geschwärztem Gesichte. Es war der Waldhofer Hansl, ein alter Freund des Menten-Seppei, der die Aufgabe übernommen hatte, den Mayr anzulocken. Die Jäger stürzten sich auf ihn, und die Dogge des Revierjägers richtete den Burschen schon übel zu, als plötzlich sechs seiner Kameraden die Jäger umringten und mit dem Gewehrkolben auf sie einschlugen. Mayr fiel schwerverwundet zu Boden, ebenso Riesch, der Jäger Probst stellte sich tot und rettete auf diese Weise sein Leben. Riesch starb den nächsten Tag, Mayr erst im März des darauffolgenden Jahres. Er kam nicht mehr zu Bewußtsein und konnte die Täter nicht namhaft machen. Der Jäger Probst aber bezeichnete den Waldhofer Hansl als einen der Mörder, und da man auf seiner Brust die vernarbten Hundebisse fand, welche er im Kampfe davongetragen hatte, wurde er verurteilt – zu sechzehn Jahren Kerker. Er verriet keinen, und so mußten die andern Burschen nach mehrjähriger Untersuchungshaft freigelassen werden. Im Friedhofe zu Gmund liegen die erschlagenen Jäger.

Auf einem alten Steine las ich die Inschrift: »Hier ruhet der ehrengeachtete Johann Mayr, königlicher Revierjäger in Gmund. Er starb an den Folgen der Wunden, die er im Kampfe mit ruchlosen Wilderern erhalten, am 16. März 1934.« Und auf der Tafel neben der Sakristei steht: »Hier ruhet Nikolaus Riesch, Jagdgehilfe in Gmund. Er fiel in treuer Pflichterfüllung an der Seite seines Herrn, unter den Streichen der Wilddiebe, am 12. November 1833.«

So hat sich die Geschichte zugetragen. Die sittliche Weltordnung ist aber dabei wieder einmal nicht auf ihre Rechnung gekommen. Denn der Hauptschuldige, der Mesner Anderl von Schliersee, der sich am schlechtesten benommen hatte, fand nicht den Lohn seiner bösen Tat. Wenigstens nicht auf dieser Welt. Und wahrscheinlich auch nicht in der anderen. Denn er hat sich von der wüsten Jägerei abgewendet und einen gar frommen Beruf ergriffen, der ihm Gelegenheit bot, durch einträgliche Frömmigkeit seine Sünden abzuwaschen. Er wurde wohlbestallter Pfarrmesner zu Irschenberg. Seine feige Tat soll er freilich bereut haben. Wenigstens sagte das Lied, das Max Herndl von Kammerloh über diese traurige Geschichte verfertigte:

»Es war der Jäger von Schliers schon selber voll Verdruß,
Daß er des Seppls Unglück war, weil er den Hirschen schuß.«

Trotzdem aber wurde er dick und behäbig wie alle Kollegen in diesem heiligmäßigen Berufe und starb erst dreißig Jahre später in seinem Bette.